KB118929

노래하는 고래 ⓗ

노래하는 고래

무라카미 류 장편소설
권남희 옮김

네오
픽션

차례

수로

1

산을 넘을 거야. 안조는 그렇게 말하고 우리한테 각각 한 개씩 간이형 야간투시경을 건네주더니 버스 대열 뒤에 있는 산등성이를 앞장서서 오르기 시작했다. 곳곳에 키 작은 나무들이 우거진 풀숲 경사면을 조금 올라가자 바다 쪽에서 바람이 불어와 기분이 상쾌해졌다. 양 버스에 가득 차 있던 냄새도 사라졌다. 달이 바로 머리 위에 있었다. 그러나 달빛은 산의 윤곽과 초목만 실루엣으로 비추어서, 버스에서 십여 미터 떨어지니 발밑이 캄캄해졌다. 앞장서서 가던 안조가 야간투시경을 썼다. 우리도 따라서 크기도 무게도 디자인도 극히 평범한 안경처럼 생긴 야간투시경을 썼다. 간이형 야간투시경은 가시광선의 광량을 증폭시키는 게 아니라 전자를 방출하여 한정된 시야의 형상을 화상신호로 바꿔서 보여주는 구조라고 아버지 데이터베이스에 나와 있었다. 처음 써보는 것이어서 형상이 실제와 미묘하게 달라 좀 당황했다. 영상은 주변의 바위나 지면의 형상을 정확히 나타냈다. 그러나 키가 큰 풀이 금속처럼 느껴질 때가 있어 몇 번이나 엎어질 뻔했다. 익숙해지기까지 시간이 걸렸다. 사부로 씨도 마찬가지인지 부드러운 풀을 피하려다 몸의 균형을 잃기도 했다. 앤은 영상 시야에 빨리 익숙해져서 안조와 같은 속도로 바로 뒤를 쫓아갔다. 나와 사부로 씨만 자꾸 뒤처졌다.

몇 미터 앞을 걸어가는 안조의 목소리가 들렸다. 안조는 뒤를 돌아보는 법이 없었다. 바로 뒤에 있는 앤에게 하는 말인지 아니면 혼잣말인지 모르겠지만 장애물도 없고 사방이 고요해서 소리가 잘 들렸다. 내가 표현하기를 그만둔 것은 드디어 이상사회가 실현됐기 때문이다. 예감은 있었다. 차별이나 계급에 의한 불공정이 원동력이 되어 모든 표현이 이루어졌다. 다들 이상사회를 꿈꾸기만 하다가 이루지 못하고 망가져갔지만, 그건 완전한 거주지분리라는 개념을 갖지 못했기 때문이지. 굳이 동물계와 식물계를 예로 들지 않더라도 거주지분리만이 평화와 정신의 평온을 달성할 수 있다. 유전생물학을 비롯한 과학기술의 발전과 철저한 합리주의 그리고 무지의 극복으로 세계 여러 나라가 거주지분리라는 시스템을 완성시켰다. 그중에서도 일본이 가장 빨랐다. 타의 추종을 불허할 정도의 빠르기였다.

2

저 인간은 대체 무슨 소릴 주절거리는 거야? 사부로 씨가 내 등 뒤에서 물었다. 현재 사회에 대한 이야길 하는 것 같습니다. 대답은 했지만 아마 사부로 씨는 사회라는 개념을 모를 거라고 생각했다. 나도 확실히는 모른다. 많은 사람들이 함께 살아갈 때 필요로 하고 실감하는 개념이지만 섬에는 없었다. 경사면을 따라 걷고 있으니 감각이 이따금 이상해졌다. 시각과 다른 감각이 분리된 때문이었다. 야행성 새와 벌레가 우는 소리, 저 너머 해안에서 들려오는 파도 소리, 풀과 흙의 냄새, 손과 신발로 전해지는 지면과 초목의 감촉이 고글의 영상과 연결되지 않았다. 소리와 냄새와 감촉은 익숙한 것인데 영상은 인공적으로 느껴져서 이따금 균형을 잃고 엎어질 뻔했다. 경사면을 계속 올라온 탓에 땀이 흐르고 숨이 거칠어졌다. 뒤에서 들려오는 사부로 씨의 숨소리도 힘겨운 듯했다. 그러나 전방의 안조와 앤은 오르막을 가볍게 걷고 있었다. 안조는 아마 이 일대의 지형을 익숙하게 잘 알아서 지치지 않는 것이리라. 그리고 앤이 마치 몸에 날개라도 달린 듯이 가뿐하게 오르막을 오르는 것은 종합신경안정제 덕분일 것이다. 하지만 좀 있으면 효력이 떨어질 테니 새로 먹여야 할 필요가 있다.

저 인간은 계속 이렇게 걸어갈 생각인가? 사부로 씨가 숨을 헉헉거리면서 물어서, 대답해주었다. 노인시설의 위치를 아는 건 저 사람뿐입니다. 그러나 걸어서는 어디에도 도착하지 못할 터였다. 노인시설이 어디 있는지는 모르지만 걸어갈 수 있는 거리는 아니다. 이곳은 주고쿠 지방이다. 게다가 반란이민의 후손인 미코리라는 사람이 범용차 안에서 보여준 계기에 따르면 치외법권이 있는 환락가와 일반 구역의 경계는 산꼭대기 능선을 따라 있었다. 산을 넘으면 경비용 로봇이 덮칠 것이다. 걸어서 노인시설까지 갈 거냐고 안조에게 물어봐야 의미가 없다. 안조를 따라가는 것 말고는 노인시설에 갈 방법이 없으니까.

　내란으로 황폐해진 가운데 많은 사람들이 일본이야말로
세계에서 가장 뛰어나며 첨단을 가는 나라라고 생각하고 싶
어 했지만, 나는 그런 사람들을 경멸하면서 작품을 계속 썼
다. 그 때문에 탄압을 받고 밤낮없이 감시를 당했다. 앤이 안
조의 얘기를 듣고 있는지 어쩐지 여기서는 알 수 없었다. 안
조는 얘기를 계속했다. 이 일본에서 최초로 이상사회가 실현
되었다. 나는 비로소 창작과 표현을 멈출 수 있게 되었다. 그
건 무엇보다 중요한 사실이다. 하늘의 계시이고 무상의 슬픔
이며 지고의 기쁨이다. 나는 지금까지도 감시당하고 탄압받
고 있지만, 취재를 그만둘 수는 없다. 이해해주기 바라는 것
은 저 세 아이들, 그 아이들이다. 취재다. 취재는 계속되어야
하고 그것은 이상사회의 실현으로 모든 표현이 끝나버린 것
과 관계가 있지만 연관성은 전혀 없다. 중요한 얘기여서 되풀
이하는데, 표현은 끝났다. 그러나 취재는 영원하다. 그 세 아
이에 대한 사랑, 아이들의 나에 대한 사랑도 모두 취재지만,
어이, 너희, 아키라하고 또 한 사람 내 얘기 잘 듣고 있나? 안
조는 소리를 높여 그렇게 묻더니 일단 경사면을 올라가던 걸
음을 멈추고 돌아보았다. 안조는 이미 정상에 가까워져 있었

다. 나는 숨이 헐떡거려서 대답을 할 수 없었다. 걸음을 멈추고 선 안조와 앤에게로 느릿느릿 올라갔다. 어이, 내 얘기 듣고 있었나? 안조가 내 앞에 서서 말했다. 그 세 아이들 귀엽지, 엉? 귀엽다고 생각하지 않아? 그 아이들은 너희도, 세상 그 누구도 모르겠지만 진짜 천사야. 천사는 언제나 최하층에서 태어나 자라고 발견되지. 나는 감시와 탄압에 지지 않고 줄곧 최하층 사람들 속에서 살며 취재를 거듭해왔다고.

양 버스가 최하층이 아니라 최하층은 나와 사부로 씨 같은 섬 주민일 텐데요. 내가 말했다. 야간투시경에 비친 안조의 얼굴과 몸은 질감이 없어 금속으로 만들어진 장식물 곤충처럼 보였다. 표정의 변화를 잘 알 수 없었다. 그러나 섬 얘기를 하자 말없이 고개를 돌렸다. 봐, 하고 사부로 씨가 턱으로 아래쪽을 가리켰다. 눈 아래에는 환락가의 해안선과 양 버스의 힘없는 불빛이 펼쳐져 있었다. 마치 축제 때 상점이나 가정집에 켜놓은 전기 장식처럼 깜박거렸다. 야경에 눈을 빼앗기고 있는데 앤의 목소리가 들려왔다. 멋지다! 앤은 서 있는 안조를 추월하여 산 정상까지 올라가서 건너편을 바라보고 있었다. 와봐, 빨리! 이리 와! 야간투시경 영상 속으로 흥분해서 웃고 있는 앤의 얼굴이 보였다. 앤과 똑같이 생긴 로봇이 어색하게 입을 벌리고 있는 것 같은 느낌이었다. 사부로 씨와 함께 산 능선까지 올라가서 정상 맞은편 풍경을 보고 숨을 삼켰다. 산 경사면이 깎여 나간 곳에 생겨난 바위산 수십 개가 신기한 모양으로 솟아 있었다. 야간투시경 영상으로는 바위산이 아니라 금속이나 콘크리트 탑처럼 보였다. 바위산의 아랫부분은 초목으로 덮여 있었지만 윗부분은 모두 직사각형이나 원뿔을 조합한 기하학적인 형태였다. 유적이나 폐허가 아닐까 생각했다.

3

안조는 능선을 따라 몇십 미터를 더 걸어간 뒤에야 우리를 불러 무성한 관목 틈으로 몸을 밀어 넣게 했다. 관목 속에 웅크리고 앉았다. 나뭇가지를 치우고 땅을 조금 파냈더니 동그란 금속 뚜껑 같은 것이 나타났다. 그 위에 손바닥만 한 크기의 정사각형 홈이 있었고, 안조는 그 홈을 향해 집게손가락만 한 수신기를 들고 신호를 보냈다. 둥근 덮개 같은 것이 세로로 회전하더니 바위의 틈이 생겼다. 팔 초 인에 다시 닫히니까 지금부터 팔 초 이내에 모두 내려가라. 안조는 그렇게 말하고 먼저 그 틈 속으로 모습을 감추었다. 다음에 앤이 발부터 반원 틈으로 집어넣고 내려갔다. 엎드려서 틈 속을 들여다보니 철제 사다리가 있었다. 정말로 팔 초 만에 닫히는지는 알 수 없었지만, 나와 사부로 씨는 몸을 포개듯이 하고 철제 사다리를 서둘러 내려갔다.

우리 네 사람의 몸이 밀착했다. 원기둥 모양의 좁은 공간이었다. 나와 사부로 씨가 들어가는 것과 동시에 다시 유압 장치가 가동하는 소리가 나고 둥근 덮개가 천천히 회전하더니 구멍이 닫혔다. 둥근 덮개가 회전할 때 우리 네 사람은 바닥에 구부리고 앉아서 한쪽 구석으로 몸을 붙여 피했다. 덮개가 닫히고 공간이 밀폐되자 안조는 원기둥 모양 공간에서 벽의 홈을 찾아 또다시 수신기를 사용했다. 바닥이 내려갔다. 엘리베이터로 되어 있는 것 같았다. 하강 속도가 느렸다. 공간은 아주 좁고 밀폐되어 숨이 막힐 것 같았다. 엘리베이터는 몇 분 동안 내려가다 멈췄다. 벽 일부분이 열리고 연녹색 빛이 들어와 야간투시경의 시야가 순간적으로 새하얗게 되더니 눈앞이 캄캄해졌다.

천장이 낮은 방으로 나왔다. 안조를 따라 야간투시경을 벗었다. 바닥도 벽도 천장도 새하얀 방을 아주 밝은 형광 관이 비추고 있었다. 눈이 부셔서 시야가 흐릿했다. 주위에 반가운 냄새가 떠돌았다. 공기는 미적지근하고 축축했다. 새하얀 슈트를 입은 로봇 같은 것이 안조 옆에 있는 게 보였지만, 아직 초점이 선명하지 않았다. 종합신경안정제 있지? 스무 알 정도 내놔. 안조가 말했다. 나와 사부로 씨는 얼굴을 마주 보았다. 안조에게 귀중한 약을 건넬 이유도 그럴 필요도 없다. 만약 안내를 거부하면 안조가 키우는 아이들을 죽이겠다고 협박하면 된다. 사부로 씨는 그 세 아이를 안색 하나 바꾸지 않고 죽일 것이다. 시간이 없어. 나는 되도록 빨리 너희를 노인시설까지 데려다 주고 그 천사들에게 돌아가고 싶으니 하여간 빨리 종합신경안정제를 두 판 건네라. 그렇게 말하면서 안조는 나와 새하얀 슈트를 입은 로봇 같은 것을 번갈아 보았다.

초점이 맞았다. 새하얀 슈트의 로봇 같은 것은 실은 몸집이 작은 사람이었다. 키는 백사십 센티미터 정도일까, 특별한 부직포 슈트로 몸을 감싸 얼굴도 보이지 않았다. 얼굴, 입언저리에 있는 돌기 부분에서 소리가 희미하게 새어 나왔다. 호흡용으로 생각되는 작은 구멍이 뚫린 돌기 부분과 시야를 확보하기 위한 투명한 수지 렌즈 부분 외에는 머리까지도 광택나는 부직포로 푹 덮어쓰고 있었다. 고밀도 나노 섬유를 고압으로 결합시킨 부직포는 방진, 방독 등의 용도로 쓰였다.

　나는 그 사람에게 연락받아서 너에 대해서는 전부 알고 있다. 그걸 모르나? 안조는 화난 것처럼 보이기도 하고 당장 울음을 터트릴 것처럼 보이기도 했다. 그 사람이란 말을 들었을 때 몸에 전류가 달리는 느낌이 들었다. 그 사람이 누군지 아는 게 아니었다. 그 사람이라는 말에 정신이 아니라 몸이 반응했다. 내게 정보와 지식을 신호로 보내는 누군가 있다는 걸 줄곧 느껴왔다. 개스킷 경기장에서는 실제로 소리가 들리는 것 같았고, 내 것이 아닌 정보나 지식이 어느 틈엔가 뇌에 축적되었다는 느낌이 지금까지 몇 번이나 들었다. 누군가 신호를 보내는 거라면 정말 신비롭다고 생각했다. 어릴 때 아버지에게 이승과 저승의 얘기를 들은 적이 있다. 현실 세계와 사자의 세계이긴 하지만, 이미 섬에서 처형된 아버지가 사자의 세계인 저세상에서 송신하는 건지도 모른다고 생각했다. 아버지와 어떤 방법으로든 이어져 있는지도 모른다고 생각하니 새삼스럽게 눈물이 날 뻔했지만, 안조는 내 아버지를 모른다. 아버지가 나뿐 아니라 안조에게 신호를 보낸다는 것은 생각할 수 없다. 그리고 안조가 내 아버지를 그 사람이라고 부를 리가 없다.

그 사람이란 누구를 말하는 거냐? 물었지만, 안조는 울음을 터트릴 것 같은 얼굴로 화를 내면서 입술 끝에 거품을 뿜어가며 말했다. 너는 노인시설에 가고 싶은 거냐, 가고 싶지 않은 거냐? 방진무균복을 입은 이 사람한테 종합신경안정제를 두 판 건네면 노인시설에 꼭 갈 수 있는데, 내가 지금까지 얘기해왔고 또 앞으로 얘기하는 것 중에 이것만이 절대로 유일한 진실이란 걸 아키라, 너라면 알겠지? 안조는 실제로 눈물까지 글썽거리며 말했다. 저 새하얗고 청결하고 무서운 옷을 입은 사람은 전세기 초부터 완전 무균 클린룸에서 평생을 일한 일본인과 이민의 순수한 후손으로, 무균 상태에서는 인간이 살아갈 수 없다는 것을 알게 되기 전까지 수십 년이나 일을 해서 이제 얼마 안 되는 수만 살아남았다. 인간에게는 필수 세균이라는 게 있는데, 그게 전부 죽어버리면 우리는 이런저런 병에 걸리게 된다. 필수 세균은 게다가 체세포복제 실험에도 이용되었지. 무균 상태의 인간을 만들어 자세히 연구하기 위해서였지만, 저 사람들은 그렇게 가혹한 역사 속에서도 기적적으로 살아남았다. 약 마흔 명이라는 믿을 수 없을 만큼 적은 희소 인종이 되었지. 이건 경이로운 일로, 나는 작가로서 그들과 알고 지내며 서로 협력하는 신뢰 관계를 쌓아왔다. 그래서 이렇게 그들의 성역에 들어오는 걸 허락받은 거다.

저 방진무균복을 입은 사람은 종합신경안정제가 없으면 살아가지 못하는 신체 구조를 가졌다. 네가 스물네 개짜리 두 판의 캡슐을 무료로 주지 않으면 우리는 또 지상으로 돌아가야 한다. 그러면 만년이 지나도 노인시설에는 가지 못해. 안조는 눈에 고인 눈물을 어느새 깨끗이 닦고 이번에는 뺨을 실룩거리며 웃는 얼굴로 그렇게 말했다. 나는 되도록 많은 캡슐을 앤을 위해 남겨두고 싶었지만 두 판 정도라면 줘도 되지 않을까, 하는 사부로 씨의 조언을 받아들여 백팩에서 캡슐을 꺼냈다. 그렇지, 그렇지. 이거지, 이거지. 이게 그거야. 이게 그거라니까. 안조는 미소를 지으며 캡슐을 받아 들더니 그대로 방진무균복을 입은 자그마한 사람에게 건넸다. 자그마한 사람은 받아 든 약을 아주 얇은 고무장갑을 낀 손가락으로 신중하게 뜯어서 캡슐을 한 개 집어 들고 진짜인지 어떤지 확인했다. 돌기 부분에서 나오는 숨소리가 희미하게 커졌다. 숨소리 크기로 대화를 하는 것 같은 느낌이었다. 자그마한 사람은 주머니에서 시약 같은 것을 꺼냈지만 안조가 필요 없다고 말했다. 필요 없어. 이 녀석은 섬을 떠나 여행하는 예의 그 남자야. 요컨대 다나카 아키라라고. 안조가 그렇게 덧붙이자 방진무균복을 입은 자그마한 사람의 머리 부분이 내 쪽을 향했다. 수지가공이 된 투명한 창을 통해 눈이 희미하게 보였다. 다나카 아키라라는 이름을 들은 자그마한 사람은 딱 한 번 가볍게 고개를 끄덕인 다음, 종합신경안정제를 방진무균복 가슴 주머니에 소중히 넣었다. 그리고 이쪽으로 와, 하듯이 머리를 가볍게 끄덕이더니 문을 열고 방문 밖으로 나갔다. 그의 뒤를 따라 나간 나는 눈앞에 펼쳐진 광경을 보고 엉겁결에 소리를 지르고 말았다.

4

십 미터 남짓한 폭의 기다란 수조가 저 너머까지 뻗어 있고, 복잡하게 얽힌 크고 작은 파이프, 벌브 등의 기계가 천장에서도 내려오고 수면에서도 튀어나와 있었다. 기다랗고 거대한 공간 한복판에 사람 한 명이 거우 지나길 만한 술렁다리 같은 상자 모양의 통로가 있었다. 수조는 몇 갠가로 칸이

나뉘었고 주위에 바다와 물고기 냄새가 가득했다. 바닷물인
가? 사부로 씨가 코를 킁킁거리며 냄새를 확인했다. 섬에서
자란 사람에게는 익숙한 냄새였다. 엘리베이터를 내린 방에
서 반가움을 느낀 것은 이 냄새가 떠돌았기 때문이다. 자그마
한 사람이 앞장을 서고 안조가 따라가고, 앤과 나와 사부로
씨가 그 뒤를 이었다. 우리의 발소리는 스테인리스 수조와 기
계와 파이프에 둘러싸여 또렷하게 울려 퍼졌다. 자그마한 사
람은 걸음이 느렸다. 여기 살고 싶네. 앤이 중얼거렸다. 앞장
서서 가던 자그마한 사람이 돌아보며 장갑 낀 손가락을 마스
크의 호흡 장치에 대고 말하지 마, 하는 시늉을 했다.

　폭이 수십 센티미터쯤 되는 통로는 작은 구멍이 뚫린 물결
모양의 재색 철판을 이어 붙여 바닥을 만들었다. 가는 철골로
천장에 매달아놓아서 상하좌우로 불규칙하게 흔들렸다. 주
위는 고요했다. 우리 신발이 철판 바닥을 밟는 소리, 배관이
복잡한 파이프 내부로 뭔가 흐르는 소리, 기계나 톱니바퀴가
삐걱거리는 소리가 이따금 들려왔지만, 그것들은 오히려 넓
은 공간의 고요를 두드러지게 했다. 천장에 빼곡하게 늘어선
형광 관이 스테인리스 수조와 파이프, 계기류와 철판과 철골
을 비추었고 간소하면서도 청결하고 서늘한 분위기로 채웠

다. 나는 대량의 형광 관 불빛에 부신 눈을 게슴츠레하게 뜨고 중얼거렸다. 이 시설은 대체 뭐지? 어떻게 전력을 확보한 거지? 섬에는 발전설비가 없다. 그래서 걸핏하면 정전이 됐다. 문화경제효율화운동 후에 정부는 발전 시설 경영을 민간에게 맡겼다고 아버지에게 들었다. 중간층 이하는 충분한 전력을 살 수 없었다. 간토 주 이북으로는 겨울이 되면 얼어 죽는 사람이 많다고 아버지의 데이터베이스에 나와 있었다.

방진무균복을 입어서 움직임이 둔한지 아니면 근육이 퇴화한 건지 앞장서서 걸어가는 자그마한 사람의 이동이 몹시 느려서, 바로 뒤를 따라가는 안조는 자주 멈춰 서야 했다. 이곳은 상징적인 장소야. 안조의 속삭임이 앞에서 들려왔다. 소리 내서 떠들지 마라. 침이 튀면 바이러스가 공중에 떠돌아서 이 사람들은 기회감염으로 죽어버려. 그러고는 앞장서서 가는 자그마한 사람을 가리켰다. 수조는 몇 개의 탱크로 나뉘어 있었다. 첫 번째 탱크의 물은 투명하고 맑았다. 다음 탱크는 수면이 연녹색 해초로 덮여 있었고, 그다음 탱크는 바다 냄새가 나고 여러 가지 색다른 물고기가 헤엄치고 있었다. 앤이 멈춰 서서 물고기 무리를 물끄러미 바라보았다. 크기와 종류에 따라 무리가 나뉘어 탱크 구석에 모여 있거나 물속을 돌아다니기도 했는데, 어느 물고기든 색소가 없었다. 희뿌연 것이 개중에는 비늘이나 몸이 투명해서 뼈가 보이는 종류도 있었다.

이 탱크는 바닷물과 같은 성분으로 조절하고 있지만, 이 사람들 자급자족의 기본은 실은 그 무균양식어가 아니다. 안조는 계속해서 속삭였다. 어떻게 살거나 상관없는 일인데 당신은 왜 닥치지 않고 계속 떠드는 거야? 앤이 낮은 소리로 물었다. 확실히 양 버스 결혼식에서 만난 뒤로 안조는 줄곧 떠들고 있었다. 좋은 질문이다. 안조는 기뻐하는 표정으로 우리 쪽을 돌아보았지만, 얼굴도 옷도 형광 관 빛으로 새하얗게 보였다. 좋은 질문이다. 그리고 좋은 질문은 항상 인류의 기원과 관계가 있지. 우리 선조는 초원의 구덩이나 동굴에서 어둠과 천적을 두려워하면서 자생 곡물이나 나무 열매를 먹고 사는 약한 종이었다. 대형 고양잇과 육식동물이나 악어나 뱀 같은 파충류, 대형 맹금류 같은 조류에게 잡아먹히던 약하디약한 생물이었다는 것이 거의 정설로 자리 잡았다. 절멸에서 벗어날 수 있게 해준 주요 요인은 포식자에게 잡아먹히는 약자만 느낄 수 있는 위기감이었다. 그 때문에 우리 선조는 공동생활을 시작하고 포식자의 침입과 접근을 알리는 신호로 언어를 발달시켰다.

그래서 우리는 계속 지껄여야만 하고 계속 써야만 한다. 나는 태어난 뒤로 식사 중에도 똥 싸는 중에도 심지어 잠자는 중에도 줄곧 떠들거나 글을 쓰거나 하는 식으로 생활했는데, 드디어 이상사회가 실현되어 문자 표현이 끝났으니 이제는 지껄이는 것밖에 없다. 나는 문자 표현을 그만둔 때부터 계속 지껄일 수 있도록 과학적인 노력을 해왔다. 잘 때도 지껄인다. 훈련의 산물이지. 그러나 알 거라고 생각하지만, 내가 하는 말은 전부 거짓이다. 그리고 전부 진실이다. 지껄인다는 것은 언어의 발생과 함께 파생한 행위로 문자를 쓰는 것과 근본적으로 다르다. 언어는 사용함으로써 비로소 보편성을 얻는다. 언어는 소리의 형태로 발음하면 의미와 의도가 확산되어 엄밀성과 구심력을 잃는다. 그러니 내가 지껄이는 말은 별로 영양가 없는 내용뿐이고, 게다가 허구이며 더러 중요한 진실을 내포하긴 하지만, 너희는 내가 계속 지껄이는 행위 그 자체에서 정보를 얻어야 한다. 그러나 그걸 이해할 수 있는 건 다나카 아키라 너뿐이겠지.

그런 얘기를 속삭이면서 안조는 자그마한 사람 뒤를 천천히 따라갔다. 앤도 사부로 씨도 안조의 이야기를 듣고 있지 않았다. 쉼 없이 지껄이는 안조의 말소리는 색소 없는 물고기가 이따금 수면을 차는 소리와 수조에서 나는 기계음에 섞여 어느새 효과음으로 들리게 되었다. 무엇보다 이야기에 맥락이 없어서 요점을 파악할 수 없었다. 앞장선 자그마한 사람이 수조 끝까지 가서 사람 하나 간신히 빠져나갈 만한 작은 문 앞에 멈췄다. 허리춤에 붙어 있는 수신기를 장갑 낀 손으로 만지자, 자동 자물쇠의 가운데 부분이 파랗게 두 번 깜박거렸다. 자그마한 사람은 레버 핸들을 잡고 문을 열었다. 사방 이 미터 정도의 작은 방으로 전원이 들어온 걸 확인하자 문을 닫고, 자그마한 사람은 다시 벽에 대고 수신기를 눌렀다. 좌우 양쪽으로 마주 보고 있는 원형 배출구에서 에어샤워가 뿜어졌다. 잠시 후, 자그마한 사람은 수신기로 다른 문을 열고 우리한테 작은 방을 나가라고 머리와 손으로 지시했다.

작은 방 너머에는 정사각형의 거대한 수조가 나란히 있고 시야가 온통 연녹색이었다. 그 때문인지 형광 관의 반사가 부드럽게 느껴졌다. 수조는 한 변이 백 미터나 되고, 위쪽에 만들어진 격자형 통로에 의해 무수히 작은 구획으로 나뉘어 있었다. 연녹색으로 보였던 것은 키 작은 식물이 수면을 덮듯이 심겨 있어서였다. 몸을 비스듬히 하고 자그마한 사람이 우리를 추월하여 또 앞장서서 통로를 천천히 걸어갔다. 이것이야말로 이상사회의 상징이자 축도로 이 수경水耕 벼가 이 사람들의 주식이야. 안조가 속삭였다.

다나카 아키라, 너는 아까 이 물처리 시설의 동력에 대해 어떻게 전력을 확보하는지 의문을 품었는데, 그건 규슈 동부를 종단하는 화산 지대가 산요 주까지 계속 뻗어 있다는 것이 전세기 전반에 새롭게 발견되어 지열발전을 하게 됐기 때문이다. 예쁘다. 앤이 수경 볏모를 보고 자기도 모르게 한숨을 쉬었다. 사부로 씨도 멈춰 서서 통로 난간으로 몸을 내밀고 수면 가득히 자란 가녀리고 짧은 연녹색 풀을 물끄러미 바라보았다. 볏모는 비슷한 색의 스펀지에 심겨 있었다. 천장에 매달린 형광 관 빛 아래 떠오른 힘없는 연녹색 볏모는 내가 태어나서 지금까지 본 것 중에 가장 이질적이었다. 무엇을 느꼈는지는 모른다. 다만 볏모를 보고 있는 동인, 어찌 된 이유인지 따뜻한 것이 몸속에 가득 차올랐다. 눈물이 쏟아질 것 같아서 황급히 고개를 돌렸지만, 사부로 씨도 앤도 볏모에 눈을 빼앗기고 있는 것 같았다. 섬에서는 물론 섬을 떠난 뒤에도 나는 빛을 강렬하게 반사하는 것만 보았다. 볏모는 형광관 빛을 반사하지 않았다. 흡수하고 있었다. 짧고 가녀린 볏모 잎의 겉과 속은 미묘하게 연녹색의 농도가 달랐다. 소중한 것이 소중하게 다뤄지며 자라고 있다는 사실이 공간 전체에서 느껴졌다.

안조가 양손을 펼치고 누군가를 향해 말한다기보다 청중을 설득하는 것처럼 주절거렸다. 이 사람들은 일 세기라고 하는 긴 세월 동안, 권력자의 실정에 희생되어 지금은 마흔 명이라는 절멸 직전의 인구밖에 남지 않았다. 산요 주에 열여섯 군데 있던 공장 무균 클린룸 안에 갇혀 외부와 격리됐지. 그러나 그 사실을 역으로 이용하여 자립을 이루었다. 이곳은 전세기 초에 건설된 물처리 시설로 이민내란 때 테러로 파괴되었지만, 무균 클린룸에서 결사적으로 이동하여 이 물처리 시설 자리까지 오게 됐고, 몇십 년에 걸쳐 독립된 구로서 환경을 정비했다. 침사지, 최초 침전지, 반응조, 최종 침전지, 모래여과지 등 몇 개의 수조를 고도의 기술로 다시 만들어서 지열발전을 개발하고 복잡한 배관과 동력설비를 완성해 자급자족 체제를 확립했다. 이 지하 시설은 이상적인 파워 플랜트와 식료 생산 모델 지구로서 최상층 당국에도 인정받아, 최상층 사람들에게 수경 쌀을 제공하고 있다. 따라서 자립이 묵인되고 있지. 이 사람들은 수경 식물을 원료로 하는 생물병기를 갖추고 있어서 아무도 무단으로 이곳에 들어올 수 없다. 애초에 이 장소를 아는 사람은 한정되어 있다. 아까 네가 종합신경안정제를 순순히 내놓지 않았더라면 너희는 바로 살해되고 내 신용도 잃을 뻔했어.

자그마한 사람은 여전히 걸음이 느렸다. 마음에 걸리는 게 있었다. 종합신경안정제 판을 받아 든 자그마한 사람이 내 이름을 듣고 내용물을 확인하려던 걸 그만두었다. 어째서일까? 다나카 아키라라는 이름을 알고 있다고밖에 생각할 수 없었다. 안조는 내 이름을 알고 내가 노인시설까지 안내하라고 찾아오리란 것도 예상하고 있었다. 누군가 내 목적을 알고 노인시설까지 인도하고 있는 걸까? 수경 벼의 수조 끝까지 왔다. 나는 몸을 비스듬히 하여 앤 옆을 지나 안조의 등 뒤로 가서, 자그마한 사람에게 들리도록 존댓말로 속삭였다. 다나카 아키라입니다만, 나를 알고 있습니까? 네게 물었나? 안조가 돌아보았다. 당신한테 말한 거 아냐. 저 자그마한 사람한테 말했어. 안조를 밀치듯이 앞으로 나가 한 번 더 자그마한 사람을 향해 물어보았다. 나를 압니까?

　자그마한 사람이 장갑 낀 집게손가락 끝으로 호흡용 돌기 옆에 있는 사방 이 센티미터 정도의 패널을 내 쪽을 향해 건드리자, 기계음이 머릿속에서 울렸다. 들……리……나? 들립니다. 내 목소리를 들은 안조와 앤이 이쪽을 보고 이상하다는 표정을 지었다. 기계음은 나한테만 들리는 것 같았다. 너……의…… 이야……기는…… 그 사람……한테…… 들었다. 쓸데없는 에코가 적어져 기계음이 점차 알아듣기 쉬워졌다. 신경이 술렁거리는 느낌이어서, 이건 메모리악이구나 생각했다. 자그마한 사람은 호흡용 돌기 부분을 통해 말하고 있는 게 아니었다. 아마 방진무균복을 벗을 수도 없을 것이다. 그래서 메모리악을 이용해 대화를 하는지도 모른다. 특정한 누군가를 향해 발신이 가능한 것도 메모리악의 특성이다. 너에…… 대해서는…… 이름을…… 미리…… 들었다. 중요한…… 실험 재료…… 같더군. 그 사람의 정보이니…… 틀림없을 것이라고…… 우리는 판단했지만…… 맞든 틀리든 그건 상관이 없다. 우리는…… 단순히 종합신경안정제를 필요로 하고 있어서…… 그 사람의 정보가 옳고 그르고는 관계없다는 말이다.

수경 볏모를 심은 광대한 공간을 지나고 있었다. 통로는 작은 금속 문으로 연결되어 있었고, 그 너머는 아마 옥외일지도 모른다고 생각했다. 바람 소리 같은 것이 벽을 통해 들려왔기 때문이다. 그 사람이란 누구입니까? 그 사람이 나를 실험 재료라고 말했다니, 어떤 실험입니까? 얼굴을 갖다 대고 그렇게 속삭이자, 자그마한 사람은 문을 열면서 대답했다. 그 사람이 누군지 알 필요는 없고…… 어떤 실험인지도 상관없는 일이고 한 가지 들은 것은 우리…… 인류 암컷의 발정기를 부활시킨다나 복원시킨다나 재현시킨다나 하면서 인류사를 전환하겠다는 스태프가 관계하고 있다는 것이었다. 자그마한 사람의 말은 이제 정확하게 들렸지만 그 내용은 이해할 수 없었다. 내가 실험 재료인 것과 여자의 발정기와 무슨 관계가 있는지 통 알 수 없었다.

6

문을 빠져나오자 또 좁은 에어샤워실이 있고, 그곳을 나오니 바람 소리 같은 게 더욱 커지고 사방은 캄캄했다. 바로 앞에는 운하처럼 물이 흐르고, 옆에는 창고 같은 넓은 공간과 사람이 몇 명쯤 들어갈 수 있는 커다란 자루 모양의 짐을 쌓아놓은 선반 그리고 컨베이어 벨트와 운반용 기계 등이 반듯하게 늘어서 있었다. 터널이야. 앤이 말했다. 정말로 전방에 지름 십 미터의 터널이 보였다. 어둠에 눈이 익숙해져 가까이 가보니 그건 터널이라기보다 무섭고 큰 파이프로, 운하에서 뻗어 나온 수로란 걸 알았다. 자그마한 사람에게 새로운 수신기를 받아 든 안조가 수로 입구 부근을 가리키며 말했다. 저걸 타자. 뭔가 흔들리면서 떠 있는 것이 실루엣으로 보였다. 끝이 뾰족하고 납작했다.

보트라는 탈것을 실제로 보는 건 처음이었다. 됐으니 빨리 타. 안조가 오른손을 흔들며 우리를 재촉했다. 이걸 타고 노인시설까지 가는 거냐? 사부로 씨의 질문에 안조는 입술을 반달 모양으로 일그러뜨리며 웃는 얼굴을 지었다. 걸어가고 싶으면 걸어가도 돼. 보트 크기는 야가라라는 사람의 일행이 타고 있던 범용차와 거의 비슷했고, 아까의 수경 볏모를 연상시키는 연녹색으로 도색되어 있었다. 후미의 엔진 수납부가 혹처럼 볼록했다. 안조가 폭 수십 센티미터의 수로 옆 갓길을 걸어가서 계류용 로프를 끌어당겨 보트를 접안시킨 뒤 자그마한 사람에게 받은 수신기로 엔진을 켰다. 중앙의 조종석 방풍 덮개가 열리고 이 인용 좌석이 앞뒤로 세 개 드러났다. 빨리 타! 안조가 로프를 잡은 채 크게 소리를 질러 우리는 보트 가장자리에 올라탔다. 자그마한 사람이 통로를 되돌아갔다. 자그마한 사람은 에어샤워실 쪽으로 천천히 걸어가서 이쪽을 보며 문을 닫으려 하고 있었다. 내가 손을 들어 이별의 손짓을 하자 방진무균복의 장갑을 희미하게 들어 답례를 하고 바로 모습을 감추었다.

7

안전벨트를 매라. 조종석의 안조가 좌석에 앉은 우리에게 말했다. 이건 멀미가 나는걸. 내 옆에 앉은 사부로 씨가 중얼거렸다. 출발 전의 보트는 균형이 잘 안 잡히는 시소처럼 전후좌우 상하로 불규칙하게 흔들렸다. 지금까지 경험한 적 없는 흔들림이어서 나도 속이 울렁거렸다. 안조는 앤과 나란히 앉아 조종석 앞의 패널을 두드려 목적지와 진로 정보를 입력했다. 패널에는 지표와 지하 수로를 나타내는 영상 도형이 삼

차원으로 표시되고 진로라고 생각되는 선이 깜박거렸다. 목적지와 진로 입력이 끝남과 동시에 반원형 핸들이 계기류와 패널 사이로 가라앉듯이 들어갔다. 이것은 어떻게 가는 거냐? 사부로 씨가 물어서 스크루라고 하는 프로펠러와 비슷한 장치가 회전을 하여 추진력을 얻는 거라고 말해주었지만 이해하지 못했다. 사부로 씨는 스크루도 프로펠러도 몰랐다. 나도 실물을 본 적은 없었다. 안조가 패널의 출력 버튼을 몇 번 두드리니 엔진 소리가 커져 앤이 우리를 돌아보았다. 이제 어디를 가는 거야? 앤은 얼굴이 빨개져 있었다. 아직 종합신경안정제가 듣고 있는 것 같았다. 안정감과 고양감이 계속되고 있는 것이다. 특별한 노인들이 있는 곳에 가. 대답해주었지만, 앤은 사실은 행선지 따위 아무래도 상관없다는 듯 아무 반응도 하지 않고, 앞으로 나아가기 시작한 보트의 움직임에 맞춰 얼굴을 뒤로 젖히고 노래하듯이 환성을 질렀다.

　수로가 커브를 돌고 있어서 보트는 별로 속도를 내지 못했다. 사람의 전력 질주와 비슷한 속도였다. 그래도 엔진 소리는 꽤 컸다. 그러나 좌석은 탄소섬유의 투명한 방풍 덮개로 외기가 차단되어서 여전히 지껄이고 있는 안조의 목소리가 잘 들렸다. 수로 안에는 우리가 탄 것 말고도 같은 모양 보트가 몇 척 떠 있었다. 물류物流가 모든 선과 악의 근원이었어. 안조는 앤 쪽을 보기도 하고 나와 사부로 씨 쪽을 보기도 하면서 지껄였지만, 누군가에게 말을 걸고 있는 건 아니었다. 모두에게 말을 거는 것도 아니었다. 혼잣말도 설교도 연설도 아니고 호흡을 하는 거나 마찬가지였다. 뱉었다 들이마셨다 하는 숨이 말이 되어 들리는 느낌이었다. 앤도 사부로 씨도 듣고 있지 않았다. 주위에서 들리는 잡음 중 일부로 여겼다. 물류가 모든 선과 악의 근원이었어. 나는 취재로 그걸 알아냈지.

나는 구세계로 치자면 한마디로 스파이다. 계급을 횡단하는 존재로 살기로 결심하고 가장 썩은 일을 맡아서 그들의 성적 수요를 채워주는 것으로 최상층과 접촉하고, 취재원에게 접근 허가를 얻어내고, 환락가나 양 버스 그리고 믿기 어렵게도 신데지마까지 출입과 거주가 가능해졌지. 그에 대한 답례 겸 더욱 신뢰를 얻기 위해 성 장난감으로 다양한 사람을 배달했다. 젊은 여자와 남자, 소년과 소녀, 유아와 사체까지 조달했다. 권력자들은 도착倒錯한 쾌락과 도착하지 않은 쾌락을 탐하면서 윤리와 추락에 대해 파고드는 연구를 하고 있다고 변명했지만, 어쩌면 사실인지도 모른다고 지금은 생각한다. 왜냐하면 나도 같은 이유로 유아의 깨끗한 육체를 사랑하게 돼버렸기 때문이다. 대체 누가 유아나 아이들과 섹스를 해선 안 된다고 정했을까 하는 의문은 정당하고 본질적인 것이었다. 그래서 나도 그들도 도착된 성이 인류에게만 일어나는 원인을 찾으려고 한 거야.

포유류는 물론 유인원 가운데서도 아이를 성행위 대상으로 삼는 것은 사람 이외에는, 피그미침팬지라는 별명을 가졌고 지능은 침팬지 이상인 보노보라는 종류의 원숭이뿐이다. 그러나 보노보 사회에서 아이나 동성끼리의 성행위는 인사일 뿐 실제 성행위는 하지 않는다. 따라서 도착 성행위는 인사로서 사회적으로 통용되고 있어 금기의 대상은 아니다. 사람은 아이나 유아나 사체와의 성행위를 사회적으로 금지하고, 동성끼리의 성행위도 이십 세기 중엽까지는 금기 사항이었다. 그러나 인사가 아니라 실제로 성행위 대상으로서 인정하는 사람들이 확실히 존재한다. 금기라고 하면 설사 금방 잊어버린다 하더라도 절대로 떠올려서는 안 되는 것들의 범주에 속하지만, 역사적으로 선과 악의 근원이 된 것은 물류, 즉 물적유통이었다. 합리성과 비과학성, 효율성과 신비성 등의 근간을 이룬 것은 정보 통신도 아니고 생산성도 아니고 자본

시장도 아니고 사유재산제도 아니고 물류였다. 일본 사회에서는 이십일 세기 중엽부터 생산보다 물류가 더 중요시되었다. 생산성의 한계가 수치로 증명되고, 경제활동의 효율화와 환경에 대한 배려로 정부도 민간도 물류에 노력과 자본을 쏟아 채소부터 에너지까지 모든 상품과 자원에 태그를 붙였으나, 그 무렵부터 이변과 모순과 이상이 동시에 태어났다.

처음에 그것은 미립자처럼 작았다가 이윽고 괴물로 바뀌어갔지만, 그 시대의 일을 내가 실제로 듣고 본 건 아니다. 취재를 통해 공부한 것이다. 이런 수로망도 물류 관리를 위해 막대한 예산을 들여 만들었다. 일반 가정의 정수 장치와 행정과 민간의 물처리 시설과 강과 바다와 폐기물 처리장, 크고 작은 상점과 쇼핑몰과 상품 집배 센터, 항만과 공항과 정보처리 센터와 발전소와 공공시설 등을 잇는 것이 환경보호와 효율성을 위해서 필수라 하여 지하 도로와 철도와 송전선과 통신망 등을 평행하게 만들었지만, 이민이 늘어나고 머잖아 반항하는 세대가 나타난 뒤로는 물류 경로와 설비는 상품이 아니라 사람을 관리하는 장치가 되어버렸다. 물류 경로를 인간의 몸과 함께 정신을 관리히는 데 사용되세 되사, 도로와 철도와 수로는 센서로 메워져 몸에 묻은 IC 칩까지 판독해냈고,

이민들은 대화와 전화 같은 커뮤니케이션이나 뇌 내 물질의 분비 상황까지 모니터링당하게 되었다. 그 때문에 미워도 미워할 수 없고, 사랑해도 사랑할 수 없게 된 이민들은 먼저 도로 파괴와 분단으로 반란을 개시한 것이다.

8

파이프 모양의 수로가 직선이 되자 보트는 속도를 높였다. 수로에는 곳곳에 작은 구식 조명이 있었지만 주위는 거의 캄캄했다. 보트 뱃머리에 불이 켜져 있는데도 몇 미터 앞의 수면만 부옇게 보이는 정도였다. 안조는 계속 지껄였다. 무슨 얘기를 하는지 이해할 수 없었지만 몇 개의 단어와 문장이 드문드문 귀에 들어왔다. 이민내란으로 수로는 귀중한 인프라가 되었다. 이민내란의 최대 희생은 물류망 분단으로, 아이러니하게도 그 분단이야말로 머잖아 찾아올 이상사회의 인프라가 된다. 분단된 물류망 가운데 산요 주에서는 지하 도로 일부를 반란군이 장악했고, 수로는 모두 정부, 즉 최상층 사람들이 관리하다가 지금은 최상층의 교통로로 쓰이고 있다.

저 물처리 시설의 마흔 명은 최상층 사람들을 위해 유기농 벼를 재배하며 생존을 허락받았다. 그 외에 지하 목장도 있다. 중하층은 그 사실을 모른다. 설령 안다고 해도 정보와 행동을 연결 짓지 못한다. 중하층은 몇 세대가 경과하는 동안 정보와 행동이라는 개념 자체를 잃어버렸다. 그거야말로 행복이다. 아무것도 모르는 것은 행복하다. 이 세상에 초콜릿이라는 음식이 존재하는 것을 모르는 사람은, 이 세상에서 초콜릿만큼 맛있는 것은 없다고 하는 다른 사람의 말을 듣고 초콜릿이라는 단어를 알게 되어도 그게 뭔지 모르기 때문에 초콜릿에 관한 사고나 행동을 하지 못한다. 그런 상황이 몇 세대 계속되어 행복한 무지가 중하층에 정착되었다. 정보와 지식은 중하층 사람들을 불행하게 한다. 생물학이나 의료 지식이 있는 사람은 죽음에 대해 상상하며 괴로워하고 고민한다. 그러나 무지한 사람은 단순히 죽음과 슬픔을 받아들일 뿐 갈등은 없다.

지금부터 나는 자겠다. 안조가 말했다. 그러고 보니 나도 섬을 떠난 뒤 지금까지 언제 잤는지 기억이 없다. 며칠이 지났는지두 잘 모르겠다. 식품 쇼핑몰에서 경비 로봇에게 근육 이완 가스를 맞고 의식을 잃은 탓도 있을 거라 생각한다. 반란이민 후손들의 범용차 안에서 긴 시간 의식을 잃고 있었다. 보트가 출발한 뒤로 경치도 들려오는 소리도 계속 같았다. 엔진과 스크루 소리 그리고 안조의 목소리. 눈을 감았지만 영상이 떠올라 잠을 잘 수 없었다. 사부로 씨도 보트의 흔들림이 괴로운지 불편한 얼굴로 의자 등받이에 몸을 기댄 채, 수로 천장을 보고 있었다. 종합신경안정제 효과가 아직 남아 있는 앤은 몸을 내밀듯이 하고 펼쳐졌다가 사라지는 보트의 파문을 바라보고 있었다. 잠이 든 것은 안조뿐이었다. 안조는 정말로 자면서도 지껄였다. 나는 어떤 수면 방법을 습득했다…… 어쩌고 하는 얘기를 주절거리다가 일단 눈을 감고 잤다. 잠시 후, 나는 대체로 십 초 떠들고 십 초 수면을 취하고 또 잠이 깨서 십 초 떠든다, 하고 말한 뒤 눈을 감고 코를 골며 정말로 십 초 정도 자더니, 또 눈을 뜨고, 시가전에서 이동하며 수색하는 병사의 수면법이지, 하고는 다시 십 초 정도 숙면했다.

언제 적을 만날지 모르는 시가전에서는 휴식 없이 수십 시간에 걸쳐 임무를 수행하는 경우가 있다. 그럴 때 특수부대 병사는 십 초의 수면과 십 초의 각성을 되풀이하는 훈련을 받는다. 안조는 그런 말을 십 초 간격으로 지껄였다. 보트는 같은 속도로 수로를 나아갔다. 조명에 떠오르는 것은 파이프 벽과 천장 일부와 파도치는 어두운 수면뿐으로, 너무 변화가 없어서 가끔은 멈춰 있는 게 아닌가 하는 착각에 빠졌다. 재색의 물결 모양 금속 파이프는 곳곳이 검게 녹슬었다. 거의 일정한 간격으로 한쪽 벽에 희미한 불빛이 있었다. 나는 시야를 가로지르는 형광 관의 허연 불빛을 무의식적으로 세고 있었다. 시가전에서는 언제 적을 만날지 모른다. 안조의 목소리가 불빛과 어둠의 틈에서 십 초 간격으로 들려왔다. 적을 발견하고 공격하는 것도 중요하지만 꼭 피해야 하는 것은 아군을 잘못 쏘는 것이다. 안조의 목소리를 듣고 있자니 재색 파이프가 일그러져 보였다. 안조의 말소리와 코 고는 소리가 교대로 들리고, 시야에 안개가 낀 것처럼 의식이 몽롱해지고, 안조의 목소리가 멀어져갔다.

9

앤의 비명에 눈을 떴다. 앤은 아주 짧은 머리를 쥐어뜯으면서 마치 아기처럼 울부짖으며 갑자기 자리에서 일어나려 하다가 방풍 덮개에 머리를 세게 부딪쳤다. 뭐라고 소리치는

지 알 수 없었다. 안조가 십 초 간격의 수면에서 깨어나 앤의 어깨를 잡고 일어서려는 그녀를 말렸다. 종합신경안정제의 효력이 떨어진 것이다. 나는 백팩에서 종합신경안정제를 꺼냈다. 캡슐을 찢어서 알맹이를 직접 앤의 입속에 넣으려고 했다. 사부로 씨는 멀미를 하고 있어서, 앤의 얼굴을 붙잡아달라고 했지만 힘없이 머리를 저을 뿐이었다. 안조가 앤의 이마를 누르고 손가락으로 코를 잡았다. 입이 벌어지는 순간 나는 캡슐을 짓이기듯이 하여 내용물을 앤의 입에 흘려 넣었다. 앤이 콜록거리며 걸쭉한 약제를 토하려고 했다. 안조가 앤의 턱을 꽉 잡고 억지로 삼키게 했다.

캡슐을 찢어서 약을 먹였기 때문에 효과는 빨리 나타나지만 그래도 몇 분은 걸린다. 효력이 떨어지기 전에 먹여야 했는데 내가 어느 틈엔가 잠이 들어버렸다. 앤은 기분을 조절하지 못해 알 수 없는 비명을 계속 질렀다. 종합신경안정제의 효력이 떨어질 때는 불안과 공포가 배로 증가한다고 한다. 야가라라는 사람이 살해당할 때의 기억이 되살아나고 그게 또 증폭된 것이다. 이 여자는 왜 이러는 거냐? 안조가 물었다. 환락가 서지구에서 잔혹한 체험을 했다고 말해주었다. 안조는 앤의 관자놀이를 양손으로 잡고 서로의 코와 코가 붙을 정도

로 얼굴을 가까이 가져가더니, 큰 소리로 말했다. 내 목소리
가 들리나? 나의, 눈앞에 있는 남자의 목소리를 들어줘. 먼저
내 목소리가 들린다는 것을 확인해줘. 소리가 들리면 고개를
끄덕여봐. 일단 내 목소리를 듣는 것이 필요해. 들리나? 고개
를 끄덕여줘. 안조는 앤의 귓가에 대고 되풀이해서 큰 소리로
말했다. 앤이 눈을 부릅뜬 채 마치 목 위로 경련이라도 이는
것처럼 고개를 끄덕였다.

한 번 더, 딱 한 번만 더 고개를 끄덕여줘. 내 목소리가 들
리지? 고개를 끄덕여줘. 안조가 다시 큰 소리로 말하자, 앤이
얼굴을 위아래로 몇 번 끄덕였다. 그렇지, 그렇게 내가 하는
말을 들어줘. 고개를 끄덕이는 걸 보니까 내 목소리가 들리는
것 같네. 그럼 들어줘. 공포에 싸여 있을 때는 자기 외부에 세
계가 변함없이 존재한다는 것을 확인하지 않으면 안 돼. 그러
니까 다른 사람이 하는 얘기를 듣고, 들린다는 것을 상대에게
전하고, 스스로도 확인해서, 바깥 세계와 접촉하고 있다는 걸
의식하도록 해. 이제 너는 확인했으니 더 이상 고개를 끄덕일
필요는 없다. 그저 내가 하는 말만 듣고 있으면 돼. 바깥 세계
가 바뀌지 않았음을 확인했으면 이번에는 공포와 대면해라.
스스로 조절할 수 없는 공포에서는 벗어나려고 하면 안 돼.

공포는 자력을 띤 깃털 같은 것이어서 벗어나려 하거나 떨쳐내려 하면 어디까지고 쫓아와서 더욱 끈질기게 달라붙는다. 그러니 도망치지 말고 공포와 한 몸이 되는 거다. 한 몸이 돼도 괜찮다. 왜냐하면 공포는 절대 길게 지속되지 않기 때문이다. 아무리 기쁜 일이어도, 아무리 기분 좋은 일이어도 흥분 상태가 며칠씩 계속되는 일은 없다. 몇 시간 계속되는 흥분이나 열광도 없을지 모른다.

신경에 불이 붙은 상태는 영원히 지속되지 않아. 신경에 불이 붙어서 타오르거나 폭발하는 상태는 영원히 계속되지 않는다고. 그건 불이 붙거나 타거나 폭발하거나, 신경이 그런 상태를 영원히 이어가는 게 무리이기 때문이야. 신경 연료가 끊어지거든. 그러니까 쾌락도 공포도 불안도 반드시 진정될 때가 온다. 삼십 분 뒤일지 다섯 시간 뒤일지 모르지만. 네 경우는 봐라, 종합신경안정제를 아까 먹었으니 아마 삼 분 뒤면 공포는 사라질 거야. 단 삼 분이야. 이미 이 분이 지났으니 앞으로 일 분이다. 공포는 사라진다. 길게 가지 않아. 그러니 이제 공포에서 도망치려고 하지 않아도 돼.

머잖아 앤의 발작은 진정되었다. 안조의 충고로 진정된 건

지 종합신경안정제의 약효인지 모르겠지만 아마 양쪽 다 일
것이다. 앤은 꼭 잡고 있던 안조의 팔을 놓고 아버지가, 아버
지가, 아버지가, 하고 같은 말을 되풀이하며 울음을 터트렸
다. 아무 말도 하지 않아도 돼. 안조가 앤의 어깨에 손을 얹으
며 말했다. 이제 공포는 사라졌으니 떠올릴 필요도, 얘기할
필요도 없어. 공포의 발작이 계속되고 큰 소리로 말을 하는
동안 앤은 아기처럼 안조에게 매달려 있었다. 사부로 씨가 안
조를 험악한 눈으로 바라보았다. 좀 전의 안조처럼 차근차근
얘기를 하여 남을 안심시키는 어른을 본 적이 없어서 오히려
경계하는지도 모른다. 안조의 말과 말투에는 신기한 힘이 있
었다. 옆에서 듣고 있는 것만으로도 불쾌한 기분이나 생각이
사르륵 녹아버리는 것 같아서 안도감과 짜증이 동시에 생겼
다. 안도감과는 별도로 양 버스에 있던 세 아이를 떠올리니
짜증이 난 것이다.

격리 시설 그 1

1

이윽고 수로는 오른쪽으로 천천히 커브를 돌고, 안경 같은 모양을 한 분기점이 전방에 보였다. 앞으로 한 시간 정도면 목적지에 도착하는데 그 전에 연료를 보충하자. 안조가 말했다. 난 뭘 좀 먹고 싶은데, 너희는 어때? 앤이 돌아보았다. 아직 뺨에 눈물 자국이 남아 있었지만 정신은 회복되었다. 그보다 나는 소변이 마려워. 여기를 열어줘. 사부로 씨가 그렇게 말하며 탄소섬유 유리로 된 방풍 덮개를 손가락으로 두드렸다. 연료를 보급하는 곳에 식당이 있겠지? 앤이 보트가 내는 물결 소리를 허밍으로 따라 하면서 물었다. 공포의 발작을 진정시켜줘서인지 안조에게 어딘지 모르게 어리광을 부리는 듯한 말투와 행동이었다. 안조는 눈앞의 패널을 두드리더니 보트의 진로를 변경하면서 초조한 어조로 말했다. 지금부터 들르는 곳은 특별한 지역으로 나는 연료 보급밖에 허가받지 않아서, 아마 화장실은 사용할 수 있겠지만 식당에 들어갈 수 있을지 어떨지는 모르겠다. 게다가 지금 허가를 받을 수도 없다. 그 이유는 내 쪽에서는 그쪽으로 연락할 수 없기 때문이다. 또 그쪽이라는 것이 어디를 가리키고 누구를 말하는지도 절대 말할 수 없다. 그런 걸 다나카 아키라에게 말한 게 알려지면 나는 이 세상에서 사라지고 말걸.

보트가 속도를 늦추고 안경 모양의 분기점 왼쪽으로 들어갔다. 자다가 깨다가를 반복한 탓에 머리가 무겁기도 하여, 안조의 목소리는 귀에 들어오지만 무슨 말인지 이해는 되지 않았다. 그러나 식당이라는 단어를 듣고 나도 공복을 느꼈다. 허가, 그쪽이라는 단어 뒤에 다나카 아키라라고 하는 내 이름이 들렸을 때, 이유는 불확실하지만 가슴이 쿵쾅거렸다. 순간, 나는 몸을 내밀며 질문했다. 당신은 누군가에게 명령을 받고 있는 거지? 안조가 놀라고 혼란스러운 표정으로 돌아보았다. 너 무슨 소릴 하는 거냐? 대체 무슨 소리를 하는 거냐고? 낮은 목소리로 중얼거리더니 입술 끝을 떨었다. 문득 주위를 보니 형광 관 수가 늘어나서 시야가 밝아졌다. 물결 소리 이외의 소리도 들려오고 전방에 뭔가 보이기 시작했다. 안조가 다시 내 쪽을 돌아보더니 입을 다물었다. 그때까지 계속 주절거리고 있던 안조가 입을 다물어버리자 분위기가 묘해져서 앤과 사부로 씨도 안조 쪽을 보았다. 이윽고 안조가 눈을 부릅뜬 채 내게 물었다. 너는 알고 있나? 표정이 없었다. 어째서 이 남자는 겁을 먹고 있는 걸까 생각하는데, 불현듯 어떤 말이 되살아났다. 상상이라는 말이다. 어디서 들었는지는 생각나지 않았다. 누구에게 들은 건지 아니면 아버지의 데이터베이스에서 본 건지 그것도 모르겠다. 나는 상상이라는 말을 명령형으로 들었다. 상상해라. 그 목소리는 말했다. 상상해라. 너는 인도될 것이다.

2

한층 큰 커브를 돌자 갑자기 시야가 확 트이고 전방에 부채꼴의 광장 같은 공산이 보였다. 난소로운 오르산 음악이 들리고, 다양한 종류의 조명 장치와 영상간판이 휘황찬란하게 켜져 있어, 수로가 어두워서였는지 마치 온 공간이 빛을 발하는 것 같았다. 물고기 등뼈처럼 튀어나온 부두가 있고, 여러 척의 보트가 정박해 있었다. 보트는 속도를 낮추면서 부두 중앙으로 향했다. 왜 잠자코 있어? 앤이 물었지만, 안조는 겁먹은 표정 그대로 아무 대답도 하지 않았다. 부두 너머에 몇 개의 상점이 부채꼴의 선을 따라 늘어서 있었다. 유난히 큰 영상간판에는 식당이라는 글씨가 환하게 떠오르고, 본 적도 없는 진기한 요리가 줄줄이 비쳤다. 저거 뭐야? 앤이 손가락으로 가리킨 방향에는 야한 색깔의 영상간판이 있었다. 오락 시설 스타. 그 영상간판을 보고 있는 나에게 안조가 그로서는 오랜만에 입을 열었다. 저런 데는 가면 안 돼. 목소리가 떨리고 있었다.

보트가 부두에 가까워지자 안조가 방풍 덮개를 열었다. 사부로 씨는 보트 멀미로 계속 속이 안 좋았던 탓에 불쾌한 표정을 하고 있었다. 연료라고 쓰인 영상간판을 걸어놓은 상점에서 남자 한 명이 나와 이쪽으로 걸어왔다. 그 밖에는 사람의 모습이라곤 없었다. 남자는 걸음걸이가 기묘했다. 상반신을 곧게 세운 채 아주 좁은 보폭으로 마치 눈에 보이지 않는 장애물이 널려 있기라도 한 것처럼 상점 출입구에서 부두까지 좌우로 방향을 틀면서 지그재그로 걸었다. 남자는 목에 건

연필처럼 생긴 가늘고 긴 센서를 이쪽으로 향했는데, 동작이 아주 느렸다. 안조가 수신기를 꺼내 남자에게 신호를 보내자, 부두 끝의 기둥에 달려 있는 타원형 램프가 녹색으로 켜지며 보트의 접안을 허락했다. 보트에서 내린 안조가 부두에 서 있는 남자에게 연료를 보급하고 화장실을 빌리고 싶다고 말했다. 좋아. 남자가 합성을 한 듯한 기계적인 소리로 응했다. 남자는 바싹 쳐올린 짧은 머리에 얼굴은 좁고 기다랗고 사부로씨보다 키가 컸다. 안조나 나에 비하면 머리 하나는 더 컸다. 코트처럼 자락이 긴 살색 웃옷에 재색 바지를 입고, 맨발에 고대 유럽 병사처럼 가죽 샌들을 신고 있었다.

3

보트에서 부두로 건너간 앤이 남자를 가까이에서 보고 반사적으로 발을 멈추었다. 나도 남자의 표정 변화를 눈치챘다. 남자는 앤을 본 순간, 입술이 반달 모양이 되며 웃으려고 했다. 그러나 웃는 얼굴을 만드는 도중에 표정이 얼어붙듯이 굳어져 어중간하게 일그러진 입 모양이 그대로 남아 있었다. 이윽고 천천히 어색한 움직임으로 원래대로 돌아갔다. 웃는 얼굴을 만드는 도중에 남자는 양어깨를 두 번 크게 떨더니 입모양을 원래대로 하고 고통스러운 표정을 지었다. 안조가 식사를 하고 싶은데 괜찮겠냐고 남자에게 물었다. 눈과 뺨과 입에 고통스러운 표정이 남은 남자는 고개를 숙이고 수신기를 조작하여 자동 급유 장치로 보트에 연료를 보급하더니, 나는 판단할 수 없다고 기계적인 목소리를 냈다. 인공 성대인지도 모른다고 생각했다. 줄기세포 이식이 일반화하기 전에는 인공 성대를 사용하는 일이 있었다고 아버지의 데이터베이스에 나와 있었다. 사부로 씨는 침착하지 못한 모습으로 주위를 둘러보았고, 앤은 남자에게서 멀어지려고 했다. 안조는 줄곧 겁먹은 표정으로 절대 남자와 눈을 마주치려고 하지 않았다.

관리관을 부를 테니 여기서 기다려. 남자의 알아듣기 힘든 기계적인 목소리에 나는 소름이 돋았다. 몸에서 힘이 빠지는 게 느껴졌다. 관리관이라는 직책은 공식적으로 정부에서 임명받은 자 이외에는 맡을 수 없다. 안조에게 속은 거라고 생각했다. 안조도 섬에서는 관리관이어서 서로 연락했을지도 모른다. 그래서 분명 체포될 거라고 생각했다. 하지만 도망치거나 저항할 마음은 들지 않았다. 사부로 씨는 관리관이라는 직책의 의미를 모르는지 표정이 바뀌지 않았다. 앤은 종합신경안정제 때문인지 관리관이라는 직책에도 반응하지 않았다. 여기서 도망쳐야 하는가 생각하다가 이상한 것을 알아챘다. 안조가 몹시 겁을 먹고 있었던 것이다. 여기서 우리를 당국에 인도할 생각이라면 겁먹을 필요가 없을 텐데.

보트에 기름을 넣고 있는 동안, 남자는 수신기에 부속된 이어폰을 귀에 꽂고 누군가와 대화를 했다. 소리를 내는 게 아니라 목 언저리에 수신기를 갖다 대고 발신하고 있었다. 성대의 떨림을 직접 전하고 이어폰으로 상대의 지시를 듣는 것이었다. 야한 영상간판 불빛이 남자의 얼굴을 파란색과 다홍색으로 물들였다. 화장실에 가고 싶다. 사부로 씨가 말하자, 안조가 부두 옆에 있는 네모난 오두막을 가리켰다. 오두막으로 향하는 사부로 씨를 수신기로 대화를 계속하던 남자가 눈으로 좇았다. 오두막에 들어가는 사부로 씨와 교대하듯이 다른 남자가 나타났다. 남자는 오락 시설 스타라고 쓰인 영상간판 가게에서 나와, 아까 남자와 마찬가지로 좁은 보폭으로 지그재그로 걸어왔다. 걷는 게 묘하게 느렸다. 역시 코트처럼 자락이 긴 웃옷을 입었는데 색깔은 노란색이었다. 남자가 부두에 이르렀을 때, 소변을 보고 오두막에서 나온 사부로 씨와 만나게 되었다. 남자는 사부로 씨를 보자 다리를 교차시키고 오른손을 팔꿈치에서 직각으로 드는 동작을 했다. 인사인지도 모른다. 사부로 씨는 남자의 동작을 무시했다.

이곳 관리관이야. 살색 웃옷을 입은 키 큰 남자가 노란색 웃옷을 입고 이쪽으로 오는 남자를 보고 말했다. 관리관이라는 남자는 살색 웃옷의 남자보다 키가 작아서 나나 안조와 거의 비슷했다. 분홍색 바지를 입고 같은 분홍색 비닐 샌들을 맨발에 신고 있었다. 이런 관리관은 본 적이 없다. 섬의 관리관은 단추가 많이 달린 감색이나 검은색이나 재색 제복을 입고 딱딱해 보이는 가죽 부츠를 신고 있었다. 아버지의 데이터 베이스에는 몇백 명이나 되는 저명한 관리관들이 실려 있었지만, 분홍색 비닐 샌들을 신은 인물은 없었다. 뭔가 먹고 싶은데, 가능할까? 관리관이라는 남자는 오른손을 팔꿈치에서부터 직각으로 구부리고 손바닥을 내밀어 안조가 질문하는 것을 막는 시늉을 하고 물었다. 다나카 아키라냐? 나는 혼란스러웠다. 이런 관리관이 있을 리 없다는 생각과 이름이 알려져 있다는 것은 역시 여기서 체포되는 걸지도 모른다는 생각이 교차하여, 목덜미에 식은땀이 흘렀다. 그런데 지금 여기에 다나카 아키라 한 사람이 아니라 어째서 세 명이나 있고, 게다가 여자까지 있나? 관리관이라는 남자가 안조에게 물었다. 여러 가지 예상 밖의 일이 일어나 이 녀석들은 처음부터 줄곧 함께였다. 왜 셋이서 행동하고 있는지는 모른다. 안조는 지금까지의 경위를 설명하려고 했다. 그러나 관리관이라는 남자가 턱을 크게 흔들며 주억거리더니 안조의 말을 잘랐다. 알고 있다. 남자는 눈을 감고 몇 번이나 심호흡을 한 뒤, 한쪽 뺨에 주름을 만들며 미소 비슷한 표정을 지었다. 알고 있으니 물은 거다. 알고 있지 않다면 묻지 않는다.

여자는 반란이민 후손의 딸이고 그 남자는 신데지마의 쿠치추란 걸 우리는 파악하고 있다. 관리관 남자는 그렇게 말하더니, 따라오라는 듯이 오락 시설 스타 쪽으로 고갯짓을 하고 앞장서서 걸었다. 싫어, 난 가고 싶지 않아. 앤은 움직이려고 하지 않았다. 키 큰 남자를 무서워하는 것 같았다. 관리관이라는 남자와 키 큰 남자는 지그재그로 계속 걸었다. 속였군. 나는 안조에게 말했다. 저 관리관에게 여기서 우리를 인도할 생각이었지? 안조는 미간에 주름을 지으며 이쪽을 바라보다가 숨을 토하듯 부자연스러운 웃음소리를 짧게 내더니 앤에게 말했다. 어이, 괜찮으니까 식사하러 가자. 그러나 바짝 얼어붙은 앤은 걸으려고 하시 않았다. 여기서 체포하려는 서지? 묻는 나를 무시하고 안조는 앤에게 다가가 두 남자 쪽을 훔쳐보면서 속삭였다. 저 녀석들은 괜찮아.

확실히 네가 예상한 대로 저 녀석들은 변태지만, 성적 욕구를 억누르는 IC 칩을 넣어두었기 때문에 정말로 괜찮아. 이곳은 최상층의 성범죄자를 격리하는 시설이다. 저 녀석들은 성적으로 흥분하면 특별한 통증을 느끼도록 뇌 이외에도 하늘의 별만큼 많은 수의 칩이 몸속에 묻혀 있어. 그러니까 불쾌할지는 모르지만 해는 없으니 여기서 식사를 하는 편이 좋아. 안조가 다정한 어조로 설명하자 앤은 겨우 납득했다. 지그재그로 가고 있던 관리관이라는 남자가 멈춰 서서 유연체조를 하듯 고개를 몇 번이나 빙글빙글 돌린 뒤, 이쪽을 돌아보았다. 남자들의 기묘한 동작은 몸속에 묻힌 IC 칩의 영향일까? 식당이 폐쇄되어 오락 시설에서 식사를 줄 테니 그렇게 알아. 관리관이라는 남자는 음향 기기로 합성한 듯한 인공적인 소리로 그렇게 말한 다음, 이번에는 고개를 반대로 빙글빙글 돌리더니 앞을 향해 지그재그로 걸어갔다. 앞서 가는 두 사람의 샌들이 찰싹찰싹 부딪치는 소리가 돌바닥을 울렸다. 두 사람은 최상층 출신의 성범죄자라고 안조가 말했다. 성범죄자는 예외 없이 섬으로 보내진다고 아버지의 데이터베이스에 나와 있었다. 그 말을 하자 안조는 내뱉듯이 중얼거렸다. 네 아버지의 데이터베이스는 거짓말투성이야. 여전히 겁에 질린 표정을 한 채였다.

4

부채꼴 공간에는 타일이 깔린 바닥에 태양과 초승달을 모자이크해놓았다. 각각 의인화하여 콧수염을 기른 태양은 동그란 얼굴로 정면을 보며 눈초리를 내리고 일그러진 얼굴로 울고 있고, 속눈썹이 긴 초승달은 옆을 보며 입을 크게 벌리고 웃고 있다. 이 시설에 사는 사람들은 바닥이나 벽에 그림 그리는 걸 좋아하는지 가게 뒤의 벽에도 외국 풍경으로 보이는 고층 빌딩과 높은 산들과 하늘을 나는 새들이 극채색 페인트로 그려져 있었다. 태양도 초승달도 벽의 풍경화도 윤곽이 일그러지고 색이 선 밖으로 삐져나왔다. 전체 구도도 유치했다. 다만 아이들 그림 같은 유치함은 아니었다. 도중에 집중력이 떨어진 것 같은 유치함이었다. 아버지의 데이터베이스에서 문신이란 것을 본 적이 있다. 팔과 등에 바늘로 찔러특수한 잉크를 피부 아래로 수입하여 그림을 그린다. 그중에는 바늘로 찌르는 아픔을 견디지 못하고 도중에 포기하여 완성하지 못한 문신도 있었다. 이 시설의 지면이나 벽의 그림을 보니 중단한 문신이 떠올랐다.

가게 옆에 낡은 디자인의 외등이 몇 개 서 있었다. 검게 칠한 금속 기둥 끝에 유리로 된 상자 모양 조명이 달려 있고, 오렌지색의 부옇고 약한 불이 켜져 있었다. 관리관이라는 남자가 또 머리를 빙글빙글 돌린 뒤 이쪽을 돌아보고, 입술 양끝을 끌어 올려 웃는 얼굴을 만들었다. 입술 모양이 변했을 뿐 눈과 눈썹과 뺨은 움직이지 않아서 가면처럼 보였다. 음산한 웃음에 사부로 씨는 불쾌한 듯이 미간을 찡그렸고, 앤은 절대 두 남자 쪽을 보려고 하지 않았다.

부채꼴을 따라 줄지어 선 상점가 중앙에 위치한 오락 시설 스타에는 한층 눈에 띄는 영상간판이 걸려 있었다. 가게 이름을 표시한 부분 아래에 의인화한 태양과 초승달 애니메이션이 그려져 있었다. 바닥에 그려진 것과 같은 도안으로 이 부채꼴의 공간을 상징하는 것이리라. 동그란 다홍색 얼굴에 콧수염을 기른 태양은 처음에는 무표정이지만, 점점 입이 아래쪽으로 처지고 입술이 말려 올라가고, 눈이 가늘어지며 우는 얼굴이 되더니 이윽고 분수처럼 눈물이 흘러넘친다. 긴 속눈

썹의 초승달은 태양의 얼굴 변화를 심술궂은 눈으로 지켜보다가, 눈물이 넘치는 걸 보더니 눈과 입이 커지며 이를 드러내고 웃는다. 어째서 태양과 달이야? 오락 시설 스타의 입구에서 앤이 묻자, 안조가 대답했다. 남자와 여자의 상징이야.

검게 빛나는 철골과 철판을 조합하여 만든 오락 시설 스타 건물에는 철제 문 위쪽에 들어오는 사람의 발치만 비추는 작은 조명이 있었다. 관리관이라는 남자가 문을 열고 앞장서서 안으로 들어갔다. 내부는 동굴처럼 캄캄하여 철과 녹 냄새가 났지만, 센서가 인체에 반응하게 되어 있는 듯, 걸어가는 동안 아주 높은 천장에 빼곡하게 묻힌 아주 작은 조명이 켜졌다. 이게 뭐야? 앤은 주위를 둘러보았고, 사부로 씨는 깜짝 놀라 걸음을 멈추었다. 구불구불한 미로 같은 것이 있고, 칸막이벽은 전부 철판이었다. 양쪽에 높이 몇 미터나 되는 철판이 있으니 압박감이 느껴졌다. 처음에는 폭 이 미터 정도의 좁고 곧은 길이 이어졌지만, 철판 벽이 여기저기에서 이지러지고 파이고 부풀고 기울어서 지면조차 기울고 시야가 일그러진 것 같은 착각에 빠졌다. 좁고 곧은 길은 이윽고 오른쪽으로 휘이져 벽이 미묘하게 좌우로 기우는 깃 같았다. 내 몸이 따라서 균형을 잃고 기울어지는 듯한 불안한 기분이 들었다.

토할 것 같아. 사부로 씨는 불쾌함을 나타냈지만, 앤은 시각을 혼란스럽게 하는 철제 미로가 마음에 드는지 왜 이런 것을 만들었을까 하고 중얼거렸다. 여기 있는 것이 전부 이상한 놈들뿐이기 때문이야. 안조가 앤에게 귓속말을 했다. 안조는 여전히 겁먹은 표정이었다. 미로가 끝나가고 출구가 보일 무렵, 사부로 씨가 작은 소리로 나를 불러 세워 셔츠를 걷고 왼쪽 팔을 조심스럽게 보여주며 말했다. 지금부터 나 건드리지 마. 팔 안쪽에 빨간색 발진이 생겼고 시큼한 냄새가 났다. 보트 멀미, 얕은 잠과 공복, 긴 웃옷을 입은 기분 나쁜 남자들, 영문 모를 미로 등 불쾌한 일이 계속되자 사부로 씨의 피부에서 독성이 있는 분비물이 나온 것이다.

5

미로에서 나오니 한 변이 이십 미터 남짓한 정사각형 방이 있었다. 끝에 키친 카운터가 있고 복판에는 반원형 무대 같은 것이 있었다. 앰프와 마이크와 스피커 등 음향 설비까지 갖춰진 무대는 바닥보다 수십 센티미터 높았다. 천장에 매달린 격자형 파이프에는 무수한 조명 장치가 달려 있었다. 테이블과 의자가 무대를 둘러싸듯이 있고, 우리는 그중 한 곳으로 안내받았다. 철과 대리석과 유리로 만들어진 네모난 테이블에, 곡선을 그리는 철제 등받이가 달린 의자에는 색색의 쿠션이 있었다. 바닥은 나무지만, 주위 벽은 미로와 같은 검은 철판이었다. 나와 사부로 씨와 앤이 나란히 앉고, 그 맞은편에 두 남자와 안조가 앉았다. 이곳은 식당 같은데 어떻게 무대가 있지? 앤이 묻자, 관리관이라는 사람이 인공적인 목소리로 대답했다. 오락 시설이니 무대가 있지. 살색 웃옷을 입은 남자가 등을 구부리고 키친 카운터 안을 들여다보며 누군가와 이야기를 나누었다. 사 인분을 주문하고 싶다. 살색 웃옷을 입은 남자의 말에 다른 남자의 목소리가 뒤를 이었다. 고기면 돼? 고기밖에 없어. 주방 안에서 접시와 잔이 가볍게 부딪치는 소리가 나고 잠시 후 고기 굽는 냄새가 풍겼다.

비프스테이크, 감자튀김과 당근 그리고 빵. 음료수는 클로렐라와 월계수 나무뿌리로 만든 맥주였다. 옷자락이 무릎까지 오는 긴 흰색 웃옷을 입은 남자가 나타나 역시 인공적인 목소리로 쟁반 위의 요리를 설명하면서 테이블에 내려놓았다. 흰색 웃옷을 입은 남자는 요리 담당 같았다. 비프스테이크라는 요리는 아버지의 데이터베이스에서 본 적 있지만 실제로 보는 것은 처음이었다. 사부로 씨가 눈앞에 놓인 노란색 접시에서 눈을 돌리며 물었다. 봉식은 없어? 불쾌한 상태가 이어지고 피로도 쌓여서 본 적도 없는 요리를 먹고 싶지 않았을 것이다. 얼굴이 더욱 험악해진 사부로 씨는 연신 셔츠 자락을 잡아당겨 피부를 가리려고 했다. 봉식이라니 그건 대체 뭐야? 흰색 웃옷을 입은 남자가 인공적인 목소리로 묻고, 관리관이라는 남자와 살색 웃옷을 입은 남자가 몸을 젖히며 잡음 같은 웃음소리를 냈다. 최상층 주민은 봉식을 먹지 않는다.

뭐야, 이거? 앤이 비프스테이크라는 요리에 나이프를 찌르며 웃었다. 이건 스테이크 아냐? 앤은 넓적한 고깃덩어리로 보이는 요리를 나이프로 뭉개면서 말했다. 비프스테이크라는 요리는 나이프로 잘라서 먹는 거라고 아버지의 데이터베이스에 나와 있었지만, 눈앞의 접시에 담긴 고깃덩어리는 나이프 끝으로 건드리기만 해도 모양이 허물어졌다. 기름에 튀긴 감자나 졸인 당근 그리고 빵도 마찬가지로 살짝 닿기만 해도 모양이 무너졌다. 관리관이라는 남자가 턱을 내밀고 고개를 좌우 구십 도로 각각 두 번씩 저은 뒤 안조를 정면으로 보고 다시 위아래로 몇 번 움직였다. 뭔가 지시를 내리는 것 같은 동작이라고 생각했다. 안조는 겁에 질린 표정 그대로 고개를 끄덕이더니, 나이프 끝으로 접시 위의 음식을 가리키며 말했다. 아냐, 틀림없이 이건 고기고 감자고 당근이고 빵이야. 다만 아주 잘게 썰어서 거의 페이스트 상태로 만든 것을 다시 원래의 모양으로 고정시켜놓은 건데, 그 이유는 저들이 고형물을 전혀 받아들이지 못하기 때문이야. 먹어봐, 정말로 소고기나 감자 맛이 날 테니까. 어째서 고형물을 못 먹는 거야? 앤이 묻자, 관리관이라는 남자가 몸을 내밀며 인공적인 소리를 냈다. 통증이 식욕을 빼앗으니까.

정말이네. 흐물거리긴 하지만 소고기 맛이 나. 앤은 그렇게 말하며 포크로 페이스트 상태의 고기와 감자를 입으로 가져갔다. 사부로 씨는 처음에는 주뼛거리며 걸쭉해진 고기를 핥기만 하더니, 나중에는 배가 고팠는지 단숨에 입에 넣었다. 안조는 접시를 입까지 들어 올리고 쏟아붓듯이 먹고 있었다. 뭔가에 쫓기는 것 같다고 생각했다. 나는 소고기와 감자와 당근과 빵을 섞어서 포크로 떠먹었다. 페이스트 상태의 소고기와 감자와 당근과 빵이 목으로 매끄럽게 넘어가서 위에 들어갔을 때, 너무 허기가 졌던 탓인지 혈류가 급격히 복부로 집중하는 것 같은 감각에 현기증이 났다. 갑자기 피로가 느껴지고 섬을 떠난 뒤 일어난 여러 가지 사건이 맥락 없이 플래시백처럼 되살아나 기분이 가라앉았다. 먹는 걸 중단하고 눈을 감은 채 고개를 숙이고 있으니, 인공적인 소리가 들려왔다. 왜 그래? 관리관이라는 남자의 목소리라고 생각했다. 살색 웃옷을 입은 남자의 목소리도 인공적이어서 눈을 감은 상태로는 각각의 차이를 알아차리기 어렵지만, 두 사람에게는 서열이 있어서 관리관이라는 남자에게 우선 발언권 같은 게 있는 듯했다. 괜찮아, 공복에 급히 먹어서 현기증이 났을 뿐이야. 대답하고 눈을 뜨려는 순간, 상상해라, 하는 소리가 크게 울려서 나는 움찔 놀라며 몸을 떨었다.

6

눈을 뜨니 안조를 제외하고 모두가 내 쪽을 보고 있었다. 사부로 씨는 걱정스러운 듯이, 앤은 고개를 갸웃거리며, 관리관이라는 남자와 살색 웃옷을 입은 남자는 무표정하게 나를 본 뒤, 벽에 걸린 시계로 시선을 보냈다. 안조는 이미 페이스트 상태의 요리를 다 먹어치웠다. 나이프로 썰거나 씹을 필요가 없어서 먹는 게 빨랐다. 앤도 사부로 씨도 다 먹어가고 있었다. 안조가 자기 손목시계와 벽시계를 번갈아 보다가 일어서려고 했다. 자, 식사도 끝났으니 보트로 돌아가자. 그러나 관리관이라는 남자가 그 어깨를 눌렀다. 서두를 거 없잖아. 그러면서 양쪽 입술 끝을 올려 웃는 얼굴을 만들고 무대 쪽을 흘끗 보며 오른팔을 수직으로 올렸다. 그것이 무슨 신호였는지, 바로 무대 가장자리에서 작은 불빛이 반짝거리더니 느닷없이 음악이 시작됐다. 현악기 합주가 철판으로 둘러싸인 공간에 울리자 사부로 씨가 얼굴을 찡그리며 두 손으로 귀를 막았다. 앤은 뭐가 시작될까 하는 기대에 찬 표정으로 얼른 남은 페이스트 상태의 고기와 감자를 먹어치웠다. 안조가 방심한 얼굴로 텅 빈 접시를 바라보다가 긴 한숨을 내쉬고 입을 열었다. 다나카 아키라. 음악 때문에 소리는 잘 들리지 않았지만 입 모양으로 내 이름을 부르는 거란 걸 알았다.

무대에 몇 명의 남자들이 올라가고 무슨 작업인가를 시작했다. 아직 조명이 켜지지 않았고 남자들은 검은 웃옷을 입고 있어서 무엇을 하는지 알 수 없었다. 무대 위에서 짙은 다홍색의 좁고 긴 카펫이 내려와 식당 한복판을 굴러 빨갛고 보드라운 길 같은 게 생겼다. 음악이 현악기 합주에서 오르간 독주와 대합창단의 노래로 바뀌고 장내 전체의 조명이 꺼졌다. 오르간과 합창 음악은 아마 옛날 유럽에서 고귀한 사람의 대규모 장례식에 사용된 것으로 감정을 강하게 자극했다. 천장의 조명이 켜져 짙은 다홍색 카펫 길만 비추고, 동그랗게 도려낸 공간에 불쑥 검은 해조 같은 것이 나타났다. 잠시 후 그것이 기어가는 여자의 머리카락인 걸 알고 나는 숨을 삼켰다. 해조처럼 보인 것은 얼굴을 가리고 늘어뜨린 여자의 머리카락으로 그 뒤에 목과 어깨와 팔과 손 그리고 등이 드러났다. 여자는 카펫에 양손과 무릎을 짚고 고개를 숙인 채 천천히 무대를 향해 짙은 다홍색 길을 기었다. 어이, 다나카 아키라, 들어줘, 부탁이 있다. 안조가 내 바로 옆으로 와서 귓가에 대고 말했다. 이거 뭐야? 짙은 다홍색 카펫 바로 옆으로 의자를 옮기면서 앤이 큰 소리로 묻고, 공개 신인 교육이라는 이름의 오락이야, 하는 관리관이라는 남자의 인공적인 소리가 스피커를 통해 증폭되어 들려왔다. 관리관이라는 남자는 목에 동전만 한 크기의 집음 장치를 붙이고 있었다. 인공 성대의 떨림을 직접 마이크에 전달하는 것이다.

　여자의 목 언저리에서 뒤쪽으로 사슬이 달려 있었다. 머리카락에 가려 보이지 않지만 분명 목줄을 하고 있다고 생각했다. 온몸이 조명 속으로 들어왔을 때, 여자의 모습이 산책하는 개의 이미지라는 걸 알았기 때문이다. 여자는 엉덩이 사이에 동물 모피로 만든 짧은 꼬리를 달고 있었다. 위치가 항문에 꽂힌 것처럼도 보였다. 검은 머리를 늘어뜨리고 얼굴을 가리고 있어서 정확한 나이는 알 수 없었지만, 등이나 엉덩이, 허리 근육으로 판단하자면 이십 대 후반이나 삼십 대 전반일 것 같았다. 여자는 짙은 다홍색 길을 알몸으로 기어가면서 이따금 천천히 엉덩이를 흔들었고, 그때마다 모피 꼬리가 달랑거렸다. 어이, 들리나? 안조가 다시금 물었지만, 성인 여자의 알몸을 실제로 보는 것이 처음인 나는 흥분되어 그 소리가 귀에 들어오지 않았다. 사부로 씨는 의자에서 일어나 개 같은 자세로 기어가는 알몸의 여자를 보느라 팔에서 나오는 분비물도 잊은 것 같았다. 모두 무대의 신인들에게 주목해야 한다. 관리관이라는 남자의 증폭된 소리가 울리고, 무대가 대낮처럼 밝아졌다. 무대 위에는 일곱 개의 의자가 반원형으로 놓여 있고 여러 가지 색의 옷자락이 긴 웃옷을 입은 남자들이 다리를 활짝 벌리고 걸터앉아 성기를 드러내고 있었다.

어이, 다나카 아키라. 평생 한 번뿐인 소원이니 좀 들어줘. 안조가 바로 옆에서 계속 말을 걸었다. 그러니 나는 개 같은 자세로 기어가는 성인 여자의 알몸에 눈을 빼앗기고 있었다.

나는 여기서 살해된다, 하는 말이 귀에 들어와 비로소 안조 쪽을 돌아보았다. 네가 여기서 죽으면 누가 우리를 노인시설에 안내하는 거야? 나는 안조의 귓가에다 큰 소리로 말했다. 장례용 음악이 테이블 위의 빈 접시가 떨릴 정도로 크게 울리고 있어서, 소리를 지르지 않으면 내 말을 확인할 수가 없었다. 너는 다나카 아키라이니 그런 걱정은 할 필요가 없다, 안조의 표정은 공포와는 명백히 다른 것이었지만, 무슨 이야기를 하는지 잘 알 수 없었다. 안 것은 안조가 여기서 누군가에게 살해당할 것 같다는 것뿐이다. 다나카 아키라이니 걱정할 필요 없다고, 안조는 분명 그렇게 말했다. 무슨 뜻인지 짐작이 가지 않았다. 시간이 없어. 안조가 진지한 표정으로 호소했다. 핑핑과 티티와 도시야스를 좀 부탁할 수 없을까? 그 아이들은 내가 없으면 먹지도 못해서 죽게 될 거야. 그렇게 귀여운 아이들이 죽다니 너도 싫지? 그러니 네가 양 버스로 돌아가서 그 녀석들을 돌봐달라는 건 아냐. 그 사람한테 부탁만 해주면 그걸로 충분해.

그 사람이 누구야? 내가 묻자, 안조는 또 두려워하는 표정으로 지금 한 말은 잊어줘, 하고 눈을 감았다. 그러나 어떻게든 해준다면 도움이 될 거야. 나도 안심하고 죽을 수 있을 것 같고. 죽음은 무서운 게 아냐. 무서운 것은 죽음과 그 고통을 상상하는 거지. 어쨌든, 거짓말이든 뭐든 좋으니 그 양 버스에서 내가 돌아오길 기다리는 아이들 걱정은 하지 말라고, 그렇게 말만이라도 해주면 좋겠는데 그것도 무리일까? 안조는 정말로 눈물을 흘리고 있었다. 나 솔직히 핑핑과 성적 관계를 맺긴 했지만 절대 쾌락을 위한 것만은 아니었어. 핑핑이 기뻐하는 모습을 보는 것이 기뻐서 성적 관계를 나눈 거야. 남이 기뻐하는 모습을 보고 싶다는 욕구는 지난 반세기 동안 사라져버렸어. 안조는 그런 말을 하면서 어깨를 들썩거리며 울어댔다. 다들 다홍색 카펫을 기어가는 여자에게 눈을 빼앗기고 있어서 안조가 우는 것은 나 말고 아무도 눈치채지 못했다. 네가 죽은 뒤 누가 노인시설까지 안내해주는지, 다나카 아키라라는 이름에는 어떤 의미가 있는지 가르쳐주면 그 아이들에 대해 그 사람에게 얘기해주지. 나는 조건을 제시했다. 안조, 당신은 살해될 테니까 아무것도 두려워할 것 없잖아?

다나카 아키라의 비밀은 얘기할 수 없다. 안조는 주위를 둘러보며 더욱 겁먹은 표정이 되었다. 설령 내가 여기서 살해된다 해도 말힐 수 없다. 아마 무슨 소린지 모르겠지만, 정보는 모두 실시간으로 그쪽으로 가고 있다. 요컨대 감시와 지시를 받고 있는 거다. 그러니까 내가 여기서 비밀을 밝히면 아마 죽음보다 잔혹한 형벌을 받을 것이다. 그런 건 상상하고 싶지 않다. 그때, 짙은 다홍색 카펫을 비추는 조명 아래 검은 웃옷을 입고 성기가 커다랗게 발기한 남자가 옷자락을 펼쳐 하반신을 드러낸 채 나타났다. 남자는 왼손으로 여자의 목줄에 연결된 사슬 끝을 잡고, 오른손에 가죽 채찍을 들고 어색한 동작으로 여자의 엉덩이를 때렸다. 그러면서 얼굴을 잔뜩 일그러뜨리고 한 번씩 어깨와 양다리를 떨며 울었다. 저 녀석 발가락을 봐. 안조가 내게 말했다. 양발의 발가락이 샌들에 묻히듯이 안쪽으로 구부러져 있었다. 남자의 울음소리는 큰 소리의 음악 사이로 또렷하게 들려왔고, 동시에 고무가 찢어지는 듯한 특이한 소리가 몇 번이고 들렸다. 엄청난 아픔에 경직된 근육이 여기저기에서 파열되는 소리다. 저 녀석은 모든 통각 신경을 자극받아 복합성 국소 동통 증후군이라는 증세를 일으키고 있다. 설명을 하는 안조의 목소리가 떨렸다.

다홍색 좁은 길을 기어가던 여자가 머리카락을 뒤로 젖혀 얼굴이 드러났다. 그 얼굴을 보고 나는 비명을 지르며 의자에서 일어났다. 채찍을 맞으며 알몸으로 기던 여자가 눈을 반짝거리며 입을 크게 벌리고 웃고 있었기 때문이다.

격리 시설 그 2

1

　남자의 울음소리와 여자의 웃음소리가 장내에 메아리쳤다. 웃음소리 쪽이 더 컸다. 여자는 관리관이라는 남자처럼 목에 붙이는 동전 모양 마이크를 달고 있는지 웃음소리가 증폭되어 귀를 내리누르듯이 울렸다. 채찍을 휘두르는 남자는 마이크를 달고 있지 않았다. 무대에 반원형으로 늘어놓은 의자에 앉아 있는 남자들도 성기가 발기된 채 온몸에 경련을 일으키며 울고 있었다. 남자들의 울음소리는 강풍 속에 지저귀는 어린 새들의 울음소리처럼 악하디악히게 떠엄떠엄 들려왔다. 앤은 흥미진진하다는 듯, 웃는 여자와 우는 남자와 관리관이라는 남자를 두루두루 바라보았다. 관리관이라는 남자도 살색 웃옷을 입은 남자도 몸속에 IC 칩이 있을 텐데 통증을 느끼지 않는 걸까? 다홍색 카펫을 기던 여자가 무대에 다가갔다. 아주 작은 깃발이 팔락거리듯이 여기저기에 남아 있는 최상층 사회에서 새로 들어온 신인 여러분, 환영한다. 환영한다, 정말로 환영한다. 관리관이라는 남자가 울고 있는 남자들에게 그렇게 말했다. 환영한다, 환영한다. 오락시설 스타에 온 걸 환영한다. 이것은 시련이어서 참지 않으면 안 된다. 나는 이 시련을 기꺼이 참아서 그 대가로 이처럼 자유자재로 성적 욕구를 억누를 수 있게 되었다.

관리관이라는 남자는 그렇게 말하고는 웃옷 자락을 걷어 올리고 바지를 내려 음모와 음낭 사이에 쪼그라들어 거의 보이지 않게 된 성기를 가리켰다. 저 녀석들은 새로 격리되어 온 놈들이다. 안조가 귓가에서 그렇게 말했다. 교감신경이 성적 흥분을 일으키면 모든 통각 신경을 자극하도록 IC 칩이 설정되어 있지. 관리관이라는 남자와 살색 웃옷을 입은 남자는 신인 시절에 그런 자극과 통증의 의식을 되풀이해서 경험하여 조건반사적으로 성적 욕구를 억누르는 게 가능해졌지만, 신경을 다쳐 말이나 동작에 장애가 남게 되었다. 안조의 목소리는 점점 떨리고 있었다. 나는 고개를 젖히고 입을 크게 벌리고 웃으면서 머리카락을 마구 산발하고 무대 위로 올라가는 여자에게서 눈을 뗄 수가 없었다. 여자가 육식동물이 울부짖는 것 같은 소리를 내자, 그걸 신호로 무대 옆에서 머리카락을 은색으로 물들인 여자가 또 한 명 등장했다. 은색 머리의 여자는 검은 모피 꼬리 여자보다 나이가 더 들었지만, 역시 알몸으로 무대 위에서 성기를 노출하고 앉아 있는 남자들 앞에 웅크렸다. 저 녀석들은 지난 반년 동안 이 시설에 온 사내들이다. 이런 쇼를 계속하는 동안 통증 때문에 신경이 변화해서 성적 욕구를 제어할 수 있게 된다고 하지만, 그동안 맛봐야 하는 통증을 생각하면 나는, 나는, 나는……. 안조의 목소리가 더 심하게 떨렸다. '나는'이라는 단어가 '나'로 짧아지더니 결국 '느'소리만 비명처럼 귓가에 울리게 되었다. 느으으으으……. 안조의 목소리가 무대 위의 채찍을 휘두르는 남자와 성기가 발기된 일곱 남자들의 비명에 겹쳐서 들렸다.

2

　어느새 장엄한 오르간과 합창 음악이 끝나고, 여러 가지 종소리와 바람 소리 같은 게 들려왔다. 단순한 선율을 되풀이하는 종소리에 나는 마치 저 멀리 종교 시설을 향해 묵묵히 강풍 속을 걸어가고 있는 듯한 느낌이 들었다. 알몸의 여자가 등과 엉덩이에서 흘리는 땀 냄새와 남자들의 비명이 철판과 철골로 싸인 장내에 가득 차서 주위 공기가 무겁게 가라앉은 것 같았다. 숨을 쉬려고 고개를 치켜들었다가, 안조의 얼굴에 가는 주름이 잔뜩 생긴 게 눈에 들어왔다. 고통으로 생겨난 주름이었다. 눈초리를 중심으로 바늘처럼 가는 주름이 생기고 눈동자가 홍채 테두리까지 열려 있었다. 안조 뒤에 사부로 씨가 있었다. 사부로 씨는 오른손을 안조 목덜미에 올리고 있는 것 같았다. 우연히 손이 닿았는지 의도적으로 안조를 죽이려고 했는지는 알 수 없었다. 사부로 씨가 언제 안조 뒤로 갔는지도 알 수 없었다. 안조는 두 손을 가슴으로 가져가 쥐어뜯고 있었다.

시야 끝으로 많은 사람들이 보였다. 주위를 둘러보니 장내는 재색과 검은색과 다갈색의 긴 웃옷을 입은 수십 명의 남자들로 가득했다. 테이블과 의자는 남자들로 메워졌고 벽 쪽에 서 있는 남자들도 있었다. 나는 어째서 사부로 씨가 안조의 목을 건드리고 많은 남자들이 등장하는 걸 알아채지 못했을까. 물론 나는 알몸의 여자에게 정신을 빼앗기고 있었다.
그러나 바로 옆에 있는 안조의 이변조차 깨닫지 못한 것은
이상하다. 사부로 씨가 느닷없이 안조의 목을 건드린 것도 이
상하다. 눈을 깜박이자 다홍색 카펫을 기어가는 벌거벗은 여
자의 엉덩이가 영상간판처럼 플래시백으로 되살아났다. 시
선을 옮기니 마치 비디오 영상을 되감기 하는 것처럼 앤이
페이스트 상태의 스테이크를 먹는 장면이 몇 번이나 뇌리를
지나가고, 장내로 줄줄이 들어와서 관리관이라는 남자에게
깊숙이 고개 숙여 인사한 뒤 빈 의자에 앉는 남자들 모습이
띄엄띄엄 눈 안쪽에 비쳤다.

시간 감각이 이상해졌다. 안조의 관자놀이에 파란 혈관이
굵게 불거졌다. 안조는 자기가 살해당할 거라고 했다. 그러나
나는 사부로 씨의 독이 안조를 죽이리라고는 상상하지 못했
다. 장내에 고기 냄새가 가득했다. 새로 나타난 십여 명의 남
자들이 주방에서 가져온 요리를 먹고 있었다. 무대에서는 바
닥에 무릎을 꿇고 앉은 두 여자가 입을 크게 벌리고 웃으면
서 의자에 앉아 아랫도리를 노출한 남자들의 성기를 깃털 같
은 깃으로 긴질이고 있었다. 남자들은 입이 다양한 모양으로
일그러지고 손과 발가락이 기묘한 형태로 구부러지고 몸 여

기저기가 굳어진 채 통증을 호소했다.

3

상상해라. 또 그 신호가 와서 나는 움찔 목덜미를 떨었지만, 말소리가 아니란 걸 알아차렸다. '상상해라'라는 말이 들리는 건 아니었다. 어딘가에 메모리악이 장치되어 있을지도 모른다. 시각과 시간 감각이 뒤죽박죽이었다. 어쨌든 신호는 말로 전해지는 게 아니었다. 눈앞의 정경, 눈 안쪽에서 깜박거리는 영상, 알몸의 여자가 흘리는 땀, 긴 웃웃을 입은 남자들이 입으로 가져가는 페이스트 상태의 고기 냄새, 바람 소리와 종소리로 구성된 음악, 성기가 발기된 무대 위 남자들의 비명과 울음소리, 그것들이 내 기억의 모든 말을 지워 없애버리고 '상상'이라는 명사와 '하다'라는 동사를 조합한 말의 의미만을 떠올리게 했다. 눈으로 보는 광경과 귀에 들어오는 소리와 콧속에 들어오는 냄새가 모두 따로따로였다. 사부로 씨는 어떤 이유로 어떤 타이밍으로 안조를 쿠치추 독으로 죽이려고 했는지, 웃자락이 긴 웃웃을 입은 많은 남자들은 어느틈에 장내에 나타났는지 맥락이 없었다.

안조가 입술과 혀를 달달 떨면서 무슨 말인가 하려고 했지만 말이 되지 않았다. 단순히 소리만 짧게 반복되고 경악했을 때의 비명이나 외침으로밖에 들리지 않았다. '느'라는 소리가 '느ㅇㅇㅇㅇㅇㅇ'로 이어진 뒤, '아'라는 소리가 마찬가지로 몇백 번 계속됐다. '느ㅇㅇㅇㅇㅇㅇ'와 '아아아아아아아'가 몇 초 계속되어 집중해서 들으면 '나'라는 말이란 걸 알게 됐다. 결국 '나에게는 그 아이들과의 성적 행위가 인생의 전부였다'는 말을 알아들었지만, 안조는 가슴에 손을 대고 딸꾹질하듯이 목을 떨다가 더 이상 비명도 소리도 지르지 못하게 되었다.

정신을 차리고 보니 사부로 씨의 옷이 바뀌어 있었다. 공간을 메운 남자들과 같은, 옷자락이 긴 웃옷을 입고 발에는 샌들을 신고 있었다. 웃옷은 흰색으로 주방에서 페이스트 상태의 음식을 조리하여 가지고 온 남자와 같았다. 사부로 씨는 이 시설의 주민이 된 것일까? 관리관이라는 남자 옆에 있던 앤의 모습이 보이지 않았다. 앤은 어디 갔지? 큰 소리로 물었더니 관리관이라는 남자가 턱을 직각으로 내밀고 무대 쪽을 가리켰다. 사부로 씨도 안조의 목을 잡은 채 오른손 집게손가락을 세워 무대 쪽을 가리켰다. 앤은 무대 위에서 성기를 노출하고 의자에 앉아 있는 남자들 앞에 서서 남자들의 근육이 찢어지는 소리에 맞추듯이 웃고 있었다. 깃털 같은 것으로 남자들의 성기를 간질이던 두 여자가 앤에게 더 가까이서 보라고 손짓을 했다. 다홍색 카펫을 기어 무대로 올라간 여자는 아마 삼십 대 전반이고, 새로 등장한 은색 머리의 여자는 피부와 근육이 더 늘어진 걸로 보아 마흔 살이 넘은 것 같았다. 두 사람과 있으니 앤의 싱싱한 육체가 더욱 두드러졌다. 앤은 마치 두 여자에게 웃는 법을 지도받는 것처럼 보였다.

성기를 노출한 남자들을 경멸하듯이 입을 크게 벌리고 웃는 앤을 차마 볼 수가 없어서 시선을 테이블로 옮기자, 광경이 예전으로 돌아가 있었다. 시간이 되감기 되었다. 옷자락이 긴 웃옷이 아니라 원래의 셔츠를 입고 초조한 표정을 하고 있는 사부로 씨와 연신 어린아이들 이야기를 하는 안조와 페이스트 상태의 스테이크를 나이프 등에 올리고 입으로 가져가는 앤이 있었다. 쿠치추의 독으로 죽을 것 같았던 안조의 모습은 역시 메모리악 영상이었는가 하고 안도했지만, 눈에 통증을 느껴 몇 번 깜박거렸더니 카펫을 기어가는 알몸의 여자 항문에 꽂혀 흔들리는 꼬리가 플래시백 영상으로 깜빡거렸다. 이어서 입술 끝으로 거품을 뿜고 있는 안조가 나타나고, 사부로 씨가 곤혹스러운 표정으로 중얼거리는 소리가 들렸다. 저 녀석들에게 협박받았어. 관리관이라는 남자가 사형을 당할지 여기서 체내 독을 이용하는 고문 담당자로 살지 선택하라고 말했다고 한다. 그리고 정말로 쿠치추 독을 갖고 있는지 어떤지 시험하게 안조를 한번 죽여보라는 지시를 받았다고 했다. 그런 일이 일어나는 동안 내가 넋을 잃은 듯이 멍하니 앉아서 말을 걸어도 전혀 반응이 없기에 머리가 이상해진 줄 알고 걱정했다고도 말했다. 나도 머리가 이상해진 것 같은데 네가 이상해지는 것도 무리는 아니라고 생각했어.

4

이 공간 어딘가에 장치되어 있는 메모리악은 내게만 작용하는 것 같았다. 개스킷 경기장에서도 그랬다. 누군가 메모리악을 통해 내게 메시지를 보내고 있었다. 저 여자도 사형당할지 여기서 일할지를 선택하라고 해서 일을 선택했어. 사부로 씨가 무대의 앤을 보며 말했다. 나는 어떻게 되는 걸까요? 묻자 사부로 씨는 고개를 가웃거렸다. 저 녀석들 네 얘기는 전혀 하지 않던데. 이 녀석은 아직 살아 있나? 사부로 씨가 안조의 등 뒤에서 얼굴 쪽을 흘깃 보았다. 손발이 경직된 안조는 온몸에 경련을 일으키더니 혀가 축 늘어지고 눈에서 빛이 사라져버렸다. 내가 고개를 젓자 사부로 씨는 그에게서 손을 뗐다. 실이 끊긴 꼭두각시 인형처럼 안조가 바닥에 허물어졌다. 무릎을 꿇고 머리를 박은 채 엎드려 비는 봉건시대의 사죄 자세 그대로 움직이지 않게 되었지만, 아무도 주의를 기울이지 않았다. 관리관이라는 남자나 살색 웃옷을 입은 남자 그리고 테이블과 의자를 메운 많은 남자들은 모두 일어서서 무대에 주목하고 있었다.

무대로 시선을 옮겼다. 심장이 쿵쾅거렸다. 앤은 모피 꼬리 여자가 말을 걸었는지 머리카락을 만지작거리고 고개를 저으면서 수줍게 미소 짓고 있었다. 심장이 더욱 격렬하게 뛰었다. 나는 앤이 앞으로 무엇을 하려는지 알았다. 알몸의 앤이 눈 안쪽에 떠올랐기 때문이다. 단순한 상상이 아니었다. 누군가 신호를 보내 앞으로 일어날 일을 가르쳐주고 있었다. 앤은 이제부터 당황스러워하며 옷을 벗기 시작할 것이다. 앤이 모피 꼬리 여자와 은색 머리카락 여자에게 재촉을 받아 알몸이 될 거라고 상상한 순간, 이곳에서의 모든 일, 모든 영상과 소리와 음악과 냄새, 즉 감각에 입력되는 신호 전체가 '상상해라'라는 단 하나의 메시지를 만들고 있다는 걸 깨달았다. 말로 들려오는 게 아니었다. 신호는 파도처럼 밀려와서 몸속으로 들어와 하나의 개념이 되었다. 지그소 퍼즐처럼 짜 맞춰져 하나가 된 게 아니었다. 모든 자극이 마치 닮은꼴의 다양한 신호 조각처럼 같은 의미와 개념을 암시했고, 그들이 서로 분자가 얽히듯이 맺어지고 거대해져 나를 채웠다. 앤은 아래를 보며 연신 고개를 저었다. 하지만 은색 머리카락의 여자가 자기 유방을 들어 올려 유두를 핥으라는 몸짓을 해서 의자에 앉은 남자가 다리에 경련을 일으키면서 비명을 지르고, 모피 꼬리 여자가 그걸 보고 말 울음 같은 웃음소리를 내자, 앤도 함께 데굴거리며 웃었다.

관리관이라는 남자가 여기서 일할지 사형당할지 선택하라고 해서 앤은 무대에 올라갔다고 했다. 성적인 서비스라고 하지만 몸을 만지게 하는 것도 범하는 것도 아니고, 젊은 여자는 귀하기 때문에 죽이거나 상처 입히거나 굶기지 않는다는 말에 설득당해, 앤은 바로 여기서 일하는 데 동의했다는 것이다. 사형이란 말을 듣고 손도끼로 머리를 절단당한 야가라라는 사람을 떠올렸을지도 모른다. 종합신경안정제의 약효가 있어도 공포라는 개념을 잊는 건 아니기 때문이다. 공간을 메운 많은 남자들에게서 동요가 일고 관리관이라는 남자와 살색 옷을 입은 남자가 훌륭해훌륭해, 훌, 륭해훌륭해, 하는 인공적인 소리로 속삭였다. 앤이 구두와 팬티를 벗어서 새하얀 다리가 드러났다. 모피 꼬리 여자와 은색 머리카락의 여자가 과장된 몸짓으로 앤의 몸을 칭찬했다. 앤은 고개를 숙이고 프리온 섬유의 빨간 셔츠 소매를 잡아 오른팔에서 빼내려 했다. 셔츠는 허리가 가려질 정도로 길었다. 프리온 단백섬유는 신축성이 있고 분자 크기여서 매미나 게가 탈피한 허물처럼 몸에 착 붙는다. 앤이 웃음을 그쳤다.

웃음을 그친 앤은 여태껏 보인 적 없는 표정으로 바뀌었다. 지금의 앤과 같은 표정의 여자를 어딘가에서 본 적이 있다고 생각했다. 눈 속이 아프고 격렬한 감정에 지배되어 몸이 흔들리는 것 같은 느낌이 들더니 까닭 모를 충동에 휩싸였다. 뭔가를 찢어버리고 싶은 충동으로, 그것이 분노란 걸 깨닫는 데는 시간이 좀 걸렸다. 앤은 신축성 있는 셔츠 소매에서 천천히 팔을 빼냈다. 공간 전체에 인공적인 소리가 가득하고 거기에 바람 소리가 포개져 마치 귀울음 같다고 생각했다. 아까부터 계속 시큼한 냄새를 풍기고 있는 사부로 씨한테도, 경련이 이는 입술로 웃는 얼굴을 만들고 있는 관리관이라는 남자에게도, 모두에게 불쾌함을 느꼈다. 은색 머리카락의 여자가 알몸을 이쪽으로 돌려 천박한 자세로 인사한 뒤 무대 옆으로 사라졌다. 바닥에 엎어진 채 움직이지 않는 안조의 몸을 칼로 찢고 싶다고 생각했을 때, 은색 머리카락의 여자가 나이프를 들고 돌아왔고, 지금 앤의 표정은 노인시설에 있는 사츠키라는 여자가 보여준 영상과 같다는 생각이 떠올랐다. 사츠키라는 여자의 방에 있던 모니터에는 치과 의사가 사용하는 확장기로 입이 크게 네모 모양으로 벌려진 채 무대 같은 대리석 위에 알몸으로 세운 여자가 나왔다. 저 여자는 많은 사람에게 볼거리가 되어 부끄럽다는 개념을 배우는 거야. 사츠키라는 여자는 그렇게 말했다. 입에 끼운 저 기구는 얼굴을 추하게 보이려는 게 아니라 웃지 못하게 하기 위한 거야. 인간은 웃음으로 부끄러움에서 벗어나려고 하기 때문에 웃지 못하게 하면 부끄러움이 피부 표면까지 자연히 떠오르게 되지.

5

앤이 몸에 착 달라붙는 프리온 섬유 셔츠를 벗다가 머리가 걸려 눈이 가려지는 바람에 균형을 잃고 무대 위에서 비틀거리자, 장내에 있는 많은 남자들의 인공적인 웃음소리와 성기를 노출한 신참들의 비명이 터졌다. 알몸이 된 앤은 몸을 앞으로 구부리고 두 팔로 가슴 앞에서 팔짱을 끼고 유방과 성기를 가리려고 했지만, 모피 꼬리 여자가 어깨를 잡고 똑바로 세워 뾰족한 원추형 유두를 살짝 건드렸다. 앤은 몸을 움찔 떨다가 수줍게 웃으려고 했다. 그러나 입술과 뺨의 근육이 긴장되어 웃는 얼굴을 만들 수가 없었다. 앤은 사형을 면하는 대가로 부끄럽다는 개념을 심어야 했다. 나는 구토물이 올라오듯이 분노가 내장에서 목까지 치밀고 올라와 스스로를 제어하기가 힘들어졌다. 문득 정신을 차리자 등 뒤에 긴 웃옷을 입은 두 남자가 있고, 나는 양팔을 잡힌 채 연행되듯이 무대로 떠밀려 가고 있었다. 모든 자극과 신호에 이끌려 나는 상상을 하고, 불안과 공포와 흥분으로 현기증이 나서 바닥에 쓰러질 것 같았지만, 두 남자가 부축해서 질질 끌리면서도 계속 걸었다. 나는 앞으로 무슨 일이 일어날지 알고 있었다.

현재 있는 공간의 천장이 빙글빙글 도는 것 같은 느낌이 들었다. 불쾌와 분노로 나 자신을 제어할 수 없었다. 여기 있는 게 싫다고 팔다리를 버둥거렸지만 두 남자는 몸이 크고 힘이 세서 나는 구속되었다. 앤이 다가오는 나를 발견하고 놀라다가 희미하게 미소 지었다. 앤의 미소가 터널 안 거지 모녀의 기억을 되살리게 했다. 나는 거지 딸에게 성적 욕망을 품고 겁탈하고 죽이는 모습을 상상했다. 머릿속이 불에 탄 누더기로 꽉 막혀 있는 느낌이어서 아무것도 생각할 수 없었다. 기억이나 이미지만이 멋대로 깜박거리고, 스피커에서 나오는 바람 소리와 남자들의 웅성거림이 한 덩어리가 되어 귀울음과 구별되지 않았다. 무서워져서 눈을 감자 바닥에 쓰러져 있던 안조가 일어나 죽은 자의 얼굴 그대로 어린아이를 겁탈하는 광경이 떠올랐다.

그 양 버스에 있던 피부가 하얀 여자아이가 다리를 벌리고 안조의 발기한 성기가 조그만 틈으로 들어간다. 괜찮아, 괜찮다니까. 안조는 어린 여자아이에게 계속 속삭인다. 여자아이의 양다리 사이에서 엉덩이를 움직이면서 안조는 다른 남자아이의 발을 들어 올리고 주머니에서 쿼런 자르는 도구를 꺼낸다. 괜찮아, 괜찮아. 아이들에게 속삭이면서, 어른 귀보다 작은 그 발을 들고 아주 조그마한 단두대처럼 생긴 쿼런 커터의 동그란 구멍에 새끼발가락을 찔러 넣는다. 칼이 뼈를 자르는 소리가 또렷하게 들린다. 쿼런 커터에 아이의 새끼발가락 끝이 붙어 있다. 안조! 나는 소리치며 눈을 뜨고 돌아보았다. 죽은 사람의 이름을 불러봐야 깨어나지도 대답하지도 움직이지도 않으니 죽은 사람 이름은 부르지 않도록. 관리관이라는 남자가 인공적인 목소리로 그렇게 말하고, 엎드려 사죄하는 꼴로 바닥에 웅크리고 있는 죽은 안조의 배를 샌들로 걸어찼다. 사체는 입에 거품을 흘리면서 옆으로 쓰러졌다.

무대로 올라가자 은색 머리카락의 여자가 나이프를 건네주었다. 나는 몸속에 쌓인 분노로 피부가 찢어질 것 같다고 생각하면서 나이프를 받아 들었다.

격리 시설 그 3

1

은색 머리카락의 여자는 왼손으로 내 오른손 손목을 잡고 칼날에 손가락과 손을 다치지 않도록, 수지로 동물 뿔을 본떠 만든 자루 부분이 손바닥 뿌리에 딱 붙도록 나이프를 쥐여주었다. 가까이에서 본 은색 머리카락 여자에게는 모든 인종의 특징이 다 있었다. 팔과 배꼽 주위와 등에 솜털이 나 있고 털 끝에 땀방울이 송골송골했다. 무대에 서니 주위와 단절되어 공기의 밀도도 다르게 느껴지고 장내를 메운 무수한 사람들의 시선이 바늘처럼 피부를 찔렀다. 공간 전체에 알아듣지 못할 인공적인 소리와 비명이 울리고 있어서 귀울음과 서로 뒤

섞였다. 몸속에서 울리는 소리와 몸 바깥에서 들려오는 소리를 제대로 구별할 수 없었다. 양쪽에서 나를 붙들고 있던 두 남자는 이제 없었다. 그러나 나는 움직이지 못했다. 발이 무대 바닥에 박혀버린 것 같았다. 여기 있고 싶지 않다, 도망치고 싶다, 그런 기분은 어느새 사라졌다. 나 자신이 사람 가죽에 누더기를 채워 넣은 인형 같다고 생각하면서 칼날 부분과 앤을 번갈아 보았다.

앤은 알몸의 가슴과 아랫배를 손으로 가리고 양다리는 꼬듯이 교차시키고 기묘한 표정을 지었다. 부끄러운 듯한 미소와 당장이라도 울어버릴 것 같은 곤혹스러운 표정이 교대로 얼굴에 나타났다. 고개를 숙인 채 시선만 들고 부끄러운 듯이 웃어 보이는데, 범용차를 타고 들렀던 터널 안 식당 부근의 거지 여자아이와 똑같은 미소였다. 소름이 돋을 만큼 귀엽고 구토가 날 만큼 천박하다. 뭔가를 강하게 욕심내고 있다는 천박함과 그것을 손에 넣기 위해서는 아무리 싫은 일이어도 부끄러운 일이어도 괴로운 일이어도 받아들이겠다는 순종적인 귀여움이 뒤섞인 웃는 얼굴이었다.

근육이 마비되었는지 눈을 깜박거리기조차 힘들어 공황

상태에 빠질 것 같았다. 이민내란 때 경찰이 사용했던 자백 유도제는 신경과 근육을 이완시켜 눈도 깜박거리지 못하게 된다고 아버지의 데이터베이스에 나와 있었다. 눈을 깜박거릴 수 있는지 없는지 시험해보았다. 몸에 불이 나고 호흡도 괴로웠지만, 나이프를 꽉 쥐고 눈 주위에 신경을 집중하면 짧게 깜빡거릴 수 있었다. 깜박거림에 맞춰 플래시백 영상이 켜졌다. 앤의 성기에 내 성기를 넣으려는 장면과 몸을 포개고 성적 행위를 하면서 앤의 목을 조르고 나이프로 목과 가슴을 베는 장면이 떠올랐다. 정해진 거니까, 정해진 건 실행하지 않으면 안 된다. 나는 그렇게 중얼거리면서 알몸의 앤 쪽으로 걸어갔다. 무대를 가로질러 앤 쪽으로 한 걸음 다가가자 발기된 성기를 노출한 남자들의 비명이 작아졌다.

귀울음이 심해지고 현기증이 나서 비틀거리면서, 앞으로 완전한 공황 상태에 빠지면 내가 어떤 행동을 할지 생각했다. 나이프를 휘두르며 난폭해질까? 바로 옆에 있는 은색 머리카락 여자의 가슴과 배를 찌르려고 할까? 아까까지 양옆에서 나를 붙잡고 있던 검은 옷옷의 두 남자를 죽이려고 할까? 무대 위 의자에 앉아 있는 남자들의 발기한 성기를 잘라비릴까? 아니면 내 목을 찌르려고 할까? 띄엄띄엄 상상을 한 뒤 그런 일은 일어날 리 없다고 생각했다. 바로 누군가에게 저지당할 테니까. 검은 옷을 입은 두 남자가 무대 아래에서 이쪽을 감시하고 있었다. 그들은 힘도 세고 몸도 컸다. 나는 간단히 제압될 것이다. 앤은 모피 꼬리 여자나 은색 머리카락 여자에 비해 훨씬 젊어서 성적인 노예로서는 매력적이고 귀중하므로 죽일 리 없다. 나는 앤을 죽이려고 하는 순간에 저지될 것이다. 관리관이라는 남자들은 서로 웃는 얼굴로 속삭이면서 내가 앤을 범하고 죽이는 장면을 놓치지 않겠다는 기세였다. 나는 앤을 범하고 죽인다고 정해진 것 같다. 그러나 실제로는 나이프를 휘두르는 순간에 제압되어 그 자리에서 죽게 될지도 모른다. 지금부터 할 일은 이미 정해져 있는데 너는 무슨 생각을 하는 거냐. 나는 그렇게 스스로를 나무라며 머리를 좌우로 흔들어 플래시백 이미지를 털어버리고, 알몸을 비틀고 있는 앤 쪽으로 걸음을 내디뎠다.

2

앤은 욕정을 느끼고 있었다. 욕정을 느끼는 모습을 많은 사람들이 보고 있으니 더욱 흥분했다. 나는 지금까지 몇백 번이나 앤을 범하는 장면을 상상했다. 앞으로 몇 걸음 더 가서 손을 뻗치면 앤의 알몸을 만질 수 있다. 앤은 등 뒤에 준비된 소파 베드에 누워 뒤틀고 있던 엉덩이를 꿈틀거리며 두 다리를 활짝 벌릴 것이다. 그런 광경을 몇백 번이나 상상했는지 모른다. 이곳에서는 예감이 반드시 현실이 된다. 나는 안조가 이 격리 시설에서 살해당하리란 걸 예감하고 있었다. 안조는 이 시설에 들르고 싶지 않다고 했고 몹시 겁을 먹고 있었다. 또 나는 언젠가 사부로 씨와도 앤과도 헤어질 거라고 예감하고 있었다. 사부로 씨는 처음부터 앤을 어딘가에 팔아넘길 생각이었고, 앤은 노인시설에 흥미가 없었다. 사부로 씨는 노인시설에 친아버지를 찾으러 가겠다고 했다. 어머니가 죽기 직전에 친아버지가 노인시설에 있다는 말을 남겼기 때문이다. 그러나 요시마쓰에 관한 중요한 비밀을 갖고 있는 나와 달리 사부로 씨는 노인시설 안에 들어갈 수 없을 것이다. 그래서 노인시설에 도착하기 전에 어딘가에서 헤어지게 될 거라고 줄곧 생각하고 있었다.

그리고 몇백 번이나 상상했던 앤과의 성적 행위가 지금부터 현실이 된다. 나는 앤의 하얀 유방과 그 중심의 봉긋한 분홍색 유두에 이끌려 그 이외의 일을 생각하기가 힘들어졌다.

이상한 짓을 하고 싶다는 욕구가 터질 듯 부풀었다. 정보와 판단과 행동이 성적 흥분에 따라 제각각 끊어졌다. 장내 어딘가에 설치된 메모리악이 내게만 작용하고 있는지 현실에 통일감이 없고 견딜 수 없는 고통이 계속되었다. 앤의 유방과 유두, 팔과 어깨로 시선을 보낼 때만 고통이 사라졌다. 다른 데로 시선을 옮기거나 다른 이미지를 상상하거나 앤에게 다가가는 걸 멈추려고 하면 몸과 머리를 가득 채운 누더기가 불에 타는 것 같은 불쾌감이 밀려와 터져 나올 것 같은 비명을 애써 참아야 했다. 더 가까이 다가가자 앤이 입술 사이로 혀를 내밀고 있는 것이 보였다. 그때, 앤을 범하려는 내가 살해당하는 이미지가 머리를 스쳤다. 앤의 몸에 닿아 발기한 성기를 꽉 쥐고 노출시킨 순간에 검은 웃옷을 입은 두 남자가 다가와 내 목을 비틀어 목뼈를 부숴버릴 것이다.

머릿속을 스친 살해될 거라는 예감이 불타오르는 누더기에 차가운 물을 부었다. 오한으로 몸이 떨리고 가슴에 통증이 달려 호흡이 더욱 괴로워졌다. 나는 걸음을 멈추고 가슴을 쥐어뜯었다. 앤의 알몸에 시선과 상상을 고정하고 거기에만 의식과 감각을 집중하려고 했다. 살해당할 거라는 예감을 떨치려고 했다. 앤의 관자놀이와 콧등에 살짝 땀이 나고 있었다.

나는 내 죽음의 이미지를 떨쳐내고 고통에서 벗어나려 했다. 살해된다는 예감을 봉하려면 이제부터 비명을 질러 정신을 동결시키고, 성기를 노출한 상태로 앤의 맨다리를 잡아 더 활짝 벌리고 손가락을 사타구니 속의 어두운 구멍으로 찔러 넣은 다음, 나이프로 목을 찢는 거야. 나는 그렇게 몇 번이나 주문을 외듯 중얼거렸다. 먼저 비명을 질러야 한다. 살해될 거라는 예감을 낳는 정신을 동결시켜야 한다.

막 소리를 지르려고 할 때 다른 신호가 왔다. 신호는 피부에 꽂히듯이 들어왔다. 신호를 뿌리칠 수 없었다. 입안이 바싹 마르고 목 안의 점막이 달라붙어 물로 목을 적시고 싶었지만, 물이라는 말이 의미하는 것을 상상할 수가 없어서 또 공황 상태에 빠질 것 같았다. 눈을 뜨고 있는 것이 무서워서 필사적으로 깜박거렸더니 다시 망령 같은 모습의 안조가 플래시백으로 나타났다. 안조는 머리가 다 빠지고 얼굴은 시퍼렇고 한쪽 눈알이 튀어나와 뺨에 걸쳐 있고 피부가 썩고 있었다. 매뉴얼대로 정신을 동결시켜라. 안조의 망령이 속삭였다. 나는 눈 깜박임을 멈추고 가슴을 쥐어뜯으면서 필사적으로 숨을 들이마시고 바늘처럼 피부를 찌르는 또 하나의 다른 신호를 해독하려고 애썼다.

상상해라. 반갑고도 불온한 말이 다시 되풀이되어 몸이 움찔 떨렸다. 나이프의 날 표면에 일그러진 남자의 얼굴이 비쳤다. 내 얼굴임을 인정하는 것이 괴로워서 눈을 돌리려고 할 때, 불현듯 아버지가 떠오르고, 아버지가 헤어지기 전에 해준 얘기가 되살아났다. 텔로미어를 절단당해 눈 깜빡할 사이에 늙어버린 아버지는 거의 알아들을 수 없는 쉰 목소리로 어떤 남자에 대해 이야기했다. 그 남자는 쓰레기 처리장 옆 공터를 기어 다니며 뭔가를 찾고 있었다고 한다. 뭐 하는 거냐? 아버지가 물었더니, 남자는 ID용 IC 칩이 든 지갑을 잃어버려서 찾고 있다고 했다. ID용 IC 칩이 없으면 섬에서는 살아갈 수 없다. 거기서 잃어버린 거냐? 아버지가 재차 묻자 남자는 이렇게 대답했다. 아니, 실제로 잃어버린 건 저 쓰레기 처리장 속인데 물고기 내장이니 뭐니로 더럽기도 하고 찾기 힘들어서 여기서 찾고 있는 거야.

어째서 아버지의 말이 생각난 걸까? 앤의 알몸과 나이프 이외의 일을 생각하고 떠올리자니 호흡이 괴로워지고 관자놀이 부근이 터질 것 같았다. 상상해라. 내 몸속과 바깥에서 같은 신호가 자꾸만 울렸다. 상상해라. 상상하는 힘이 너를 이끈다. 상상해라. 너는 인도될 것이다. 그만해! 그만! 분노가 치밀어 올랐다. 머리 가죽을 찢어 가득 들어찬 누더기를 꺼내고 싶었다. 피부를 찢고 근육과 내장도 모두 몸에서 떼어내고 싶었다. 앤이 내 쪽을 올려다보며 입 주위를 혀로 핥았다. 몸속은 오한이 들어 차갑고, 머리에 열이 올라 시야가 부옇고, 앤과 나이프 이외에는 고장 난 영상간판처럼 보였다. 앤의 부드러운 피부를 만지는 상상을 하니 오한과 통증이 덜해졌다. 예감과 상상은 반드시 현실이 된다. 나는 한 번 더 소리 내지 않고 중얼거렸다. 그러자 고통과 함께 또 다른 신호가 왔다. 상상해라. 우울한 신호가 울려 퍼졌다. 나는 이미 예감하고 이미 상상하고 있다고 주문처럼 몇백 번을 중얼거렸다. 그러나 그 중얼거림은 거짓이고 얼버무림이라는 누군가의 목소리가 몸속에서 메아리쳤다.

　앤을 범하려고 한 순간에 구속되어 살해당할 거라는 또 다른 예감과 상상에서 벗어나려고 했다. 앤과 나이프에 관한 예감과 상상은 말과 이미지로 구성되어 있었다. 그러나 상상하라는 신호는 추상적인 메시지이지 말이나 이미지가 아니었다. 이 공간 전체에서 일어나고 있는 맥락 없는 혼란 그 자체가 만든 신호였다. 성적 욕구는 강박관념을 초래한다. 앤의 알몸은 태어나서부터 지금까지 본 것 중에서 가장 아름다웠다. 보고 있기만 해도 고양감에 감싸였다. 강박관념은 공포와 비슷할지도 모른다고 생각했다. 안조는 공포란 떨쳐내려고 할수록 오히려 더 따라오는 것이라며, 자력을 가진 깃털 같은 것이라고 표현했다. 그러니 격렬한 공포에 사로잡혔을 때는 벗어나려고 하지 말고 마주 서야 한다고 앤에게 가르쳤다. 공포를 일으키는 신경의 폭발적 발화 상태는 신경의 연료가 오래 버티지 못하기 때문에 길게 계속되지 않으니 도망치지 말고 공포에 맞서면 언젠가 자연히 사라진다는 뜻이었다.

강박관념에 사로잡혔을 때는 어떻게 하면 좋지? 나는 눈을 감고 안조의 망령을 불러내려 했다. 안조, 어디 있는 거야? 나와줘. 앤의 유두를 핥고 앤의 다리를 활짝 벌려 성기와 성기를 비비고 앤의 목을 나이프로 찢고 싶다는 강박관념에서 벗어날 수가 없어. 그러자 안조의 망령이 나타났다. 알 게 뭐야, 하고 썩어서 문드러져가는 혀를 날름 내밀었다. 너는 그 여자하고 성적 행위를 하는 상상을 수백 번도 더 했잖아. 그러니 지금이야말로 상상을 실행할 수 있는 기회 아냐? 나는 눈을 깜박거려 안조의 영상을 껐다. 영상 속의 안조는 그 여자를 빨리 죽이라고 속삭이면서 점점 녹아 없어졌다. 녹아 없어진 안조의 얼굴에서 속지 마, 너는 알고 있을 거다, 하는 다른 목소리가 들려와 심장이 또 쿵 뛰었다. 누구의 목소리인지 모른다. 나 자신의 목소리 같기도 하고 아버지 목소리를 닮은 것 같기도 했다. 상상과 실행은 완전히 다른 거라고 다른 목소리는 말했다. 강박관념이란 것은 과거의 상상에 지배되는 게 아닌가? 나이프에 비친 내 입이 움직였다. 내가 스스로 지껄인 걸까? 누군가 메모리약을 사용하여 복화술 인형처럼 나를 조종하여 말하게 한 건가? 몇백 번이나 상상한 것은 상상을 실행하기 위해서가 아니다. 상상은 자율적인 것이다. 상상은 상상 그 자체를 위해, 요컨대 신호를 말로 해독하기 위한 것이다.

나는 나이프에 비친 내 얼굴을 바라보며 이 공간의 혼란 자체가 만든 신호를 말로 옮기려고 했다. 예감한 대로의 일이 계속 일어나 나는 정신을 제어하지 못하고 앤의 알몸과 나이프가 상징하는 성적 행위와 폭력에 이끌려가고 있었다. 신호를 말로 해독하지 않으면 정신을 제어할 수 없다. 나는 앤과 나이프를 번갈아 보았다. 관자놀이를 흐드는 귀울음 너머에서 유럽의 장송곡 같은 음악이 들려왔다. 그 음악은 어떤 기억으로 이어졌다. 앤에게 다가가는 걸 일단 멈추고 천천히 주위를 둘러보자 장내를 메운 사람들의 표정이 기대에서 불안으로 바뀌었다. 나와 눈이 마주친 모피 꼬리 여자와 은색 머리카락 여자는 깜짝 놀란 얼굴로 뒷걸음질 쳤다. 의자에 앉아 발기한 성기를 노출하고 있는 남자들은 비명을 멈추고 내 얼굴을 바라보았고, 테이블에 앉은 긴 웃옷을 입은 남자들은 당황해서 서로 얼굴을 마주 보았다.

급속히 늙은 데다 기회감염으로 마른 몸이 더 쪼그라들고 주름투성이가 된 아버지가 이제 곧 죽는다는 걸 알게 된 날, 나는 그저 아버지를 뒤따라 죽겠다는 생각을 하면서 정처 없이 한참을 걸었다. 슬픔이 밀려오고 몸이 안쪽에서부터 타는 것 같았다. 어디였는지 기억은 나지 않지만, 아주 잠깐, 차가운 바람이 불었다. 정말로 한순간의 일이었지만, 몸과 머리가 차가워져 기분이 좋았다. 그 일을 떠올렸을 때 아버지의 존재를 느꼈다. 바람 소리에 실어 뭔가를 전하려는 게 아닐까 하는 느낌이 들었다. 아키라, 잃어버린 탑은 잃어버린 장소에서밖에 찾을 수 없다. 무엇을 해야 할지, 무엇을 해선 안 될지, 그 답을 찾는 것은 생선의 썩은 내장이 흩어진 쓰레기 처리장 한복판에서 잃어버린 지갑을 찾는 것과 비슷하다. 고통스러운 작업이지만, 다른 장소를 찾아봐야 잃어버린 것은 찾지 못한다. 너는 이미 정답을 알고 있을 것이다. 정답은 언제나 간단하다.

그렇다, 확실하다. 나는 소리를 내려고 했다. 처음부터 확실한 것이 있었다. 목이 바싹 말라서 쉬익쉬익 하고 파이프에서 공기가 새어 나가는 듯한 소리밖에 나지 않았다. 그러나 그 소리는 맹렬한 귀울음 틈으로 처음에는 희미하게, 이윽고 점차 또렷한 말로 들려왔다. 앤을 범한 뒤 죽이려고 할 경우에는 죽음이, 그것을 거부할 경우에는 정신착란이 기다리고 있지만, 어느 쪽이든 실제로 일어난 순간에 공포는 사라진다. 왜냐하면 내 몸 또는 정신의 기능이 멈추기 때문이다. 그보다 확실한 것이 있다. 앤을 범해서 잡히고 살해되면 목적을 이룰 수 없다. 앤을 범하는 걸 멈춘다면 고통은 영원히 계속되고 착란이 매뉴얼대로 현실이 되어 안조의 망령하고만 얘기하는 폐인으로 살아가게 될지도 모른다. 그러나 이 공간의 혼란 자체가 만들어낸 신호를 해독하여 그 메시지를 따르는 수밖에, 달리 방법이 없다. 공포라는 안개가 발생했다. 고통을 동반하는 상상만이 그 안개를 걷을 수가 있다. 앤을 범하고 죽이면 바로 구속되고 살해된다. 앤을 범하고 죽이면 노인시설에는 절대로 갈 수 없다. 나는 그제야 그 사실을 깨달았다.

4

다시 나이프를 바라보다 바닥에 내려놓았다. 그랬더니 공간 전체가 술렁거리다 잠시 뒤에 이야기 소리도 비명도 그치고, 장내가 갑자기 고요에 감싸였다. 바닥에 벗어 던진 앤의 빨간 옷이 떨어져 있었다. 나는 그걸 주워 들고 앤에게 다가가 벗은 몸 위에 걸쳐주었다. 앤은 멍하니 있다가 슬픈 표정을 짓더니 내게 받은 옷으로 몸을 가렸다. 잠시 후, 커튼 뒤쪽에서 열 살 정도의 남자아이가 나타나고 아이를 뒤따라 키가 크고 마른 여자가 나타났다. 무대 위에서 성기를 노출하고 의자에 앉아 있던 남자들이 키가 크고 마른 여자를 보더니 일제히 벌떡 일어나 사타구니를 누르고 비틀거리면서 도망쳤다. 모피 꼬리 여자와 은색 머리카락 여자는 얼어붙은 듯이 그 자리에 서 있었다. 무슨 일이 일어나는지 모르는 앤은 키가 크고 마른 여자를 멍하니 바라보았다. 키가 크고 마른 여자는 열대새의 깃털을 본떠서 만든 프리온 섬유 모자를 쓰고, 몸에 착 붙는 광택이 나는 재색 슈트에 얇고 반투명한 망토를 걸쳤다. 피부는 이상할 정도로 윤기가 흐르고, 태도가 당당하며 자세도 표정도 자신감으로 넘쳤다. 반투명한 망토 외에 눈에는 보이지 않는 신비로운 막이 있어서 외부로부터 그녀를 지켜주는 것 같았다. 위엄이라는 것이 있었다. 섬을 떠난 지 한참이 지났지만, 이런 사람을 보는 건 처음이었다. 여자가 장내를 둘러보자, 관리관이라는 남자를 포함해 전원이 등을 곧게 펴고 서서 머리를 낮게 숙였다. 사부로 씨까지 의자에서 일어나 긴장한 표정으로 빳빳하게 굳어 있었다.

주위를 압도하는 위엄을 가진 키가 크고 마른 여자가 내게 다가오면서 조용한 어조로 물었다. 어째서 그 젊은 여자를 죽이지 않은 거냐? 나는 몹시 긴장했지만 어찌 된 이유인지 반가움과 안도감 같은 것이 몸속 깊은 데서 끓어올랐다. 왜 앤을 죽이지 않았냐는 질문이신데 나 자신도 모르겠습니다. 그렇게 대답했더니 여자는 친애하는 뜻을 표현하듯 두 팔을 벌리며 말했다. 아키라, 너 키가 많이 컸구나. 여전히 존댓말도 잘 쓰고, 게다가 상상이 낳는 공포를 잘 견뎌냈구나. 그 사람의 테스트에 합격했을지도 모르겠는걸. 그리고 미소를 지었다. 그녀는 예전에 노인시설에서 만난, 백 살이 넘었을 터인 사츠키라는 여자였다.

사츠키라는 여자가 나타난 것만으로 장내의 분위기가 확 바뀌었다. 환기를 하여 맑고 시원한 공기가 들어온 듯한 느낌이었다. 혹은 내게만 작용하도록 장치된 메모리악이 꺼진 것인지도 모른다. 그러나 마음이 안정되었다. 사츠키라는 여자가 나 이외의 사람을 완전히 무시했기 때문이다. 성기를 드러내고 무대 위에 있던 남자들, 옷자락이 긴 웃옷을 입은 관객 남자들, 관리관이라는 남자, 은색 머리카락 여자와 모피 꼬리 여자 그리고 앤과 사부로 씨까지, 사츠키라는 여자는 그들이 보이지 않는지 아예 존재하지 않는 것처럼 행동했다. 옷자락이 긴 웃옷을 입은 남자들과 대화를 하지 않는다든가 시선을 마주치지 않는다든가 한 게 아니라 의자나 테이블 따위의 어디에나 있어서 주목할 필요가 없는 가구처럼 무시했다. 벽에 달라붙듯 모인 긴 웃옷을 입은 남자들도 무시당하는 것이 당연하다는 듯이 두 손을 몸 앞에 모으고 어깨를 떨어뜨린 채 거의 직각으로 고개를 숙이고 말소리도 내지 않고 미동도 하지 않았다.

모피 꼬리 여자는 서둘러 무대 위에서 내려가려다 사츠키라는 여자 바로 앞에서 굴러버렸다. 쿵, 하고 큰 소리가 났지만 사츠키라는 여자는 반응하지 않았다. 모피 꼬리 여자는 무대 바닥에 두 손과 무릎을 붙인 자세로 한동안 꼼짝 않고 있었다. 눈에 띄면 살해되기라도 하는 것처럼 숨을 죽이고 기척을 지우려 했다. 사츠키라는 여자가 가자, 하고 내게 말을 걸어서 무대 안쪽으로 걸어가기 시작한 뒤에야 겨우 무대 위를 천천히 기기 시작했다. 앤도 따라서 꿈틀꿈틀 움직여 뒤를 따랐다. 앤은 무슨 일이 일어나고 있는지 몰라 어리둥절한 모습이었다. 사부로 씨는 바닥에 널브러진 안조의 사체 옆에서 표정을 잃은 채 여전히 우두커니 서 있었다. 긴 웃옷의 남자들과 은색 머리카락의 여자와 모피 꼬리 여자는 사츠키라는 여자를 두려워하는 게 아니었다. 존재하는 것이 허락되지 않아서 스스로를 지우고 싶어 하는 것처럼 보였다.

잠깐만요. 나는 나가려고 하는 사츠키라는 여자에게 물었다. 어디로 가느냐고 질문하는 것은 허락되는지요? 사츠키라는 여자가 돌아보았다. 어디로 가는지 아키라, 너는 알고 있을 테지? 여자는 화난 듯한 얼굴이었다. 노인시설입니까, 하고 질문이 튀어나오려는 것을 나는 황급히 제어했다. 노인시설이라는 말을 사용해서는 안 될 것 같았고, 사츠키라는 여자는 노인시설에 살고 있을 테니 다른 곳에 갈 리 없을 거라고 생각했다. 그 외에도 묻고 싶었다. 어째서 사츠키라는 여자가 이곳에 나타났는지, 또 어째서 사츠키라는 여자가 목적지까지 안내해주는지, 그 사람이란 누구인지, 테스트라는 건 무엇인지, 합격했다는 건 무슨 뜻인지. 그러나 나는 아무 말도 하지 않았다. 물어서는 안 될 것 같았다. 사츠키라는 여자가 말하려고 하지 않는 것은 묻지 않는 편이 좋다는 생각이 들었다. 사츠키라는 여자는 하고 싶은 말이 있으면 망설이지 않고 바로 할 것이고, 이곳의 누구도 신경 쓸 필요가 없었다. 이곳의 주민들은 사츠키라는 여자 앞에서 존재 자체를 지우고 싶어 했다.

5

친구에게 이별을 고해야 하니 시간을 좀 주시면 안 되겠습니까? 나는 머리를 깊이 숙이면서 허락을 부탁했다. 사츠키라는 여자는 나를 물끄러미 보다가 묵묵히 고개를 끄덕였다. 무대에서 내려가 우두커니 서 있는 사부로 씨에 말했다. 아무래도 여기서 헤어져야겠네요. 그리고 의자 등에 세워둔 내 백팩을 집어 들었다. 또 만날 수 있을까? 사부로 씨는 힘없이 말하고 네기달이라는 여자가 준 티타늄 카드와 그리스 건을

자기 가방에서 꺼냈다. 괜찮다면 이거하고 이거 갖고 가. 바로 옆에 안조가 눈을 뜬 채 죽어 있었다. 손가락이 기묘한 형태로 구부러진 것이, 경직이 시작된 것 같았다.

백팩을 어깨에 메고 무대 쪽으로 돌아오면서 여전히 바닥에 주저앉아 있는 앤에게 다가가 머리를 쓰다듬었다. 앤은 아직 옷을 입지 않았다. 프리온 섬유 옷은 아주 얇고 탄력성이 강해서 입는 데 시간이 걸린다. 앤은 빨간 옷을 몸에 감듯이 해서 유방과 성기를 가리고, 두 팔을 내 목에 두르며 꼭 안겼다. 나는 아무도 이쪽을 보고 있지 않은 걸 확인한 다음 앤의 입술에 손등을 갖다 댔다. 그리고 내 입술을 살며시 포갰다. 부드럽고 차가운 감촉이었다. 나는 앤의 어깨와 팔을 가볍게 만졌다. 지금까지 경험한 적 없는 감정이 밀려왔다. 이대로 앤과 줄곧 함께 있고 싶다는 강한 욕망이 몸 여기저기에서 꿈틀거렸다. 그러나 죽어도 출발하지 않으면 안 된다고 나 자신을 타일렀다. 마음이 괴로워졌다. 아버지가 죽는다는 걸 알았을 때의 감정과 비슷했다. 하지만 끓어오르는 것은 슬픔과 외로움만이 아니었다. 압도적인 쓴맛 속에 희미하게 달콤함이 숨어 있는 음식처럼, 어딘가 구원을 받았다는 감각이 섞여 있었다.

부탁해, 앤. 이곳에 있어줘. 나는 앤의 귓가에 속삭였다. 분명 나는 돌아올 테니까 앤, 여기 있어줘. 앤이 주먹 쥔 오른손을 내 쪽으로 가볍게 내밀었다. 약속? 너도 이렇게 하고 맞대는 거야. 나는 앤이 시키는 대로 오른손 주먹을 꽉 쥐었다. 앤이 자기 주먹을 내 주먹에 가볍게 몇 번이나 부딪치며 진지한 표정으로 말했다. 이거 아빠가 가르쳐준 약속이라는 동작이야. 나는 약속이라는 낯선 말의 의미를 떠올리려 애쓰면서 몇 번이나 고개를 끄덕였다. 그리고 다시 아무도 이쪽을 보고 있지 않은 걸 확인한 뒤, 열두 개씩 든 종합신경안정제 다섯 판을 앤의 손에 몰래 쥐여주며 말했다. 이것만은 아무한테도 건네면 안 돼. 앤은 다발로 된 종합신경안정제를 재빨리 신발 속에 감추었다. 아버지의 데이터베이스에 따르면, 약속이라는 것은 누군가에게 하겠다고 선언한 행위를 반드시 그대로 행한다는 의미였다.

이상촌

1

난 말이야, 옆에 항상 어린아이나 젊은 사람이 없으면 왠지 컨디션이 안 좋아져. 사츠키라는 여자가 앞장선 열 살 정도의 남자아이 어깨에 왼손을 살짝 올린 채 긴 복도 같은 수로의 갓길을 걸으면서 말했다. 무대 뒤에는 강철로 만든 탄탄한 이중문이 있고, 문을 나오니 좁고 긴 수로가 이어졌다. 주변에 무수한 센서가 설치되어 있어서 사츠키라는 여자는 펜 같은 주입기로 내 팔에 나노칩을 주입한 뒤 문을 열었다. 수로로 나오자 사츠키라는 여자는 열대새의 깃털을 본뜬 프리온 섬유 모자를 벗어 오른손에 들고 걸었다. 수로의 천장은 낮고 지저분해서 깃털을 본뜬 모자 끝이 닿는 게 싫었을 것이다. 앞장선 열 살 정도의 남자아이는 균형 잡힌 몸매에 반듯하게 생겼지만 마치 전세기에 대량으로 생산됐다고 하는 안드로이드라는 인형 로봇처럼 표정이 없었다. 물방울 떨어지는 소리만 들리는 수로 옆길을 걷고 있자니 그 격리 시설에서의 사건이 먼 과거 같은 느낌이 들다가 이내 모든 것이 꿈이나 상상이 아니었나 하는 의심이 생겼다. 안조는 정말로 죽은 걸까 하는 의문이 생기다 잠시 후에는 안조라는 인물이 정말로 있었는지 어땠는지도 모호해졌다.

아키라, 이리로 와. 사츠키라는 여자가 손짓을 해서 나는 그녀와 나란히 걸어가게 되었다. 사츠키라는 여자는 나보다 훨씬 키가 컸는데, 왼손은 앞장선 아이의 어깨에 얹고 오른손은 내 어깨를 감싼 채 걸었다. 얇은 반투명 망토 너머로 지금까지 맡아본 적 없는 독특한 냄새가 났다. 격리 시설에서는 그 냄새를 깨닫지 못했다. 절대 강한 냄새는 아니고 몸 전체에서 나는 것도 아니었다. 걸어가다 말을 거느라 고개를 돌릴 때면 문득 그 냄새가 났다. 꽃향기와 비슷하지만 달콤한 향도 아니고 시큼한 것도 아니고 콧구멍을 자극하는 것도 아니었다. 드문드문 들려오는 종소리 같은 금속음이 냄새로 전환된 것 같은 느낌이었다. 아키라, 어째서 그 여자를 죽이지 않았지? 정말로 이해가 안 되는구나. 걸어가면서 그런 질문을 받아, 무심코 사츠키라는 여자의 얼굴을 보니 이상할 정도로 윤기가 흐르는 피부가 위쪽에서 당겨진 듯 늘어나고 눈이 치켜올라가서 무서웠다. 모르겠습니다, 하고 대답해버리면 좋지 않은 일이 일어날 것 같은 예감이 들었다. 이 여자는 사실은 무서운 사람이었다는 기억이 떠올라 다리가 후들거렸다. 그러나 동시에 예전에 아버지의 데이터베이스에서 본 흥미로웠던 글이 떠올랐다.

아무리 무서운 이야기여도, 아니, 그 이야기가 무서우면 무서울수록 몇 번이고 되풀이해서 읽다 보면 공포는 옅어져갑니다. 나는 아버지의 데이터베이스에 있던 전세기의 영화 카테고리 중에서 공포 영화에 관한 글을 인용하여 대답했다. 문득 거기서 영화를 이야기로 바꾸면 어떨까 하는 생각이 떠올랐고, 순간적으로 영화를 이야기로 바꿔 말해야겠다고 마음먹었던 것이다.

공포라는 건 미지의 것이어야만 하지 않을까요? 그 무대에서 일어났던 일은 내가 몇천 번이나 상상했던 것의, 말하자면

복사물이었습니다. 몇천 번이나 상상한 일이었기 때문에 대응하기가 쉬웠던 게 아닐까 싶습니다. 그렇게 말하자, 사츠키라는 여자가 멈춰 서서 내 얼굴을 빤히 들여다보았다. 길고 큰 눈으로 바라보니 무서워졌다. 긴 웃옷을 입은 남자들이 자신들의 존재를 지우려 했던 것도 이해가 갔다. 사츠키라는 여자의 얼굴은 수로 옆에 켜진 희미한 형광 관 불빛을 반사할 만큼 윤기가 났고, 볼 때마다 미묘하게 변화하는 것 같았다. 표정이 바뀌는 게 아니라 미묘하게 다른 얼굴이 되는 것이다. 입술 폭과 입 크기, 인중 길이, 눈의 길이와 폭, 눈의 크기와 처진 정도가 시간이나 감정의 변화에 따라 변하는 게 아닌가 싶었다.

과연! 내 얼굴을 들여다보며 사츠키라는 여자가 감탄한 듯이 말했다. 과연, 아키라 너의 존댓말은 정말 아름다워서 나도 모르게 넋을 잃게 되는구나. 아키라, 너는 제대로 공부를 했어. 정말로 풍부한 지식을 갖고 있구나. 그리고 조작된 CG 화면처럼 사츠키라는 여자의 얼굴에서 양쪽 눈초리가 천천히 내려가고 뺨이 살짝 부풀더니 마치 종교화 속 성모의 얼굴인 듯 부드럽게 바뀌었다. 그것은 테스트였습니까? 나는 어떻게 합격한 겁니까? 그 사람이란 누구입니까? 그렇게 묻고 싶었지만, 개인적인 질문은 허락되지 않을 거라 생각했다. 노인시설에 데려갈 때, 질문은 하지 말라고 몇 번이나 엄격하게 지도받았다. 섬의 교정 시설에서도 질문은 단호히 금지되었다. 나는 질문이 무조건 허락되는 환경에 있었던 적이 없다.

2

길은 이윽고 왼쪽으로 커브를 돌고 물 흐르는 소리가 커졌다. 형광 관이 끊겨 캄캄해진 전방에는 아무것도 보이지 않았다. 앞장선 아이가 걸음을 멈추고 벽을 가리켰다. 사츠키라는 여자는 고개를 끄덕이더니 망토를 걷어 올려 허리춤의 주머니에서 카드를 꺼내 가느다란 손가락 끝으로 표면을 더듬어 벽을 향해 조작했다. 핑, 하는 기계음이 들리고 조그마한 파란 빛이 깜박거리더니 유압펌프가 가동하는 소리와 압축공기가 빠져나가는 소리, 거기에 금속이 삐걱거리는 소리가 울리면서 벽 일부가 좌우로 움직였다. 그 안쪽은 아주 좁고 네모반듯한 방으로, 낮은 천장에 비좁게 달린 형광 관이 눈부셨다. 사츠키라는 여자가 다시 카드를 조작하자 방 전체가 잔잔하게 흔들리더니 바닥으로 밀리는 듯한 불안정한 감각에 사로잡혔다. 사츠키라는 여자와 열 살 정도의 아이는 벽에 손을 짚어 몸을 지탱했다. 두 사람의 시선이 천장을 향하고 있어서 나는 그제야 방 전체가 상승하고 있다는 걸 깨달았다. 엘리베이터다. 사츠키라는 여자는 그렇게 말하고 눈이 관자놀이를 향해 단숨에 치켜 올라가 무서운 얼굴이 되더니 웃음소리를 냈다.

넌 섬사람이라 엘리베이터를 탄 적이 없지? 웃음소리 중간에 그런 말이 들려왔다. 나는 안조의 안내로 방진무균복을 입은 사람이 관리하는 물처리 시설로 내려갈 때 타봤다고 대답했다. 안조라는 이름을 들은 순간, 사츠키라는 여자는 또 얼굴이 변했다. 머리카락이 난 부분과 눈썹 사이가 이 센티미터로 좁아지고 몇 가닥의 주름에 사이로 눈썹이 없어지고 뺨이 깊이 패고 눈이 가늘어지고 입술이 얇아졌다. 안조……. 사츠키라는 여자가 거의 알아들을 수 없는 작은 소리로 중얼거리더니, 그 뒤 또 얼굴이 미묘하게 바뀌었다. 미간에 깊은 주름이 몇 가닥 생기고 코끝이 늘어지듯이 아래로 향하고 치켜 올라간 눈 색깔이 검정에서 갈색으로 바뀌었다가 마지막에는 파랗게 되었다. 사츠키라는 여자의 흐트러진 감정이 전해져서 무서웠다. 나는 안조라는 이름을 입에 올려서는 안 된다는 걸 학습했다.

노래하는 고래 하

3

엘리베이터가 멈추고 문이 열렸다. 폭이 이 미터 정도 되는 통로를 걸어갔다. 투명한 수지로 만든 아치형 커버가 덮인 통로는 곧게 뻗어 있었다. 옥외로 통하는 것 같았다. 커버 바깥쪽은 영상으로밖에 본 적 없는 경관이었다. 수목이 울창하게 우거지고 포개진 나뭇가지와 나뭇잎 틈으로 빛이 들어오고 곳곳에 원색의 꽃이 피어 있었다. 이따금 아치형 커버의 지붕에 뭔가 떨어지는 소리가 나서 나는 그때마다 놀라서 멈춰 섰다. 그런 나를 보고 사츠키라는 여자가 한숨을 쉬더니 위를 가리키며 떨어지는 건 그냥 나뭇잎이나 나무 열매라고 가르쳐주었다. 위에서 떨어지는 나무 열매는 콩알만 한 것부터 주먹만 한 것, 사람 머리만큼 큰 것까지 있는데, 그런 것들이 떨어질 때마다 마치 바위가 떨어지는 것 같은 소리가 나고 커버가 부서지지 않을까 싶은 충격이 있었다. 나뭇잎도 사람 몸통만큼 큰 게 떨어질 때면 커버 표면을 긁는 소리를 냈다.

뭐 하는 거냐? 내가 걸음을 멈춘 채 진기한 나무의 잎과 열매를 보고 있자, 사츠키라는 여자가 물었다. 이런 나뭇잎이나 나무 열매는 처음 봤습니다. 내 대답을 들은 사츠키라는 여자는 할 수 없군, 하고 중얼거리며 험상궂은 표정을 짓더니 열 살 정도 아이의 머리를 가볍게 밀어 앞으로 기울였다. 잠시 후, 아이의 입에서 음성이 들려왔다. 이곳은 지열발전으로 만든 인공 우림이다. 아이가 말을 해서 소리가 들린 게 아니었다. 음성신호가 직접 뇌에 도착한 것이다. 아마 아이의 몸에 나노칩 메모리악이 내장되어 있어 나를 향해 음성신호를 보낸 것이리라. 어쩌면 이 열 살 정도 아이의 메모리악이 그 격리 시설 무대에서도 다양한 신호를 보냈는지 모른다. 하지만 설령 그랬다 해도 이제는 상관없는 일이다. 어쨌든 입장을 선택하고 바꾸는 힘 같은 건 내게 없었다. 신호를 받아 반응할 뿐이다. 게다가 반응이라고 해도 태도와 언동에는 선택의 여지가 제한되었다.

통로가 끝났다. 출구가 있는 게 아니라 도중에서 통로가 끊기고 파손된 건물의 잔해가 사방에 흩어져 있었다. 나무와 타일 바닥재가 땅에 묻혀 있고, 무너져 내린 벽의 회반죽 덩어리가 이끼로 덮여 변색되어 있고, 형체를 알 수 없는 가구에는 주위의 수목 덩굴이 얽혀 있었다. 통로에서 외부로 나오자 열대의 공기에 감싸였다. 파손된 건물 바로 옆에 반지름이 수 미터나 되는 반원형 공간이 있고, 달팽이를 연상시키

는 모양의 탈것이 있었다. 삼각뿔을 옆으로 쓰러뜨린 것처럼
생긴 무한궤도차로, 탄소 수지의 방풍 유리가 있고, 앞좌석
에 한 사람, 뒷좌석에 두 사람이 탈 수 있었다. 지금부터 우리
는 저 마을로 들어가는데 거기서는 주민들이 말을 걸어도 대
답해서는 안 되고, 주민들이 인사를 해도 받아주어서는 안 되
고, 주민들이 길을 막아도 멈춰 서서는 안 되고, 주민들이 몸
을 만져도 같이 만져서는 안 된다. 열 살 정도의 아이가 그런
음성신호를 보냈다. 나는 사츠키라는 여자와 나란히 뒷좌석
에 앉았다. 등받이와 시트가 내장이 녹을 듯이 부드러워지더
니 내 등과 엉덩이 모양에 맞춰 다시 딱딱해졌다.

캐터필러를 구동시키는 무수한 바퀴가 달달달 진동했다.
이윽고 무한궤도차가 천천히 달리기 시작했을 때, 전방에 얼
핏 여자 둘로 보이는 그림자가 나타났다. 역광을 받아 실루엣
이 된 두 사람이 기묘한 동작을 해서 나는 내 눈이 이상해진
건가 생각했다. 두 사람은 뒤돌아서서 서로 엉덩이를 맞대고
비볐다. 무한궤도차 좌석이라는 갇힌 공간에 나란히 앉은 사
츠키라는 여자가 말했다. 아키라, 보고 싶었다. 그리고 내 뺨
을 양손으로 누르며 입에 혀를 밀어 넣었다. 열 살 정도의 아
이는 이쪽을 보려고 하지 않았다. 이곳은 열대군요. 나는 입

술에 묻은 사츠키라는 여자의 타액을 혀로 닦으면서 말했다. 사츠키라는 여자는 옷 위로 내 성기를 더듬거리면서, 뺨이 늘어지고 눈초리가 처지고 미간의 주름이 사라지고 입술이 온화하게 선을 그려 부드러워 보이는 얼굴로 바뀌어서 가르쳐주었다. 그래, 열대, 이상촌. 앞좌석의 아이에게서 음성신호가 왔다. 이상적인 공동체를 만든다는 목적으로 최상층 사람들이 모여서 만든 마을이지만, 지금은 도깨비들이 사는 마을이 돼버렸다.

4

무한궤도차는 밀집한 수목 사이를 나아갔다. 산페이, 서두르지 않아도 돼. 사츠키라는 여자가 앞좌석의 아이에게 말했다. 산페이라고 불린 열 살 정도의 아이는 뒤를 돌아보지도, 말을 하지도 않고 그냥 고개만 끄덕였다. 커다란 나무줄기나 쓰러진 나무, 바위 등의 장애물을 센서가 자동으로 감지하여 피하면서 달리기 때문에 속도가 끊임없이 바뀌었다. 길이 없는 정글이어서 장애물이 없을 때는 속도를 내고, 바위나 쓰러진 나무를 만나면 피해야 하므로 그때마다 속도를 줄였다.

지면이 울퉁불퉁해서 나뭇잎이나 가지, 뿌리, 크고 작은 돌을 넘어 전진하다 보니 차체는 항상 달달달 진동하며 전후좌우 어느 쪽으론가 기울면서 달려갔다. 그러나 좌석 등받이가 어깨와 등과 엉덩이를 딱 맞게 감싸고 마치 액체에 떠 있는 것처럼 자동적으로 수평을 유지해주어서 균형을 잃는 일도 없고 속도 울렁거리지 않았다. 앞좌석에는 산페이라는 소년이 부채꼴의 조종간에 두 손을 올리고 있었다. 그러나 자동이어서 산페이라는 소년이 조종을 하는 건 아니었다. 산페이라는 소년은 진로를 확인하기 위해 이따금 손가락으로 패널 모니터나 건드릴 뿐이었다.

배고프지 않니? 사츠키라는 여자가 물어서, 아까 시설에서 걸쭉한 스테이크를 먹었습니다, 하고 대답했다. 사츠키라는 여자는 고개를 끄덕이면서 웃었다. 그렇구나, 걸쭉한 스테이크라. 웃을 때 얼굴이 또 바뀌었다. 새살을 피부에 덧붙인 듯이 뺨이 볼록해지고 입이 좌우로 각각 이 센티미터씩 넓어지고 잡아당기기라도 한 듯이 눈초리가 처졌다. 가까이에서 보니 표정이 아니라 얼굴 자체가 변화하고 있었다. 감정 표현에 맞게 기관의 위치와 근육과 피부가 미묘하게 변화했다. 골격도 변하는지 모른다. 차에 탄 뒤로 몸의 각 부분이 조금 줄어든 것처럼 보였다. 아까 수로 옆을 걸을 때는 나보다 키가 컸는데 이렇게 좌석에 나란히 앉으니 머리 위치도 앉은키도 다리 길이도 거의 비슷했다. 아키라는 과일 좋아하니? 물어서, 어릴 때는 오렌지가 든 봉식을 좋아했습니다, 하고 대답했다. 사츠키라는 여자는 방풍 덮개 너머로 주위를 둘러보다가 앞 좌석의 산페이라는 아이에게 말했다. 잠깐 세워라.

무한궤도차가 서자 사츠키라는 여자는 방풍 덮개를 열고 주위를 둘러보았다. 거목들의 가지와 잎이 빽빽하게 자라 해를 가려서 주위는 어두컴컴했다. 습기와 열기를 띤 공기가 무겁게 가라앉고, 밀집한 나뭇가지와 잎과 검은 흙의 지면에 지금까지 맡은 적 없는 냄새가 가득했다. 숨쉬기가 괴로울 정도의 무더위였다. 나무줄기에 어른 손가락 굵기만 한 벌레가 기어가고 있었다. 아버지의 데이터베이스에서 본 적 있는 사마귀라는 곤충과 개미를 합친 모양이었다. 까칠까칠한 발끝을 나무줄기에 걸치고 천천히 이동한다. 자세히 보고 있지 않으면 움직이는지 알 수 없다. 머리에서 튀어나온 부리처럼 뾰족한 입으로 줄기에서 배어나 굳은 꿀 같은 것을 빨고 있었다. 가까이 가서 관찰하려고 하자, 산페이라는 소년이 음성신호를 보냈다. 하지 마. 이 밀림의 동식물에 가까이 가거나 그것들을 만져서는 안 되고, 좌석에서 일어나거나 바깥으로 나가려고 해서도 안 된다.

사츠키라는 여자는 그런 행동의 제한이 없는 듯, 벌레에 눈을 빼앗긴 나를 흐뭇하게 바라보더니 자리에서 일어나 어떤 나뭇가지에 손을 뻗어 기묘한 모양의 나무 열매를 땄다. 어린아이 주먹만 한 크기의 새빨간 열매로, 표면에 하얗고 길고 부드러운 털이 나 있었다. 마치 무수한 촉수 같았다. 사츠키라는 여자는 다시 자리에 앉아 방풍 덮개를 닫고, 나무 열매의 표면을 덮고 있는 하얀 털과 딱딱해 보이는 껍질을 손가락으로 벗겨서 분홍색의 동그란 열매를 노출시켰다. 콧속을 자극하는 새콤달콤한 냄새가 무한궤도차 내부에 가득해지고, 이렇게 먹는 거라고 시범을 보이듯이 사츠키라는 여자는 자기가 먼저 과육을 앞니로 베어 물고 내 얼굴 앞에 내밀었다. 썩는 것 같은 냄새가 콧속뿐 아니라 눈과 목과 위까지 자극해 내장이 구불구불 뒤틀려서 숨이 막힌 나는 얼굴을 돌렸다.

참, 너는 가공식밖에 먹어본 적이 없겠구나. 사츠키라는 여자는 즐거운 듯이 웃으면서 내 입술에 과일을 들이밀었다.

자, 먹어봐. 입가만 보면 웃는 얼굴이지만 눈이 치켜 올라가 흥분해 있음을 말해주었다. 무서워져서 입을 조금만 벌리자, 사츠키라는 여자는 긴 손톱으로 열매의 껍질을 벗겨서 내 혀 뿌리에 밀어 넣었다. 맛이 강렬해서 마치 단맛이 섞인 불꽃을 먹은 것 같았다. 식도와 위가 떨렸다. 어때? 물어서, 온몸으로 느껴지는 맛입니다, 하고 대답했더니 사츠키라는 여자는 반달 모양으로 벌린 입술과 치켜 올라간 눈을 원래대로 되돌리며 내 얼굴을 빤히 보다가, 납득한 듯이 몇 번인가 고개를 끄덕였다. 그 사람은 너를 시인이라고 하더니 그리 틀린 말은 아닌 것 같구나.

5

방풍 덮개를 통해 밀림의 열기가 전해진 건지 아니면 본 적 없는 풍경에 흥분한 건지 목덜미에서 땀이 흘렀다. 그러나 사츠키라는 여자와 산페이라는 아이는 전혀 땀을 흘리지 않았다. 산페이라는 아이는 음성신호를 보내기만 할 뿐 말도 하지 않았고 표정도 바뀌지 않았다. 피부가 플라스틱처럼 매끄러워서 인형이나 로봇처럼 보였다. 그 사실을 사츠키라는 여자에게 말해도 될까 생각하고 있는데, 음성신호가 왔다. 뇌에 칩을 넣었을 뿐 로봇이 아니다. 음성신호는 열 살 정도의 아이 목소리로 들렸다. 산페이라는 아이가 보낸 신호라고 내가 인식하고 있기 때문에 뇌가 자동적으로 아이의 목소리로 전환한 것이다. 메모리악의 음성신호는 파장을 가진 소리가 아니라 뇌에 대한 부분 자극으로, 수신자의 시각적인 해석에 따라다양한 소리로 전환된다. 음성신호가 이어졌다. 이 근처 숲은 일 차림이라고 부르는데, 수분이 비교적 적은 토양에 더러 수십 미터가 넘는 큰 나무가 밀집해 있어서 빽빽한 수관樹冠 사이로 빛이 뚫고 들어오지 못하기 때문에 잡초는 드물다. 아이목소리로 어려운 말이 들려오니 묘한 느낌이 들었다.

무한궤도차는 아이의 팔뚝만 한 굵은 가지와 어른 키만한 커다란 나뭇잎을 가르며 천천히 나아갔다. 가지가 부러지는 소리와 잎이 찢어지는 소리에 섞여 수리부엉이라는 야행성 새의 울음소리 비슷한 웅웅거리는 소리가 들려왔다. 산페이라는 아이가 한 번씩 건드리는 파란 패널 모니터에는 크고 작은 진행도 두 개가 표시되어 있었다. 사방 십 킬로미터 밀림의 평면도와 사방 백 미터 장애물의 입체도였다. 무한궤도차가 움직이는 코스와 위치가 깜박이는 흰 빛으로 표시되고,

일 차림에서 습지림으로 이동 중이라는 문자형 메시지가 떠올랐다. 습지림은 토양이 질척하고 관목이 지주근支柱根에 의지하여 서로 기대어 자라며 그 밑에서 작은 초목이 자란다는 음성신호가 왔다. 부드러워진 지면을 달리는 캐터필러의 진동이 차체를 통해 엉덩이와 등에 전해졌다. 빽빽하게 들어찬 거대한 수목이 드문드문해지고 서로 엉킨 관목들이 점차 많아지면서 어느새 주위 풍경이 바뀌었다. 풍경이 바뀌어갈 때, 이곳은 인공 밀림이 아닐까 하는 의문이 들었다. 수목도 과일도 흙도 진짜지만, 아버지의 데이터베이스에 따르면 혼슈에 열대우림은 존재하지 않는다. 그런 생각을 하고 있는데 또 음성신호가 왔다. 이 이상촌의 기후는 주로 지열발전으로 만들어내며 몇 군데 설치된 인공 태양이 보조 열원 역할을 한다. 흙과 식물과 곤충 등은 말레이시아, 인도네시아, 필리핀에서 공수해 와서 거의 완전한 열대우림을 재현했다.

6

나무들이 관목으로 바뀌어 주위를 둘러볼 수 있게 되자 주민들을 확인할 수 있었다. 구부러진 뼈를 연상시키는 재색 줄기들이 얽힌 틈으로 굵은 가지에 덩굴을 감고 짚을 깔아 둥지 같은 것을 만들어 그 속에서 서로 몸을 기대고 이쪽을 보고 있었다. 둥지 위에는 나뭇가지에다 마른풀과 넓은 나뭇잎을 깔아서 지붕을 만들었다. 둥지는 저마다 모양이 달랐다. 나무그루나 가지의 밀도와 구부러진 정도로 자연스레 모양이 정해졌을 것이다. 둥지는 간이침대 몇 개분의 넓이로 장식품이나 가구, 식기 등 도구 같은 것은 없었다. 그리고 주민은 전부 알몸이었다. 더욱이 기묘하게도 온몸이 갈색과 검은색 털로 덮여 있어서 처음 보았을 때 원숭이인 줄 알았다. 하지만 완전히 직립해 있었고 자세나 손발의 균형이나 기관도 분명히 인간의 것이었다. 남자는 성기를 아랫배 아래 늘어뜨렸고, 여자에게는 유방이 있었다. 여자의 유방과 얼굴에는 털이 나 있지 않았다.

아기와 아이도 섞여 있었다. 아기에게는 전혀 털이 없고, 아이에게는 손발에 솜털이 나 있었다. 남녀의 체격 차이가 없고 똑같이 머리를 산발한 데다 체모가 짙어서 성별은 성기와 유방으로 구분할 수밖에 없었다. 무한궤도차가 신기한지 주민들이 둥지 위로 몸을 내밀고 자세히 보려고 손으로 눈 위를 가리기도 하고 흥분해서 폴짝폴짝 뛰거나 손을 흔들기도 하고 위협하듯 이빨을 드러내거나 양손을 빙빙 돌리기도 했다. 둥지는 차에서 보이는 것만도 스무 개쯤 되었다. 한 개의 둥지에는 다섯 명에서 열 명 정도가 모여 있었다. 방풍 덮개로 가로막혀 잘 들리지 않았지만, 입 모양을 보니 말은 하지 않는 것 같았다. 짖는 듯한 입술 움직임이었다. 가장 큰 둥지 바로 옆을 지나갔다. 한 여자아이가 이쪽을 가리키며 새된 소리로 뭐라고 소리쳤다. 고개를 돌린 여자아이는 겁에 질린 듯했다.

둥지에 가까이 갈수록 방풍 덮개를 통해서도 주민들이 내는 소리가 들려왔다. 여자들은 까치발을 하고 몸을 위아래로 살살 흔들면서 마치 물을 떠 마실 때처럼 두 손을 모아 입을 가리고 알아듣지 못할 소리를 냈다. 홋홋홋호, 홋홋홋호, 홋호, 홋호호, 하는 다양한 음절의 소리였다. 축 늘어진 유방을 가진 한 나이 든 여자가 갑자기 겁에 질려 쭈그리고 앉은 여자아이의 몸을 껴안고 성적인 몸짓을 하기 시작했다. 여자아이의 아직 영글지 않은 유방을 잡고 문지르듯이 손을 움직이더니 성기 근처에 입을 가져가서 마구 핥았다. 여자아이는 돌리고 있던 고개를 바로 하고 눈을 감은 채 똑바로 누워서 기분 좋은 듯이 천천히 좌우로 머리를 비틀며 입 헹구는 소리 비슷한 소리를 냈다. 유방이 늘어진 나이 든 여자가 아이에게 성적인 몸짓을 하고 난 뒤, 홋홋홋, 하는 여자들의 목소리가 점점 커지고 동시에 위아래로 흔드는 몸짓도 격렬해지더니, 잠시 후 이인일조가 되어 몸을 구부리고 서로 엉덩이를 붙이고 밀고 비비는 동작을 시작했다. 홋홋홋호, 하는 소리는 구토 같은 신음으로 바뀌었다.

엉덩이와 엉덩이를 붙이고 비비는 여자들을 보고 있던 남자들은 뒤집힌 목소리로 짧게 연속된 비명을 지르면서 옆에 있는 사람의 얼굴을 잡고 혀를 쭉 빼고 상대의 입술과 코와 뺨과 귀를 마구 핥았다. 얼굴을 맡긴 남자는 허리를 내밀고 발기한 성기를 잡아 사방으로 돌렸다. 서로 마주 보는 성기의 사람끼리 껴안고 입술을 빨고 상대의 성기를 잡고 주무르기도 했다. 명백히 성적인 동작이었지만, 나는 놀라기만 했을 뿐 흥분하지 않았다. 유방이나 성기를 노출시킨 여자가 음란한 몸짓을 보여도 개들의 교미 같아서 우스꽝스러운 기분이 들었다. 저 사람들은 뭘 하는 겁니까, 하고 사츠키라는 여자에게 질문을 하려다 황급히 말을 삼켰다. 사츠키라는 여자는 둥지 위에서 서로 성기와 엉덩이와 유방을 비벼대는 주민들을 소름 끼치도록 슬픈 표정으로 바라보고 있었다. 얼굴도 몸도 늙어버린 것 같았다. 텔로미어를 절단당하고 순간적으로 백 살이 넘어버린 노녀의 얼굴로 보여 무서워졌다. 등이 동그랗게 구부러지고 뺨과 눈두덩과 눈초리의 피부가 늘어지고 입술이 아래로 처지고 목에 무수히 많은 잔주름이 생기고 코와 입 사이에도 깊은 주름이 몇 가닥이나 생겼다. 가늘고 작아진 눈은 당장이라도 눈물을 쏟을 것 같았다.

이 여자는 어째서 이렇게 슬픈 표정이 되었을까 생각하고 있는데, 주민들이 내려와 일렬로 서서 두 팔을 활짝 펴고 입을 크게 벌렸다. 중년의 주민에게는 거의 치아가 없었다. 리더로 보이는 한 남자가 치아가 없는 입을 갖가지 모양으로 변화시키면서 최종적으로 이, 하는 소리를 냈다. 치아가 없기 때문에 공기가 새는 소리가 났다. 리더인 듯한 남자가 내는 공기 새는 소리 사이로 이, 사, 하는 소리가 들렸다. 그다음에 웅, 초, 온, 하고 소리를 짧게 잘라 단어를 말하고, 이윽고 다른 주민도 뒤를 이었다. 리더인 듯한 남자는 이, 사, 앙, 초, 온, 하고 소리를 내면서 사타구니 사이의 무성한 음모를 헤치고 쭈그러든 성기를 잡고 덜렁덜렁 흔들었다. 바로 뒤를 이어 다른 주민들도 성적인 몸짓을 시작했다. 남자들은 성기를 잡고 우리 쪽을 향해 흔들어 발기시켜서 원을 그리듯이 돌렸다. 여자들은 한 손으로 유방을 잡고 다른 손으로 음모를 휘젓듯이 하여 빨갛게 충혈된 성기를 드러냈다. 어린 여자아이들은 다리를 한껏 벌리고 아직 성숙하지 않은 성기를 손가락으로 열어 보였다.

이상촌으로, 하고 리더 같은 남자가 소리를 내고, 어서 오시옴, 하고 다른 주민들도 성적인 몸짓을 하면서 소리를 냈다. 이상촌으로 어서 오시옴. 이상촌으로 어서 오시옴. 이상촌으로 어서 오시옴. 주문 같은 합창이 숲 전체에 울려 퍼지자, 다른 둥지에서도 주민들이 내려왔다. 그들은 무한궤도차를 둘러싸고 서서 성적인 몸짓과 소리의 합창 속에 합류했다. 무한궤도차는 주민들의 둥지 옆을 지나면서 속도를 늦추었지만, 주민들에게 둘러싸이자 더욱 느려져 금방이라도 멈출 것 같았다. 이상촌으로 어서 오시옴. 꼭 이상촌으로 오시옴. 꼭 오시옴. 꼭꼭 오시옴. 꼭꼭꼭 오시옴. 주민의 수가 늘어갈수록 단어가 늘어났다. 합창에 맞추듯이 주민들은 맨발의 발꿈치로 질퍽한 지면을 철벅철벅 밟았다. 남자들은 손으로 성기를 잡고 이쪽을 향해 흔들었고, 여자들은 유방을 흔들고 허리를 내밀어 손가락으로 성기를 벌려 보였고, 옆에 있는 사람의 얼굴이나 몸을 핥았다. 주민들은 무한궤도차 바로 옆까지와 있었다. 어서 오시옵, 하는 합창에 이끌려 나도 뭐라고 대답할 뻔했지만, 밀림에 들어오기 전에 받은 음성신호를 떠올리며 자제했다. 주민들이 말을 걸어도 대답해서는 안 되고 주민들이 인사를 해도 답례를 해서는 안 되고, 주민들이 길을 막아도 멈춰 서서는 안 되고, 주민들이 몸을 만져도 같이 만져서는 안 된다.

이들은 어떤 사람들일까? 정말로 최상층 출신 사람들일까? 생각하고 있는데, 동물과 똑같아서 그들에게는 생에 대한 집착이 없다, 하는 음성신호가 들려왔다. 사츠키라는 여자가 고개를 저으면서 두 주먹을 꽉 쥐었다. 그리고 거친 호흡으로 입술을 깨물며 슬픈 표정을 떨쳐내듯이 기세 좋게 몸을 뻗어 앞좌석 패널을 건드렸다. 갑자기 사이렌처럼 날카로운 소리가 울려 퍼지고 그 큰 소리에 주위 나뭇잎들이 바삭바삭 흔들렸다. 사츠키라는 여자는 입을 크게 벌렸고 목덜미에 혈관이 불거져서 소리를 지르는 줄 알았다. 그런데 사츠키라는 여자가 입을 다문 뒤에도 사이렌 같은 소리가 계속되어서 무한궤도차 외부에 달린 스피커에서 나오는 소리란 걸 알았다. 사이렌 같은 소리가 울려 퍼진 순간, 주위에 모여 있던 주민들은 남자도 여자도 오줌을 지리면서 눈 깜짝할 사이에 사라졌다. 어른들한테 끌려서 도망가는 아이도 있었다. 이십 초 정도 계속된 사이렌 같은 소리는 이윽고 멈추었지만, 떨어진 나뭇잎과 진흙탕 위에 어린 주민이 한 사람 쓰러져 있는 것이 눈에 들어왔다. 도망칠 때 잘못해서 어른한테 밟혔는지 몸의 반이 진흙탕에 박혀버렸다. 여기서는 등과 엉덩이와 다리 일부밖에 보이지 않아서 생사는 알 수 없었다. 도우러 가지 않아도 될까 생각하고 있는데, 주민들에게 관여해서는 안 된다, 하는 음성신호가 들려왔다.

무한궤도차가 다시 속도를 올려 그 옆을 지나가자 여러 명의 어른 주민이 되돌아오고, 한 남자가 축 늘어져 움직이지 않는 어린아이를 안고 둥지 쪽으로 데려갔다. 다른 주민들이 아이를 안고 있는 남자를 둘러싸고, 아이의 흥미를 끄는 일로 소생시키려고 하는지 주위 나무에서 열매와 꽃을 따 와서 손발이 축 늘어진 아이의 얼굴 앞에서 흔들기도 하고 아이에게 꽂아주기도 했다. 그러나 어린아이는 남자의 팔에서 축 늘어진 채 움직이지 않았다. 둥지로 데려간 아이를 풀로 만든 침대에 눕히고 다른 주민들도 꽃 같은 걸 들고 모여들었다. 아이 주위를 온통 꽃으로 장식하고 나무 열매도 늘어놓았다. 한 주민은 색깔이 예쁜 나비를 잡아 실을 묶어 아이 주위를 날

아다니게 했다. 그러나 아이가 움직일 기미는 없었다. 주민들
은 어깨를 떨어뜨리고 웅크린 채 슬픈 표정을 지으면서 또다
시 서로를 핥고 성기를 만지고 엉덩이와 유방을 비벼대는 성
적인 행동을 시작했다. 멀어져 가는 우리를 향해 손을 흔드는
사람도 있었다. 사츠키라는 여자는 움직이지 않는 아이 쪽을
한 번도 보려고 하지 않았다.

7

　동물과 같아서 저들에게는 생에의 집착이 없어. 음성신호
가 다시 들려왔다. 그리고 이상촌과 그 주민에 관한 설명이
시작되었다. 동물에게는 생에 대한 집착이 없어서 사기를 느
끼면 그것을 받아들이고 저항하는 일 없이 정해진 장소로 스
스로 가서 조용히 죽음을 맞이한다. 이십일 세기 중엽이 되자
최상층에서 SW 유전자로 특권처럼 연명하는 것에 죄책감을
느끼고 동물 회귀 운동을 일으킨 사람들이 나타나게 되었다.
그들은 서일본 합동 구역의 최상층 가운데서도 특별히 우수
한 두뇌와 지식과 윤리관을 가지고, 문화경제효율화운동 추
진 모체의 중심을 담당한 사람들이었다. 그중에서 특히 급진

적이고 활동적인 그룹이 노인시설 등 최상층 거주 시설과 분리를 호소했다. 그래서 중앙정부의 허가를 얻어 주고쿠 지역의 산맥에 만든 수로망 내부에 지열을 이용한 인공 열대우림 건설을 시작했고, 이십일 세기 후반에 완성되자마자 약 사백 명이 이주했다. 그들이 선택한 이상적인 동물은 보노보라고 하는 유인원의 일종으로, 그 인공 열대우림에는 이상촌이라고 이름을 붙였다.

주민들의 둥지가 듬성듬성 보였다. 수목이 적어져 우거진 수풀 사이로 하늘이 보였다. 파란 하늘이 눈부시게 빛났지만, 인공 태양이 설치된 천장인지 투명 소재의 지붕으로 보이는 진짜 하늘인지 알 수 없었다. 안조와 사부로 씨와 앤과 양 버스를 출발한 것은 밤중이었다. 시간이 얼마나 흐른 걸까? 외부와 차단된 수로에서, 특히 격리 시설에서 시간 감각을 잃어버린 것 같았다. 더욱이 손목시계도 망가졌다. 표시되는 숫자가 일그러지고 숫자를 이루고 있던 작은 점이 제멋대로 흩어져버렸다. 네기달의 비행자동차로 우주정거장 바로 근처까지 갔었는데, 그때 이상해졌을지도 모른다. 아버지의 데이터베이스에 시계는 자기나 충격에 망가진다고 나와 있었다. 그래서 아직 밤이 계속되고 있는지, 아니면 벌써 아침이나 낮인지 알 수 없었다. 그러나 수목 틈으로 보이는 하늘은 곳곳에 구름처럼 하얀 게 떠 있고 끝없이 느껴지는 깊이가 있어 도저히 인공의 것이라고는 생각할 수 없었다.

수목이 줄고 지면이 노출되면서 무한궤도차는 가끔 전후좌우로 크게 기울었고, 그때마다 속도가 떨어지면서 진로도 크게 바뀌었다. 질척한 지면은 풀로 덮인 부분과 얕은 물웅덩이와 적갈색 흙 부분으로 나뉘어 제각각 빛을 반사하면서 기하학적인 모자이크 무늬를 만들었다. 여기저기에 깊은 웅덩이가 있었는데, 그 속의 흙은 아주 부드러워서 거기에 빠지면 무한궤도차의 캐터필러가 흙탕물을 튀기며 헛돌고 차체가 가라앉아버렸다. 표면의 진흙 상태는 똑같아 보였다. 물웅덩이가 깊다고는 할 수 없었다. 하지만 풀로 덮여 있어서 어디가 깊은 곳인지 알 수 없다. 지형 센서에는 토양 밀도가 표시되지 않아 웅덩이를 피하려면 속도를 줄이는 수밖에 없을 것 같았다. 산페이라는 아이는 아까 주민들에게 둘러싸였을 때도 무표정이더니, 무한궤도차가 웅덩이에 빠질 뻔했는데도 안색 하나 바뀌지 않았다. 사츠키라는 여자는 소름 끼칠 정도로 슬픈 표정을 지은 채 주름투성이가 된 얼굴을 푹 숙이고 가끔 힘없이 고개를 저으며 한숨만 쉬었다. 그 모습이 너무 가슴 아파서 말을 걸어야 할까 생각했지만, 이 여자 앞에서는 요구받은 것 이외의 일을 하면 안 된다고 본능적으로 자제했다.

8

보노보 사회에는 새끼를 죽이는 일이 없다. 이따금 크게 기운 채로 달려가는 무한궤도차 안에서 음성신호가 계속되었다. 동물 회귀를 지향하는 사람들이 보노보를 선택한 중요한 이유 중 한 가지는 새끼를 죽이지 않는다는 것이었다. 보노보 사회에는 아버지라는 개념이 없다. 아이의 아버지가 명확하지 않을 때, 자기 자식을 죽일 위험이 있기 때문에 보노보 사회에서는 새끼를 죽이는 일이 일어나지 않는다. 다른 몇 종류의 영장류와 마찬가지로 보노보는 이합집산형 모계사회를 이루지만, 침팬지와 비교해도 암컷과 수컷의 체격 차이가 크다. 보노보 사회에서는 약한 암컷이 우위에 있다. 침팬지는 막대기를 사용하여 꿀을 딸 때, 힘이 센 수컷이 아주 공격적인 행동을 하여 제일 먼저 독점한 뒤 암컷들에게 배분한다. 보노보는 먼저 암컷이 서로 엉덩이와 성기를 문지르는 호

카호카라고 하는 성적 접촉을 한 뒤에 획득한 꿀을 차례대로 나눠준다. 쟁탈하기 위한 경쟁이나 충돌은 일어나지 않는다. 음식물 배분의 주도권을 암컷이 갖고 있다. 수컷에게는 남은 것을 나눠준다. 보노보는 암컷끼리의 유대를 중요시하며, 수컷의 순위에는 체격이나 격투 능력이 아니라 어머니의 서열이 영향을 끼친다. 서식지가 사바나가 아니라 식량이 풍부한 열대우림이어서 그런 특징을 낳았을 거라고 생각한다. 식량 고갈을 걱정할 필요가 없는 사회에서는 암컷이 강한 수컷에게 순종할 필요가 없어서 암컷끼리의 경쟁이 없어진다. 내부의 긴장은 성적 접촉으로 완화되고, 다양한 성행위가 사회생활 속에 완전히 녹아들어 일종의 인사로 일반화되었다.

주민들의 둥지는 완전히 자취를 감추고 오른쪽으로 바위가 보이기 시작하더니, 머잖아 폭 수십 센티미터 정도의 가는 물줄기가 흐르는 장소로 나왔다. 사츠키라는 여자가 얼굴을 들고 이따금 뭔가를 찾는 것처럼 오른쪽 전방을 바라보았다. 머리 위의 하늘이 넓어지고 진흙탕은 단단하고 건조한 지면으로 바뀌었다. 바위산과 구불거리는 물줄기 틈에서 자연스럽게 생겨난 좁은 길이 전방에 이어졌다. 무한궤도차는 돌과 수목을 피하면서 그 좁은 길과 나란히 풀뿐인 지면을 달렸다.

진행 방향이 같은데 어째서 그 좁은 길로 달리지 않는지 이상하다고 생각했다. 이 무한궤도차라면 좁고 얕은 물줄기 따위 거침없이 넘을 수 있을 텐데. 사츠키라는 여자가 마음을 안정시키려는지 천천히, 크게 숨을 들이마셨다가 내쉬었다. 그리고 약간 턱을 치켜들고 마치 봐서는 안 되는 것을 훔쳐보듯이 슬픈 표정으로 바위산과 좁은 길 쪽을 바라보았다. 뭔가를 발견하기를 기대하는 것 같기도 하고, 두려워하는 것 같기도 했다.

사츠키라는 여자의 목덜미를 가로지른 무수한 굵은 주름을 보면서, 음성신호 설명 중에 나온 보노보라는 명칭에 대해 어디선가 들은 적이 있다고 생각했다. 안조였다. 물처리 시설을 나와 수로로 가는 보트 안에서 안조는 끊임없이 지껄였는데, 그때 보노보라는 원숭이에 대해서도 이야기했다. 포유류는 물론 유인원 가운데서도 아이를 성행위 대상으로 삼는 것은 사람 이외에는, 피그미침팬지라는 별명을 가졌고 지능은 침팬지 이상인 보노보라는 종류의 원숭이뿐이다. 그러나 보노보 사회에서 아이나 동성끼리의 성행위는 인사일 뿐 실제 성행위는 하지 않는다. 따라서 도착 싱행위는 인사로서 사회적으로 통용되고 있어 금기의 대상은 아니다. 사람은 아이나 유아나 사체와의 성행위를 사회적으로 금지하고, 동성끼리의 성행위도 이십 세기 중엽까지는 금기 사항이었다. 그러나 인사가 아니라 실제로 성행위 대상으로서 인정하는 사람들이 확실히 존재한다. 안조는 그런 이야기를 했다. 나는 그 말이 정확하게 생각나서 놀랐다. 안조의 이야기 따위 제대로 듣지도 않았는데, 어째서 토씨 하나까지 기억하는 걸까?

9

아키라, 그건 안조라는 비열한 인간을 이용하여 네게 지식을 정확하게 이식했기 때문이야. 다시 음성신호가 들려와서 소름이 돋았다. 어느새 음성신호는 산페이라는 아이의 목소리에서 사츠키라는 여자의 목소리로 바뀌었다. 어째서 목소리의 주인이 바뀌었는지 모른다. 아키라, 하고 이름을 불렀기 때문일지도 모른다. 아키라, 하고 처음에 내 이름을 불러준 음성신호를 전에도 들은 적이 있는 것 같았다. 그러나 언제 어디서 들었는지는 생각나지 않았다. 안조는 성범죄자로 사형수였지만 고등교육을 받은 사람이라서 뇌에 칩을 심어 공격성을 제거한 뒤에 심부름꾼으로 써먹기로 했다. 칩을 메모리악으로 제어하여 언동을 원격조종하는 게 가능했지. 이상사회가 실현된 뒤에는 아무리 최상층 사람이라도 계층 간의 이동이 금지되었기 때문에, 신데지마에서 격리 시설까지 이동하면서 정보와 지식을 다른 계층에 직접 전달할 수 있는 안조 같은 인간이 필요했다. 이민내란이 수습되어 치안이 정상적으로 돌아오고, 문화경제효율화운동이 성공을 거두고, 거주지분리가 완료되고, 이상사회가 실현되어가는 중이었지만, 당시의 절실한 문제는 일정한 비율로 발생하는 흉악한 범죄, 특히 성범죄였다.

그런 흉악한 성범죄는 종합신경안정제를 강제로 복용시키지 않는 상층과 최상층에서 많이 발생했다. 무시할 수 있는 건수가 아니었다. 중앙정부는 뇌 범죄학이라는 분야에 자금을 지원하여 망상체활성화계, 안와부전두피질, 대뇌변연계, 측두엽, 뇌량, 편도체 등에 대한 연구를 진행했다. 그러나 뇌 범죄학으로 해명할 수 있는 것은 한계가 있었다. 상층과 최상층에서 일정한 비율로 발생하는 극히 공격적이고 반윤리적인 범죄, 특히 성범죄는 기능장애와 전달단백물질의 분비 부전만으로는 해명할 수 없다는 결론이 지배적이어서, 이상사회 실현이라는 기적적인 행복을 절망적으로 여기는 분위기가 널리 퍼졌다. 상층과 최상층 사람들은 행복감이 상대적인 것이란 걸 깨닫게 되었다. 불안과 부자유가 없는 쾌적한 생활 속에 느닷없이 발생한 유아 강간이나 잔혹한 살해는 인간이라는 종이 공격성이라는 근원적인 결함을 갖고 있음을 증명하는 거라는 비관론이 퍼져나갔다. 성범죄자를 사형시키고, 격리시키고, 처벌을 강화해도 개선책은 보이지 않았다. 그리하여 징벌이나 뇌 기능 개선에 절망하고 과학적 사고를 포기하고 어떤 의미에서는 종교적인 해결을 지향하는 그룹이 나타나기 시작했는데, 그 대표적인 것이 동물 회귀와 이상촌이다. 아키라, 이제부터 너는 이상촌의 진짜 모습을 보게 될 것이다.

  무한궤도차가 아주 큰 나무 그늘 아래 느닷없이 멈춰 섰다. 산페이라는 아이가 손가락으로 오른쪽 전방을 가리켰다. 사츠키라는 여자는 나뭇가지 너머로 바위산을 따라 난 좁은 길 쪽을 보며 몇 번인가 주억거렸다. 바위산과 물줄기 사이에 난 좁은 길로 세 사람의 주민이 걸어가는 모습이 보였다. 세 사람은 직립보행을 하고 있었지만 속도가 아주 느렸다. 종종 나무를 잡고 멈춰 서기도 했다. 세 사람과의 거리는 삼 미터 정도였다. 사츠키라는 여자가 지시를 내려 무한궤도차는 수

목과 땅바닥에 구르는 바위를 피하면서 세 사람과의 거리를 유지하며 천천히 나아갔다. 세 사람은 모두 남자로 나란히 걸어가고 있었다. 왼쪽 끝에 선 사람은 한쪽 발이 물줄기에 잠기고, 오른쪽 끝에 선 사람은 튀어나온 바위 때문에 몸을 옆으로 해서 걸어야 했다. 어째서 좁은 길을 셋이 나란히 걸어가는지 의아했는데, 한참을 보니 가운데 사람을 양옆의 두 사람이 부축하고 있었다. 힘없이 고개를 숙인 가운데 남자는 오른쪽 무릎 아래가 축 늘어져 있어서, 왼쪽 남자가 팔을 잡아주고 오른쪽 남자가 어깨를 빌려주어 질질 끌리듯이 가고 있었다. 오른쪽 다리를 골절한 것이다. 자주 멈춰 서는 것은 당사자는 물론 양옆 두 사람의 보행도 몹시 힘이 들기 때문이었다. 아까 사이렌 소리에 놀라 도망가던 사람들에게 밟힌 어린아이가 축 늘어져서 움직이지 못하게 됐을 때도 주민들이 둥지로 데려가 치료해주려고 했다. 이곳은 둥지에서 상당히 떨어져 있다. 부축해주지 않으면 걸을 수 없는 상태인데 대체 어디로 가는 걸까?

사츠키라는 여자는 천천히 걸어가는 세 사람을 보는 동안 미묘하게 표정이 변화했다. 애벌레저럼 보이는 주름투성이 입술을 깨물고, 자글자글한 눈초리를 희미하게 추켜올려 슬품에 분노를 더했다. 저 세 사람은 어디로 가는 건지 묻고 싶었지만 질문할 수 없었다. 뭔가 양극단에서 정반대의 것을 접하는 느낌이 들었다. 한쪽은 뜨겁고 한쪽은 차가운 거대한 롤러에 짓눌린 듯한, 혹은 달군 바늘과 얼린 바늘로 동시에 온몸을 찌르는 듯한 그런 압박감과 통증에 숨쉬기가 괴로워졌다. 존재하는 것 자체가 허락되지 않으니 멋대로 질문 따위할 수 없다는 신호를 뇌가 아니라 몸으로 받았다. 그런 사람을 접하는 것은 처음이었다. 그 격리 시설 무대에 갑자기 사츠키라는 여자가 나타났을 때, 긴 웃옷을 입은 남자들이나 은색 머리카락 여자와 모피 꼬리 여자 두 사람뿐 아니라 앤과 사부로 씨까지 압도되어 멍하니 서 있었던 것이 생각났다.

이 여자의 위압감의 정체는 무엇일까? 소리를 내지 않고 그렇게 중얼거렸다. 아키라, 그것은 그녀가 최상층 사람이기 때문이야. 새로운 음성신호가 왔다. 사츠키라는 여자의 목소리도 아니고 산페이라는 아이의 목소리도 아니었다. 믿을 수 없는 일이지만 아버지의 목소리와 비슷했다. 순간, 죽은 아버지가 다른 차원의 세계에서 말을 거는 건지도 모른다고 비과학적인 상상을 했다. 그러나 그런 일은 있을 수 없었다. 메모리악 신호가 직접 청각 신경을 자극해서 내가 멋대로 인물을 이미지화하여 그 인물의 목소리로 듣고 있는 것뿐이었다. 아키라, 괜찮다. 그녀에게 묻고 싶은 것이 있으면 물어도 된다. 그녀는 대답할 것이다. 아버지와 꼭 닮은 목소리가 다시금 들려왔다. 그것 말고도 묻고 싶은 게 있어. 나는 마음속으로 중얼거렸다. 이 사츠키라는 여자는 주민들에게 둘러싸였을 때 어째서 그렇게 슬픈 표정을 지었을까?

아키라, 질문은 허락된다. 질문조차 허락하지 않을 거라면 그녀는 너를 옆에 두거나 차에 같이 타지 않았을 거야. 무엇보다 그녀는 너를 위압할 생각이 없어. 압박감과 통증을 동반하는 위압감은 네가 알지 못하는 개념에서 나오는 거야. 위엄이지. 위엄이라는 것은 최상층 사람만이 지닐 수 있는데, 정작 당사자는 그런 자각이 없어. 본인은 위엄이라는 개념을 모르니 자각하지 못하는 거지.

10

사츠키라는 여자는 비틀거리면서 걸어가는 세 사람을 물끄러미 바라보았다. 세 사람은 또 멈춰 서서 쉬고 있었다. 가운데 남자가 가장 키가 커서 다리를 질질 끌리며 가는 꼴이 되어 양옆 사람에게 더욱 부담이 컸다. 왼쪽 남자는 종종 물줄기에 발이 빠져서 균형을 잃고 비틀거렸고, 오른쪽 남자는 튀어나온 바위를 스쳐 지날 때 몸을 옆으로 돌리거나 구부리거나 혹은 반대로 다리를 활짝 벌려 뛰어넘어야 했다. 앞으로 갈수록 물줄기가 조금씩 넓어지더니 이윽고 폭 일 미터 정도의 개천으로 바뀌었다. 울퉁불퉁한 돌이 물속에 뒹굴고 가장자리에는 풀과 관목들이 보였다. 갈라진 틈에서 자라던 나무의 수가 줄고 점차 높고 험난해진 재색 바위산은 거대한 용암 덩어리가 비바람에 깎이고 기온 변화로 금이 가 생긴 것이었다. 개천과 바위산 사이의 좁은 길은 사람들이 많이 다녀서 다져진 좁은 띠 모양의 지면일 뿐 통로로 정비된 게 아니었다. 바위와 물 사이의 미미한 틈이 때로 극단적으로 좁아지거나 관목과 바위에 가로막혀서 세 사람은 그때마다 일단 멈춰 섰다. 먼저 양옆 어느 쪽인가 한 사람이 앞으로 나오고, 남은 한 사람이 가운데 키 큰 사람을 껴안듯이 하여 넘겨주었다. 그런 동작을 보고 있자니 체모가 나뭇가지나 가시나 뾰족한 바위로부터 몸을 지켜준다는 사실을 알게 되었다. 도중에 가운데 남자가 개천가에 주저앉아 대변을 보았다. 한 남자가 몸을 잡아주고 다른 남자가 개천 물을 엉덩이 사이로 뿌려주었다. 항문 근처에 묻은 대변을 씻어내기 위해서가 아니라 자극을 주어 변이 잘 나오도록 돕기 위한 것 같았다.

세 사람이 나아가는 속도는 점점 느려졌다. 멀리서 봐도 지쳤음을 알 수 있었다. 털이 밀집한 가슴과 배가 크게 출렁였고, 양옆 남자는 자주 개천 물을 손바닥으로 떠서 마시고 가운데 남자에게도 먹여주었다. 사츠키라는 여자는 천천히 가는 무한궤도차 안에서 말없이 고개를 숙이고 있다가 가끔 무슨 생각이 났는지 한숨과 함께 세 사람 쪽을 보았다. 진흙탕을 벗어날 때의 흔들림과 진동으로 반투명한 얇은 망토가 말려 올라가 무릎 위에 올려놓은 양쪽 손이 드러났다. 손등은 무수한 주름과 보라색 얼룩, 마른나무처럼 불거진 뼈와 혈관으로 덮여 있었다. 그리고 뭔가를 필사적으로 참는 듯이 희미하게 떨리고 있었다. 너무 딱해 보여서 나는 나도 모르게 그 손에 내 왼손을 포갰다. 사츠키라는 여자가 얼굴을 들어 나를 보았다. 눈초리가 올라가는 것 같아 무서웠지만, 사츠키라는 여자는 두 손으로 내 손을 감싸듯이 꼭 잡았다.

몇 가지 질문이 있습니다만, 지금 여기서 해도 될까요? 용기를 내어 그렇게 말하자, 사츠키라는 여자는 내 눈을 빤히 들여다보고는 입술 가장자리를 일그러뜨리며 미소 짓는 듯한 표정으로 가볍게 고개를 끄덕였다. 저 세 사람은 어디로 가는 걸까요? 어디라니 아무도 모르지. 데이터도 삭제되었고, 가보고 싶다는 사람도 없으니 아무도 찾지 않고, 어느새 정말로 있는지 어떤지조차 생각하지 않게 되었어. 아키라, 너를 안내하라는 미션이 없었더라면 나 역시 절대로 가지 않을 거야. 사츠키라는 여자는 그렇게 말하고 더욱 슬픈 표정을 지었다. 이런 걸 물어도 되는지 망설였습니다만, 하면서 나는 사츠키라는 여자의 손등을 왼손으로 가볍게 쓰다듬었다. 묻고 싶은 건 물어도 돼. 사츠키라는 여자가 말했다. 아까 정글 속에서 주민들에게 둘러싸인 뒤로 당신의 표정이 몹시 슬퍼 보입니다만, 어째서인가요? 나는 마른나무 같은 뼈와 불거진 혈관을 손가락 끝으로 어루만지면서 물었다.

나도 모른다. 사츠키라는 여자는 조용히 고개를 가로저었다. 나는 뭔가를 보거나 듣거나 해서 슬퍼지는 게 아니라, 마음 한 곳에 빈 굴이 있어 그곳에 뭔가 들어오면 어찌할 줄 모를 무력감이 든다. 그 뭔가라는 것은 예술이나 풍경이나 영상 간판, 건조물이나 광물이나 생물, 추상적인 사상이나 개념 등 모든 것이 다 포함되어서 방어할 수가 없어. 왜 그런지 현대

의학으로는 아직 모르는 것 같고, 언제부터인지 아무도 알려고 하지 않게 됐지만, SW 유전자를 주입하면 세포가 재생되기 때문에 장기나 혈관은 장애나 기능 부진에서 자유로워져도 자율신경의 균형만큼은 제어할 수 없게 되는지, 나는 종종 플라스크 속의 액체가 화학변화를 일으키듯이 내 피부나 근육이 사십 대부터 백 대 사이로 변화하는 걸 느낀다. 그런데 그걸 제어하지 못하겠어. 이유를 모르는 슬픔은 외부의 자극이 아니라 자율신경의 균형이 깨지면서 마음의 빈 굴에 뭔가 들어왔을 때 저절로 끓어오르지만, 유감스럽게도 저항하지 못해. 너무 심할 때는 안정제의 도움을 받아야 하는데 언제부터인가 되도록 먹지 않기로 했어. 반세기 전에 개발된 종합신경안정제는 잘 만들어진 약이어서 반감기半減期의 억울감과 혼란이 무서워진 건지도 몰라. 그런데 아키라, 너는 애초에 인간이 어째서 슬픔이라는 감정을 필요로 하는지 알고 있니?

사츠키라는 여자는 그렇게 물었지만 대답할 수 없었다. 친한 사람이 죽거나 남한테 맞거나 상처를 입거나 미움을 받거나 하면 슬픈 감정이 생기는 건 자연스러운 일이라고 생각했다. 그러나 사츠키라는 여자가 한 말은 이해할 수 있었다. 필요하지 않은 것은 생겨나지 않는 거라고 아버지의 데이터베이스에도 나와 있었기 때문이다. 아득한 옛날, 아직 우리의 선조가 언어를 갖고 있지 않던 시절, 예측할 수 없는 일이 일어나 죽음이나 파괴를 보았을 때의 동요에 대응하기 위해 먼저 슬픔이라는 감정을 발견했단다. 사츠키라는 여자가 그런 말을 했을 때, 산페이라는 아이가 주의를 환기하며 오른쪽 전방을 가리켰다. 개천과 좁은 길이 오른쪽으로 굽어져서 세 사람이 보이지 않게 되었다. 무한궤도차는 속도를 조금 높여서 커브를 돌아 나왔다. 재색 바위산이 우뚝 솟아 있어서 나는 숨을 삼켰다.

바위산은 기묘하게 생겼다. 전체가 직육면체에 가깝고 부자연스럽게 울퉁불퉁하여 바위산이 아니라 인공 건조물이 아닌가 싶었다. 세 사람은 직육면체의 바위산을 향해 걷고 있고, 그 앞에 입구인 듯한 구멍이 보였다. 저게 대체 무엇일까 생각하고 있는데, 사츠키라는 여자가 안식의 동굴이라고 중얼거렸다.

안식의 동굴

1

바위산은 지금까지 통과한 습지대 정글이나 진흙탕 황무지와는 겉모습이 이질적이고 보기 흉했다. 입구 근처는 삼 층짜리 건물만 한 크기였지만 안쪽으로 갈수록 넓어져 전체적으로 개스킷 경기장만큼이나 넓은 면적에 소라를 옆으로 뉘어놓은 모양이었다. 여기저기 바위가 깎이고 벗겨져 있었다. 지나온 정글이나 황무지는 수목도 곤충도 흙도 물도 진짜였다. 충실하게 재현되어 있었다. 그러나 눈앞의 바위산은 무질서하게 증축한 건조물처럼 통일감이 없고 마치 어린아이가 만든 찰흙 작품 같았다. 아마 원래는 입구 부근만 만들었다가 그 뒤로 증축을 거듭했을 것이다. 증축 부분은 바위를 아무렇게나 늘어놓고 콘크리트를 발라놓았다.

무한궤도차는 오른쪽으로 코스를 바꾸고 물보라를 날리며 개천을 건넌 다음, 아까 세 사람의 주민이 걸어가던 좁은 길로 들어서 속도를 높이고 입구로 보이는 몇 미터 앞의 직사각형 어두운 구멍을 향해 나아갔다. 이 일그러진 바위산 내부에 무엇이 있는 걸까? 사츠키라는 여자는 어째서 이 바위산의 위치를 몰랐을까? 바위산이 있는 곳을 알았더라면 무한궤도차는 더 빨리 도착할 수 있었을 것이다. 다친 사람을 부축하면서 천천히 걸어가는 주민들 뒤를 따라오느라 그만큼 시간이 걸렸다. 바위산 속에 무엇이 있을까 생각하고 있는데, 음성신호가 되살아났다. 이제부터 너는 이상촌의 진짜 모습을 보게 될 것이다. 바위산 내부에서 두 사람의 주민이 나왔다. 다친 사람을 부축하던 두 사람이었다. 다친 사람은 안에 남아 있는 걸까? 안식의 동굴이란 병원 같은 곳인지도 모른다.

무한궤도차는 두 사람과 스쳐 지날 때 일단 멈추었다. 두 사람은 이쪽을 들여다보며 뭔가 생각났다는 표정으로 서로 고개를 끄덕이더니 개천 옆에 피어 있는 노란 꽃을 따서 주려고 했다. 동굴로 가고 있으니 차 안에 환자나 다친 사람이 있다고 생각했는지도 모른다. 뾰족한 바위나 돌에 베인 것일까, 두 사람은 각각 뺨과 발목에 피가 나고 있었다. 두 사람이 꽃을 들지 않은 쪽 손으로 긴 머리를 걷어 올려 표정을 가까이에서 볼 수 있어서 나는 어떤 사실을 깨달았다. 주민들은 놀라거나 슬퍼하거나 안도하거나 흥미나 동의를 나타내긴 했지만 절대 미소나 웃음은 짓지 않았다. 기쁨은 표정이 아니라 성적인 동작으로 나타내는 건지도 모른다. 사츠키라는 여자가 두 사람과 눈을 마주치지 않고 산페이라는 아이에게 출발하라고 지시했다. 두 주민은 노란 꽃을 든 채 무한궤도차가 입구로 가는 것을 멀뚱하니 바라보고 있었다. 당신은 안식의 동굴이라고 불리는 이곳의 위치를 몰랐습니까? 나는 사츠키라는 여자에게 물었다. 여기가 어떤 곳인지 최상층 사람들은 모두 알지만, 어디에 있는지 알고 싶어 하는 사람은 아무도 없어. 사츠키라는 여자는 우울해 보이는 표정으로 그렇게 대답했다.

2

무한궤도차가 가까워지자 동굴 입구가 자동으로 열렸다.

ID를 제시하지 않아도 여기까지 온 사람은 누구든 자유롭게 안으로 들어갈 수 있다고 한다. 단지 생체 반응 자동 체크를 위해 방풍 덮개를 열어야 하는 것 같았다. 입구는 크림색 타일이 깔린 통로로 연결되어 있고, 그 바닥에 금속 레일이 깔려 있었다. 돔형 천장에는 탄소섬유 벨트가 팽팽하게 교차하고, 벽에는 파이프가 지나고 있었다. 바닥은 깨끗하게 닦여서 모래도 먼지도 쓰레기도 풀이나 나뭇잎도 떨어져 있지 않았다. 무한궤도차는 레일을 따라 천천히 안으로 들어갔다. 소독약 냄새가 나는 걸로 짐작하건대 역시 병원 같았다. 그렇다 해도 사츠키라는 여자가 기묘한 주민이 사는 이상촌이나 이 동굴을 내게 안내하는 이유는 알 수 없었다. 격리 시설에서 만나 무한궤도차에 태워졌을 때는 이 정글을 통과하지 않으면 노인시설에 갈 수 없는가 보다 생각했다. 그런데 사츠키라는 여자는 어쩐지 먼 길을 돌아가는 것 같았다. 노인시설에서 왔을 터인데 그냥 같은 길로 돌아가면 되지 이 동굴을 경유할 필요는 없었다. 그렇지만 생각해보면 나는 아직 사츠키라는 여자에게 노인시설 이야기를 하지 않았다. 사츠키라는 여자가 나를 노인시설에 안내해줄 거라는 보장이 없다는 사실을 깨닫고, 문득 불안해졌다. 질문을 하는 편이 좋을까 생각하고 있는데, 그 마음을 꿰뚫어 본 듯이 괜찮아, 하는 소리가 들려와서 깜짝 놀랐다. 더욱이 음성신호가 아니라 사츠키라는 여자가 실제로 그렇게 말했다.

괜찮아, 아키라. 나는 섹스가 아니라 가이드를 하기 위해 지금 여기 있는 거니까 반드시 목적지까지 안내할 거야. 불안해하는 건 괜찮지만 의문을 가지는 건 집어치워. 사츠키라는 여자는 그렇게 말하고 나를 똑바로 바라보았다. 어째서 내가 질문하려고 하는 걸 아는지 신기했다. 네가 생각하는 건 어떤 장소를 통하여 나한테 들어오고 있어. 사츠키라는 여자가 다시금 말했다. 이 차와 어떤 장소가 메모리악으로 연결되어 있어서 네가 생각하는 것을 바로 알고, 특히 불안은 의문보다 신호가 선명해서 이렇게 대답할 수 있는 거야. 아키라, 부디 이해해주기 바란다. 지금 여기에서 혹은 지금부터 최종 목적지까지 가는 동안 불안해하는 건 상관없는데 의문을 갖는 건 안 돼. 왜냐하면 불안은 모든 것의 본질을 파악하는 데 도움이 될 때가 있지만 너의 여행은 너의 정보량과 지식과 상상을 초월하는 것이어서 의문은 전혀 무의미하기 때문이야.

입구에서 이십 미터 정도 인으로 들어가자 이동식 들것에 누운 주민이 치료를 받으려는 참이었다. 아까 두 명의 동료가 부축해서 좁은 길을 걸어가던 주민으로 들것에 고정되어, 마취를 시킨 것인지 움직이지 않았다. 오른쪽 다리가 부러진 것 같았다. 수도꼭지에서 기세 좋게 물이 나올 때 같은 소리가 들리고, 의료 로봇이 나타나더니 바로 치료가 시작되었다. 은색으로 은은하게 빛나는 의료 로봇은 무수한 촉수를 가진 곤충 같은 모양을 하고 있었다. 마치 케이블카처럼 천장의 벨트에 매달려 벽의 파이프를 타고 공간을 자유롭고 신속하게 움직였다. 센서가 달린 공 모양의 본체 부분에 다양한 모양으로 변화하는 십여 가닥의 팔이 달려 있어서 치료는 믿을 수 없을 정도로 효율적이고 빨랐다. 무릎 근처를 절개하여 손상 부분을 소독하고, 부러져 튀어나온 뼈 때문에 찢어진 피부와 근육조직을 절개하여 인공관절을 묻고, 파손된 뼈에 와이어를 감아서 상처를 봉합하고 탄소섬유 깁스를 감는 과정이 거의 동시에 이루어졌다. 치료가 끝나자 로봇은 눈에 보이지 않을 빠르기로 팔을 접고, 천장 벨트를 타고 안쪽으로 이동해 갔다. 움직임이 너무 빨라서 현실감이 없었다. 들것에도 바퀴가 두 개 달려 있어서 모노레일처럼 바닥의 레일을 타고 미끄러지듯이 주민을 안으로 데려갔다. 무한궤도차도 들것 뒤를 따라갔다. 이곳은 최상층을 위한 병원인가 보다 생각했다.

3

정사각형의 넓은 장소로 나왔다. 로비 같았다. 다만 아무도 없었다. 긴 의자가 줄지어 있는 대합실과 좁고 긴 카운터가 있는 접수대 그리고 식당이나 약국 같은 곳이 있었지만, 텅 비어서 인기척도 없고 묘하게 어두웠다. 무한궤도차가 전조등을 켰다. 로비의 천장 형광 관은 모두 꺼져 있고, 몇 개는 산산이 쪼개져 파편이 바닥에 흩어져 있었다. 식당에는 여러 가지 음식의 영상간판뿐, 의자와 테이블은 한 군데 모아 밧줄로 묶어놓았고 바닥에 식기 같은 것이 몇 개 뒹굴고 있었다. 약국도 약을 받는 법을 설명한 영상간판만 있을 뿐, 약품 선반은 바닥에 무너져 내렸고 색이 바랜 종이 상자와 플라스틱 상자가 흩어져 있었다. 골절 치료를 마친 주민을 태운 들것이 사람 없는 어두운 로비를 소리도 없이 미끄러지듯 나아갔다. 이윽고 양쪽으로 병실인 듯한 방들이 즐비한 복도가 나왔다. 방들 역시 캄캄하고 환자의 모습은 아무 데도 없었다. 복도도 어두웠다. 종종 무한궤도차의 전조등이 침대 매트에서 흘러내려 굳어진 젤 상태의 완충재와 쌓여 있는 의자 더미를 비주었다.

이곳은 안식의 동굴이라는 이름의 병원이군요. 내 질문에 사츠키라는 여자는 또 슬픈 표정을 보이며 긍정도 부정도 하지 않았다. 이상촌 주민을 만난 뒤로는 계속 슬픈 표정이었다. 내 존댓말을 칭찬하거나 바지 위로 성기를 만지거나 진기한 과일을 따줄 때는 미소를 지었던 것 같은데, 지금은 그 얼굴을 떠올릴 수 없었다. 이 여자는 어째서 줄곧 슬픈 표정을 짓고 있는 걸까? 의문이 떠올랐지만, 의문에는 의미가 없다고 한 말이 생각나 시소가 한쪽으로 기울듯이 극히 자연스럽게 불안에 사로잡혔다. 나는 어디로 가고 있는 걸까? 사츠키라는 여자가 안내해서 당연히 노인시설로 가는 거라고 멋대로 생각하고 있었다. 그러나 최상층이 관리한다는 격리 시설에서 안조는 사부로 씨의 독에 간단히 처형되어버렸다. 사츠키라는 여자가 안내하려는 곳은 처형장일지도 모른다. 나는 최상층 사람들이 가장 두려워한다는 정보를 담은 칩을 아버지의 지시로 몸속에 심어놓고 있다.

괜찮다, 아키라. 너는 목적지로 향하고 있으니 걱정 마라. 사츠키라는 여자가 그렇게 말했다. 물론 최종 목적지라는 것은 네가 가고 싶다고 바라는 장소이긴 하지만, 너는 어디인지 상상도 못할 테니 내 안내를 따를 수밖에 없다. 사츠키라는 여자는 그렇게 말하고, 입술 끝을 위로 살짝 올려 아주 잠깐 미소를 지었다. 이 여자의 미소는 오랜만이라고 소리를 내지 않고 중얼거리자, 사츠키라는 여자는 또 바로 우울한 표정으로 돌아갔다. 내 미소 따위는 아무 의미가 없다. 아키라, 아키라, 아키라, 이렇게 눈앞에 있는 사람의 이름을 부르면 기억이 눈사태처럼 정신으로 흘러든다. 나는 서른세 살에 노벨의학상을 수상하고 SW 유전자를 초기에 주입받은 사람이어서 앞으로 백 년 이상 살 거다. 실제로는 백십 년일지도 모르고 백이십 년일지도 모르고 백삼십 년도 더 넘을지 모르지만, SW 유전자 소유자는 언제부터인지 정확하게 나이를 세는 걸 그만두게 되지. 세월이 믿을 수 없는 빠르기로 흘러가니 몇 살이거나 상관없는 일이야.

신경도 근육도 계속 재생되고 신체 기능도 기억도 성욕도 쇠퇴하지 않아. 지금까지 셀 수 없는 세월 동안 많은 친한 사람들을 잃었다. 그 사람들과 보낸 시간, 절대 역류할 수 없는 수로처럼 시간의 축을 따라 눈앞을 가로질러 간 추억, 사람들과 공유한 음악과 영상, 가족, 섹스, 애완동물처럼 내게 안기고 내가 안겼던 성적 파트너들, 그들과 그녀들을 잃으면 그들과 그녀들을 마음속에, 정신의 틈새에, 특정한 장소에 새겨두어야 하지 않을까? 그러기 위해 슬픔이라는 감정이 필요한 거야. 성가시게도 그들과 그녀들의 기억을 새기고 각인시켜 주는 것은 슬픔뿐인 것 같아. 몇 년마다 새롭게 태어나고 압축되어 높다랗게 쌓인 슬픔이 마치 희소금속의 광산처럼 내 속에 솟아 있지. 내 정신의 광산에는 인생이란 보석의 원석인 슬픔과 억울감만 묻혀 있어. 그래서 어디를 파도 내가 발견할 수 있는 것은 몸을 찢는 듯한 빛나는 슬픔뿐이야.

4

수영장이 있는 넓은 방으로 나왔다. 재활 훈련 가이드라는 글씨가 깜박거리는 영상간판이 있었지만, 역시 아무 데도 사람의 기척은 없고 수영장 물도 말랐고 트레이닝 머신과 마사지 기계와 평행봉과 훈련용 계단 등의 잔해가 바닥을 뒹굴었다. 출구 부근에서 강한 빛이 들어오는 게 보였다. 골절 치료를 받은 주민이 탄 들것이 그 빛 속으로 들어갔다. 뒤를 따라가다 눈이 부셔서 나도 모르게 눈을 감았다. 강렬한 냄새에 눈을 뜨자, 경기장을 연상시키는 넓은 공간이 방사형으로 펼쳐진 그곳에는 의료 로봇이 돌아다니고 침대가 비좁게 늘어서 있었다. 들것을 탄 주민은 가까이 온 의료 로봇의 여러 개로 된 팔에 들려 제일 앞에 있는 침대로 옮겨졌다. 침대 머리에 작은 상자형 기기가 있고, 그 앞면에 부드러운 소재로 만들어진 여러 가닥의 튜브가 튀어나와 있었다. 천장에는 의료 로봇이 이동하기 위한 탄소섬유 벨트가 그물망처럼 달리고, 침대와 침대 사이의 바닥에는 폭 삼십 센티미터 정도의 홈이 있었다.

바로 앞 침대에 환자가 엉덩이를 내밀고 옆으로 누워 있는 것이 눈에 들어왔다. 의료 로봇이 끝이 부드러운 네 가닥의 촉수를 뻗어 환자의 아랫배 언저리를 어루만지면서 아이 손가락만 한 굵기의 주걱을 닮은 가느다란 끝 부분을 항문에 넣었다. 환자는 눈을 뜨고 있고 의식도 있는 것 같았지만, 축 늘어져 움직이는 기척이 없었다. 항문에 삽입된 촉수의 움직임에 맞추듯이 이따금 반사적으로 발끝을 떨 뿐이었다. 잠시 후, 얇은 막을 찢는 소리가 나고 이상한 냄새와 함께 대량의 무른 변이 항문에서 뿜어 나왔다. 변이 주위로 튀지 않도록 의료 로봇이 밥그릇 모양의 촉수 끝 부분을 환자의 엉덩이에 댔다. 그렇게 받아낸 변은 침대 옆 홈에 버리고, 환자의 엉덩이를 고압의 물줄기로 씻어낸 뒤, 동시에 소독약과 탈취제를 뿌리고, 네 개의 팔로 환자를 바로 눕힌 다음, 새하얀 탄소섬유 커버를 덮었다. 작업을 마친 의료 로봇은 믿을 수 없는 빠르기로 다른 침대로 이동했다. 저 끝이 잘 보이지도 않을 정도로 넓은 공간에 침대가 가득해서 얼마만큼의 숫자가 있는지 짐작도 되지 않았다.

무한궤도차가 폭 이 미터쯤 되는 공간의 중앙 통로를 따라 안쪽으로 들어갔다. 앞쪽에 있는 것은 비교적 가벼운 환자용 침대였고, 안으로 갈수록 의료 로봇의 수가 늘어났다. 가벼운 환자는 아주 적었다. 침대 대열을 몇 줄 지나니 기관이나 코나 위에 상자형 기기에 연결된 튜브를 꽂고 있는 환자들뿐이었다. 풍선에서 공기가 새는 것 같은 소리가 환자의 기관에 꽂힌 튜브에서 나고 있었다. 공기를 보내거나 빨아들이게 해서 환자에게 기침을 시키거나 가래를 흡입하는 것이었다. 때때로 강렬한 악취가 떠돌았다. 악취 덩어리가 공간 안에 구름처럼 떠서 그 안으로 들어갔다 나왔다 하는 것 같았다. 한 침대 대열에는 신체 일부분이 많이 부은 환자들이 모여 있었는데, 나는 그 증세를 아버지의 데이터베이스에서 본 적이 있었다. 옛날 세포 재생 파우더의 부작용으로 피부나 근육, 지방분 등이 팽창한 것이다. 재생 파우더는 몸속에 뿌리기만 하면

세포가 재생되는 획기적인 기술이었지만, 다능성 줄기세포에 의한 구식 의료 기술로 세포가 암으로 변하는 수가 있었다. 정자와 난자의 결합으로 탄생한 수정란에는 유전자의 모든 이력이 재설정되지만, 만능 줄기세포에는 이력이 사라지지 않는다. 얼굴의 왼쪽 반이 배 이상으로 부은 환자가 있었는데, 거대하게 자란 치아가 입에서 튀어나온 것이었다. 복부와 양다리 여기저기가 몇 배로 부어오른 환자도 있었다. 익사체처럼 온몸이 부풀어 오른 환자도 많았다.

사츠키라는 여자가 내 얼굴을 빤히 바라보면서 말했다. 이곳은 영상으로 본 적이 있지만 영상에서는 냄새가 나지 않는데 말이야. 대략 오백 명에서 오천 명 정도의 사람이 여기서 죽음을 맞이하고 있지. 이상촌 주민들뿐 아니라 병이 걸린 뒤 자기 의사로 이곳에 들어온 사람도 있는데, 모두 최상층이고 SW 유전자를 갖고 있어서 사고가 없는 한 아무도 죽지 않아. 모두 안정제로 멋진 꿈을 꾸면서 잠자듯이 누워 있으면 공기며 영양이며 약제 주입을 완벽하게 공급하지. 아까 봤지? 변을 적출하거나 가래를 흡입하는 것도 로봇은 실수를 하지 않아서 사고가 좀처럼 일어나지 않으니 어지간해서는 죽는 사람이 없어. 완전한 간호를 하기 때문에 이상촌 주민이 아니어도 생에 집착이 없어지지. 이곳에 들어오면 혼자 서서 걷고 밥을 먹고 배설할 필요도 없고 일어날 필요도 없고 대화를 할 필요도 없잖아? 전에는 성적 자극을 주는 메모리악이 설치됐던 것 같지만, 어느새 아무도 그런 걸 필요로 하지 않게 된 모양이야. 이곳 로봇의 성능은 세계에서도 손꼽히는 데다 나날이 개량을 해서 최상층 사람에게 외화 벌이도 되고 있지만, 단 한 가지 로봇으로는 무리한 간호가 있지.

5

악취가 점점 강해졌다. 섬은 비위생적이어서 갖은 악취로 가득했지만, 지금까지 이런 악취는 맡아본 적이 없었다. 공간 안에 악취가 덩어리가 되어 떠돌아 다녔다. 많은 의료 로봇이 무리 지어 끊임없이 소독과 탈취를 하고 있는데도 냄새가 사라지지 않았다. 사츠키라는 여자가 침대 중 한 곳을 가리켰다. 침대에 누운 환자의 허리에 검붉은 구멍이 뚫려 있는 것이 멀리서도 또렷이 보였다. 상자형 기기에서 뻗어 나온 십여 가닥의 튜브가 얼굴과 기관과 인공장기에 연결되어 있었다. 가까이 가보니 허리뿐 아니라 팔꿈치와 발꿈치에도 깊은 구멍이 뚫려 있어서 하얀 뼈가 들여다보였다. 허리에 뚫린 구멍은 지름 십 센티미터 이상이나 되어, 마치 하수관에서 구정물이 흘러나오듯이 끊임없이 노란 고름이 흘러나왔다. 냄새는 그 고름에서 났다. 의료 로봇이 몇 개의 팔을 사용하여 괴사 부분을 절개하고 작은 구멍을 뚫어 고름을 배출한 뒤, 상처를 씻고 소독액을 붓고 피복 필름으로 환부를 덮는 치료를 되풀이했다. 그러나 고름 배출을 막지는 못했다.

무슨 병입니까? 내 물음에 사츠키라는 여자는 압박궤양이라고 대답했다. 일반적으로는 욕창이라고 해서 옛날부터 있던 질환이라고 가르쳐주었다. 욕창만은 아무리 고성능 의료 로봇도 막을 수 없어서 의사나 간호사의 손이 필요하지만, 인력이 부족하고 비밀을 유지하기 위해 반세기 전부터 이곳에는 로봇만 배치하고 있어서 어쩔 수 없어. 사츠키라는 여자는 흥이 식은 표정으로 말했다. 욕창은 같은 자세로 계속 누워 있으면 반드시 생기지. 그런데 이곳은 안식의 장소여서 줄곧 움직이지 않고 자는 게 전부야. 욕창을 막기 위해서는 단순히 누운 자세를 정기적으로 바꾸는 것만으로는 안 되고, 뼈 주위에 살을 붙이는 영양학적 방법과 피부 청결을 유지하는 게 중요해. 욕창이라는 것은 체중 압력과 침대 표면과 신체 조직의 마찰, 상처가 더해져 생기는 것이라 아주 섬세한 예방 조치와 치료가 필요해서 의료 로봇에게는 프로그래밍할 수가 없지. 이곳에 누워 있는 사람들은 하나같이 안식의 잠과 휴식을 얻지만, 뼈에 닿는 부분에 욕창이 생겨서 조직이 파괴되는 것만은 어쩌지 못해. 기본적으로 치료가 불가능해서 피부와 근육과 뼈까지 괴사해버리니 주머니라고 하는 구멍을 몸 여기저기에 뚫는 거지. SW 유전자를 주입해서 세포 재생이나 장기이식 등 모든 첨단 의학을 로봇에게 프로그래밍한 최상층 사람들이 가장 흔해빠진 욕창에 대항하지 못하는 것은 최악의 아이러니일지도 몰라.

6

부채꼴로 펼쳐진 동굴 속으로 깊이 들어갈수록 환자의 몸에 생긴 욕창 구멍의 수와 크기가 늘어났다. 무한궤도차는 침대와 침대 사이를 천천히 나아가고 있어서 사람의 몸에 뚫린 구멍이 커져가는 애니메이션을 보는 것 같은 착각이 들었다. 동굴 전체에 백색광이 비치고 바닥과 벽에 반사된 반사광까지 더해지자 시야가 부예질 정도로 밝았다. 아버지의 데이터베이스에 보았던 백일몽인가 신기루인가 하는 말이 떠올랐다. 천장은 새하얗게 빛날 뿐 눈이 부셔서 아무것도 보이지 않았다. 벽과의 경계도 알 수 없었다. 아마 인공 태양이 설치되어 있을 것이다. 이 동굴에 밤은 옵니까? 묻자, 사츠키라는 여자는 어째서 그렇게 바보 같은 질문을 하느냐는 표정으로 고개를 저었다. 이곳에는 시각을 필요로 하는 생물이 없어서 소독을 위해 빛이 있을 뿐, 밤과 낮이란 개념은 존재하지 않는 것 같았다.

구멍이 너무 커서 판단하기 어렵긴 했지만, 누워 있는 자세에 따라 구멍 위치가 달랐다. 허리나 후두부나 견갑골 부분에 구멍이 있는 것은 천장을 보고 바로 누운 환자였다. 가장 많은 것은 허리로, 구멍이 생겼다기보다 몸이 거의 누더기가 된 것처럼 보였다. 후두부에 뚫린 구멍으로는 벨트와 와이어로 보호하고 있는 뇌가 그대로 드러났다. 견갑골을 중심으로 구멍이 뚫린 환자의 대부분은 두 손이 없었다. 포탄 파편이 몸통을 뚫은 것처럼 보이는 것은 등골 돌기부에 생긴 여러 개의 구멍이었다. 꼬리뼈에 구멍이 뚫린 환자는 모두들 하반신이 없었다. 아직 하지가 남은 환자 한 사람은 무릎에서 아래만 간신히 대롱대롱 대퇴골에 걸려 있었다. 측두부에서 귀까지 구멍이 뚫린 환자는 얼굴 반을 도려낸 것처럼 보였다. 허리 옆 부분, 엉치뼈 돌기 주위부터 몸이 찢겨 나간 환자는 모로 누워서 자는 환자일 것이다.

　구멍이 커져서 몸통이 절단된 환자도 있었다. 사람은 하반신이 없어도 죽지 않는다는 것을 알았다. 어깨 부분을 크게 도려내어 심장과 폐가 손상을 입거나 완전히 없어져버린 환자는 인공장기로 뇌에 혈액과 산소를 공급하고 있었다. 옛날에 아버지의 데이터베이스에서 본 인공장기는 폐나 심장을 그대로 본떠서 만들었지만, 여기서는 달랐다. 체내에 심을 필요가 없기 때문인지 원래의 것과는 전혀 다른 단순한 모양을 하고 있었다. 막대기 모양이나 주머니 모양이 많았다. 굵기가 다른 열 개 이상의 튜브가 여러 곳에 주렁주렁 달려 있어 얼굴이 거의 보이지 않는 환자도 있었다. 심층부에는 의료 로봇의 수가 적었다. 욕창 구멍으로 절단된 인체를 단순히 보수하거나 상자형 기기를 조작하고 튜브로 주입하는 약제를 조절하는 것뿐이어서 입구 부근에서 활동하는 의료 로봇에 비하면 움직임도 느슨했다. 심층부 환자의 대부분은 사람의 꼴이 아니었다. 가슴에서 위만 있는 환자, 허리부터 아래만 있는 환자, 얼굴을 포함하여 오른쪽 반밖에 없는 환자도 있었다.

이런 상태에서도 살아 있다고 할 수 있을까? 생각하는데, 사츠키라는 여자가 억양 없는 어조로 말했다. 뇌가 활동하는 한 생명은 유지되는 걸로 보게 되어 있다.

사츠키라는 여자는 무표정하다기보다 가면을 쓰고 있는 것 같았다. 눈에서 빛이 사라져버린 느낌이었다. 최상층 사회에서는 사람의 생명에 대한 정의가 몇 번이나 변경되어 결국 뇌에서 신경 전기신호가 오가는 것으로 정의를 내렸지만, 강경한 반대 의견도 있었다. 꿈을 꾸는 것만으로는 사람이라고 할 수 없다, 커뮤니케이션이 이루어지지 않으면 안 된다는 주장이 나와 긴 논쟁이 이어졌다. 그러나 이상촌도, 이 동굴도 태양광과 수로로 순환적 에너지를 확보하여 운영 비용이 거의 들지 않는 데다 환자도 조금씩밖에 늘어나지 않았고, 또 환자가 늘어나 동굴이 좁아지면 로봇이 자동적으로 확장 공사를 하기 때문에 결국에는 생명의 정의로 논쟁을 하는 사람이 아무도 없어졌다. 단, 논쟁하는 사람이 없어진 데는 다른 이유도 있었다. 거기에 대해서는 아키라 너도 이제 곧 알게 될 거다.

　동굴 제일 안쪽 부분에는 투명하고 두꺼운 비닐 막 같은 것이 삼중으로 쳐져 있었다. 막 너머로 철골 발판 같은 것이 설치되어 있고 그 위에서 작업 로봇이 움직이는 게 보였다. 비닐 막은 폭 백 미터 이상으로 인공 태양이 눈부셔서 천장은 보이지 않았지만 아마 높이가 수십 미터는 되는 것 같았다. 두께도 몇 센티미터나 돼서 무한궤도차가 접촉해도 꿈쩍하지 않았다. 무한궤도차는 막을 따라 나아가다 출입구인 듯한 장소에서 멈추었다. 막의 밑자락 부분에 폭 이 미터, 높이 삼 미터 정도의 직사각형 선이 있었다. 사츠키라는 여자가 카드를 꺼내 표면을 더듬자 부저 소리가 울리며 막의 밑자락 부분이 올라갔다. 막을 통과해서 건너편으로 나오니 공기도 탁하고 온갖 소리들이 들려왔다. 모터 소리, 유압식 기계 소리, 시멘트를 섞어 외벽에 뿌리는 소리, 용접용 버너 소리 등으로 현실감이 돌아왔다. 안식의 동굴 심층부는 거의 무음이었다. 약액과 영양제가 튜브를 타고 흐르는 희미한 소리만 날 뿐이었다. 질서 정연하게 누워 있는 환자들에게는 살아 있다는 징후도 죽었다는 징후도 없고, 흘러가는 구름처럼 악취만 떠돌 뿐이었다.

동굴 확장 공사를 하고 있는 것 같았다. 외벽을 따라 철근을 조립하고 콘크리트를 분사하고 있었지만, 소리만 크고 작업은 단조롭고 느렸다. 최첨단이었던 의료 로봇에 비하면 작업 로봇은 몇 세대나 구식인 것 같았다. 팔이 빠지거나 고장 난 로봇도 섞여 있었다. 천장이 낮아지고 조명이 노란 공사용 불빛으로 바뀌었다. 바닥은 여기저기를 파헤쳐서 온통 구덩이와 굴과 쌓아놓은 흙더미였고, 고장 나서 폐자재에 묻혀버린 로봇도 있어서 무한궤도차는 속도를 올릴 수 없었다. 좀 더 가다 보니 주위의 상황이 변했다. 처음에는 안식의 동굴과 같은 구조로 벽이 울퉁불퉁한 원통 모양의 공간이었지만, 이내 건축 중인 통로나 방이 아닐까 싶은 공간이 나타났고 벽이나 바닥에는 벽돌, 자기 타일, 혹은 대리석을 깐 것도 보였다. 공사용 조명이 이따금 끊겨서 그때마다 주위가 캄캄해졌다. 주거 같은 것을 건축 중인가 보군요, 하고 질문하려고 사츠키라는 여자 쪽을 돌아보았을 때, 그 얼굴에 정통으로 빛이 쏟아졌다. 나는 깜짝 놀라 얼른 눈을 돌렸다. 사츠키라는 여자의 얼굴 전체가 충돌한 차의 앞 유리처럼 금이 가 보였기 때문이다.

안식의 동굴 심층부에서 사츠키라는 여자는 눈에서 빛을

잃어 마치 가면처럼 밋밋한 얼굴이었다. 아주 얇고 투명한 재료로 얼굴에 딱 맞게 만들어진 가면을 여러 겹 쓰고 있는 것 같았다. 지금 그 투명한 가면이 부서져 파편으로 떨어진 것처럼 얼굴 윤곽이 바뀌었다. 얼굴의 금은 대체 뭐였지? 무한궤도차는 캄캄한 어둠 속을 달리고, 사츠키라는 여자의 얼굴은 보이지 않았다. 아까 얼굴에 금이 간 것처럼 보였던 것에 나는 아직도 심장이 떨렸다. 이제 어디로 데려가는 것일까 하는 불안이 되살아났다. 이곳은 건축 중인 건물 내부인가요? 물으면서 훔쳐보듯이 사츠키라는 여자에게 시선을 돌리자, 얼굴이 또 바뀌어서 단숨에 백 살 이상 늙은 것처럼 주름과 검버섯으로 가득한 얼굴이 되어 있었다. 건축 중이 아니다. 반대야. 사츠키라는 여자는 지금까지와는 다른 나지막하고 쉰 목소리로 말하고, 무수한 깊은 주름 탓에 애벌레 같아진 입술을 깨물며 입을 다물었다.

폐허

1

건축 중이 아니고 반대라는 것은 무슨 뜻일까? 어느새 작업 로봇의 모습은 보이지 않고, 땅바닥에 쌓여 있는 철골, 시멘트 포대, 재목, 자갈과 벽돌, 배관용 파이프, 연료를 담은 드럼통과 주입기 같은 자재와 폐자재도 점점 적어지다가 이윽고 건축 현장임을 나타내는 것이 주위에 하나도 없어졌다. 공사용 불빛이 아니라 옥내 비상등 같은 오렌지색 조명이 일정한 간격으로 나란히 벽에 붙어 있었다. 자갈과 모래를 날리면서 달리던 무한궤도차의 주행음이 어느 장소를 지나니 갑자기 작아졌다. 복도처럼 좁고 긴 직선의 통로를 달리고 있었는데, 콘크리트 바닥 위에 두꺼운 천 같은 것이 깔려 있기 때문임을 알았다. 기하학적 무늬가 있는 융단이었다. 곳곳이 벗겨지고 기름때로 더러워졌지만, 아버지의 데이터베이스에서도 본 적 없는 고급스럽고 두꺼운 융단으로 무한궤도차의 캐터필러가 부드럽고 매끄러운 천에 묻힐 것 같았다. 복도는 폭이 넓어졌다 좁아졌다 하고, 홀이나 넓은 거실 같은 공간이 여기저기 있었다. 복도 양쪽에 개인실로 보이는 방이 불규칙하게 있고 문 모양도 제각각이었다.

탄소섬유 유리로 만든 원형 문과 아치형 문, 스테인리스 제품으로 보이는 금속제의 직사각형 문, 물결무늬 석재에 복잡한 투각透刻을 새긴 정사각형 문, 전체가 영상 모니터인 가로로 긴 문도 있었다. 영상 모니터에는 전원이 들어간 듯 십구세기 것으로 보이는 옛날 일본의 전원 풍경이 흐르고 있었다. 이가 빠지고 콧물을 흘리는 빡빡머리 아이들, 식물섬유로 짠 넓적한 삼각형 모자를 쓴 나체에 가까운 남자들, 타월을 붙여 만든 듯한 오버올을 입은 여자들, 그들의 얼굴은 남국의 원주민처럼 새까맸다. 문과 문의 간격으로 보아 어느 방이나 아주 넓은 듯했다. 사츠키라는 여자가 말한 반대라는 의미를 알 것 같았다. 이곳은 건축하는 중이 아니라 불필요해져서 해체하는 중인지도 모른다. 사방이 책장으로 둘러싸인 도서실이나 독서실 같은 큰 방이 오른쪽에 보이자, 사츠키라는 여자가 거의 알아들을 수 없는 작은 소리로 지시했다. 잠깐 세워. 산페이라는 아이가 모니터 패널을 건드려 무한궤도차가 속도를 늦추고 정지할 준비를 했다. 그러나 사츠키라는 여자는 고개를 젓더니 손가락으로 관자놀이를 누르며 흐릿한 목소리로 말했다. 역시 세우지 마. 달려. 절대로 서면 안 돼. 하지만 산페이라는 아이에게는 들리지 않았는지 무한궤도차가 도서실인가 독서실 같은 큰 방 앞에서 완전히 정지했다.

2

사츠키라는 여자는 순간 발끈한 것처럼 눈을 치켜뜨고 무서운 표정을 지었지만, 할 수 없지, 하고 한숨과 함께 중얼거리더니 방풍 덮개를 열라고 했다. 먼지 냄새 나는 서늘한 공기가 흘러들었다. 달아나서는 안 된다는 건가, 입술 끝을 치켜 올리고 얼굴이 입을 경계로 둘로 찢어진 것 같은 웃는 얼굴을 만들면서 사츠키라는 여자는 무한궤도차에서 내렸다. 잠깐 와보렴, 해서 나도 뒤를 따랐다. 무한궤도차에서 나와 신발 바닥이 땅에 묻히는 듯한 감각을 느끼면서 복도의 융단 위에 내려섰다. 계속 차만 타고 있었으니 체조라도 해볼까. 사츠키라는 여자는 주위를 둘러보며 입술 양 끝만 올린 부자연스러운 미소를 지은 채 몇 번 기지개를 켠 뒤, 도서실인가 독서실인 듯한 방으로 들어갔다. 책장에 아주 조금이지만 책이 남아 있고 가죽 의자 두 개가 바닥에 뒹굴고 있었다. 사츠키라는 여자의 뒤를 따라 걷다가 방 안쪽 벽 앞에 또 한 사람의 내가 있는 것을 보고 소리를 지를 뻔했다. 잘 닦인 특별한 거울이라는 걸 알아차리는 데 잠시 시간이 걸렸다. 거울에 비친 상이 너무나 선명해서 내가 또 한 명 있다고 뇌가 판단한 것이었다.

나는 새를 좋아했단다. 사츠키라는 여자가 말했다. 그것도 진짜 새가 아니라 사진이나 영화 속의 새, 새의 박제나 조각상, 새가 조각된 도자기나 유리 세공 같은 걸 좋아했지. 사츠키라는 여자가 거울 가까이 가자 거울이 좌우로 나눠지며 다른 방이 나타나고 자동적으로 간접조명이 켜졌다. 도서실인가 독서실인 듯한 방보다 훨씬 넓은 방으로 한쪽 벽면은 전체가 거대한 영상 모니터였다. 중앙에 폭이 이 미터, 길이 십 미터 가까이 되는 수로 같은 도랑이 있었다. 가장자리는 벽돌로 둘러싸였고 약간의 물이 남아 있는 바닥에 뭔가의 뼈 같은 하얀 파편이 떠 있었다. 사츠키라는 여자가 방을 가로지를 때, 치릭 하는 형광 관에 전기가 흐를 때 같은 소리가 나고 모니터 화면이 밝아지더니 날이 새기 전의 어두운 하늘을 무리지어 날고 있는 수천 마리 새 떼의 영상이 떠올랐다. 사츠키라는 여자의 얼굴에서 입술을 일그러뜨려 만든 부자연스러운 미소가 사라지고 무수한 주름과 검버섯도 천천히 사라져 갔다. 그리고 돌로 만든 흉상에 피부를 갖다 붙인 듯한 어딘가 인공적인 얼굴이 된 사츠키라는 여자가 온화한 표정으로 나를 지그시 바라보았다. 이곳이었군요. 내가 말하자, 사츠키라는 여자는 눈을 감고 고개를 끄덕였다.

3

열 살 무렵에 성적인 노리개로 섬에서 보내졌던 장소가 이곳이었다. 구석에 놓여 있는 지붕이 달린 침대를 제외하고 가구나 장식이 모두 없어져서 처음에는 알아보지 못했다. 다만 좁고 긴 웅덩이는 낯익었다. 벽돌로 가장자리를 둘러싼 웅덩이는 인공 연못이었다. 그때는 분홍색 열대어와 온몸이 비늘로 덮인 파충류가 헤엄치고 있었다. 바닥에 얼마 남지 않은 물에 떠 있는 것은 열대어나 도마뱀의 뼈인지도 모른다. 그때 는 종합신경안정제로 흥분해 있어서 실제로 일어난 일인지 어떤지 모호했는데, 역시 현실이었다. 지금과 마찬가지로 그 때도 사츠키라는 여자의 얼굴과 몸의 피부는 얇아서 바늘로 찌르면 터질 것 같았다. 나는 지붕이 달린 침대에서 사츠키라 는 여자의 몸의 일부를 입에 머금고 있었다. 유방일 때도 있 고 성기의 일부일 때도 있고 귀나 입술이나 혀나 발가락이나 음모일 때도 있었다. 모니터에는 새 떼가 아니라 관객을 앞에 두고 고기를 먹은 뒤에 옷을 벗는 여자의 영상이 반복해서 흘렀다.

사츠키라는 여자는 지붕 달린 침대에 가까이 가서 주름 하 나 없는 시트를 오른손 손등으로 쓸어내리며 중얼거렸다. 그 래도 우리는 이제 가야 해. 기왕 왔으니 이 방에서 가기로 하 자. 그리고 카드를 빼서 좁고 기다란 인공 연못으로 향했다. 연못 옆의 바닥이 계단 모양으로 꺾어지면서 아래쪽으로 기 울기 시작했다. 사츠키라는 여자는 아래를 내려다보고 망설 이는 기색이더니 카드를 벽의 모니터로 향했다. 모니터에 조 그만 발가락을 성인 여성의 성기에 삽입하려는 남자아이들의 영상이 비쳤다. 사츠키라는 여자는 순간 얼굴을 찡그리며 얼른 모니터 영상을 새 떼로 돌렸다. 그리고 조종석에 타고 있는 산페이라는 아이에게 밖으로 나가서 아래로 오라는 지시를 내렸다. 무한궤도차가 복도를 달려가는 것을 지켜보고 있는데, 사츠키라는 여자가 말했다. 아키라, 우리는 이제 가지 않으면 안 된다. 우리는 좁고 기다란 인공 연못에 생긴 계단을 내려갔다. 계단에 물고기나 파충류의 뼈가 아닌가 싶은 하얀 파편이 떨어져 있었다. 사츠키라는 여자는 부드러운 가죽으로 발 모양에 딱 맞게 만들어진 장화로 하얀 파편을 짓밟으며 내려갔다.

4

계단을 다 내려가자 아주 넓은 지하 통로가 나왔다. 크게 커브를 그리며 저 멀리까지 이어져 있었다. 주위에 인기척은 없고, 바닥에는 먼지가 쌓여 있어 걸어가니 발자국이 남았다. 통로 끝에 더 아래쪽으로 이어지는 계단 입구가 나왔다. 잘 닦인 스테인리스 난간이 달려 있었다. 섬의 해안선 기억을 떠올리게 하는 그리운 냄새가 나서 보니 폭이 이십 미터 이상이나 되는 거대한 수로가 나왔다. 콘크리트 돔형 천장에 길이는 수백 미터쯤 되었다. 전방에 해가 지려 하는 하늘과 산의 능선이 보였다. 선박을 묶어놓기 위한 철 기둥이 같은 간격으로 늘어서 있었지만, 묶여 있는 보트는 없었다. 작은 파도가 절벽을 씻어내고 섬의 해안과 마찬가지로 굴등이 다닥다닥 붙어 있고 갯강구가 돌아다녔다. 사츠키라는 여자는 왼쪽 손목에 찬 아주 오래된 손목시계로 시간을 확인하고 주위를 둘러보았다. 이윽고 다른 출구에서 무한궤도차가 달려 나왔다. 사츠키라는 여자는 다시 한 번 시계를 보고, 우리한테는 시간이 별로 없다, 하면서 내 손을 잡고 무한궤도차에 올라탔다. 산페이라는 아이가 모니터 패널을 규칙적으로 두드리자 캐터필러 바로 아랫부분에서 유선형 수중 날개가 나오고 뒷부분에서 코끼리 코처럼 긴 물줄기 분사 노즐이 나타나는 것이 좌석에서 보였다.

수중 날개 보트로 변신한 무한궤도차는 수로에 착수함과 동시에 출발했다. 속도를 올릴수록 차가 수면에서 떠올라 몸이 좌석 등받이로 밀렸다. 엔진 소리는 거의 들리지 않았다. 여러 개의 가는 노즐에서 물줄기가 분사되고 있기 때문일 것이다. 눈 깜짝할 사이에 직선의 수로를 벗어났다. 전방에 보이는 능선은 산이 아니라 섬이었다. 실루엣이 된 섬이 우뚝 솟아 있고 수중 날개 보트는 해가 지고 있는 섬 입구로 나왔다. 그리 크지 않았지만 시커먼 섬은 위압감이 있었다. 해가 그 너머로 지고 있었다. 조종석의 산페이라는 아이가 오른손 집게손가락을 들어 상공을 가리켰다. 세 대의 중형 경비 로봇이 후방에서 접근해 가는 길을 방해하듯이 전방과 좌우로 비행했다. 최첨단 경비 로봇으로 네기달의 이슨을 습격했던 것과 같은 제트추진형이었다. 로켓포 발사구가 이쪽을 향하고 레이저 포인트의 빨간 조준광이 수중 날개 보트의 엔진부와 우리 몸에 얼룩무늬를 만들었다. 진입 허가 코드를 제시하라는 경고가 조종석 앞 모니터 패널에 떠서, 사츠키라는 여자가 카드를 패널에 대고 신호를 읽게 했다.

가슴 부위에서 반짝이는 동전 크기만 한 로켓포 조준 포인트가 경비 로봇의 미세한 진동에 맞춰 흔들리는 것을 확인하면서 좌우로 보이는 산의 능선이 부자연스러운 직선이라는 사실을 깨달았다. 실루엣이 되어 막아선 전방의 섬도 마치 복잡한 디자인의 초고층 빌딩을 쓰러뜨려놓은 것처럼 무수한 정육면체와 직육면체와 구체를 조합한 인공적 형태였다. 허가 코드를 수신했는지 로켓포의 조준 포인트가 사라졌다. 그러나 경비 로봇은 그대로 보트를 좌우와 후방에서 포위하듯이 비행을 계속했다. 아키라. 얘, 아키라. 사츠키라는 여자가눈을 게슴츠레하게 뜨고 전방의 인공적인 형태의 섬을 바라보며 쓸쓸한 표정으로 두 번이나 불렀다. 아까 방 말인데, 아키라는 이곳이었군요라고 했지만, 그 무렵부터 그러니까 아키라를 만났던 무렵부터 그 방은 그런 상태였던 것 같은 생각도 드는구나. 그런데 한편으로는 제대로 된 방에 가구도 제대로 있었던 것 같은 기억도 나. 나는 슬픔을 잊기 위해 아무자각 없이, 혹은 무의식중에 기억의 신경세포에만 충격을 주도록 안정제를 사용했던 것 같아. 무엇보다 그 방에는 최신형 메모리악이 있었어. 그래서 아키라 너와의 농밀한 성행위가 실제였는지 메모리악의 추체험이었는지 확실한 걸 모르겠어. 내 인생에서 가장 중요한 기억의 하나인데 정말 모르겠네. 슬퍼해야 할 일이기도 하고 기뻐해야 할 일이기도 하지.

틀림없는 사실은 저 최상층 시설의 주민들이 이미 전세기말에 퇴거를 시작했다는 거야. 노인시설이네 특별거주지역이네 이상사회지역이네 하고 다른 층에서는 여러 이름으로불렸지만, 우리 주민에게는 이름 같은 건 아무래도 상관없었어. 그냥 최상층 주거지역이었지. 그러나 아키라를 만났던 시

절에도 아마 남아 있던 사람은 겨우 십여 명쯤 되었을걸. 최
상층 사람들은 여기저기 흩어져 살고 있지만 우리에게 다이
너미즘은 이미 사라졌어. 이상사회가 실현되면 에너지를 잃
는다는 걸 아무도 예상하지 못했던 거지. 이제 아무도 에너지
를 갖고 있지 않아. 나는 수로 옆에 만든 작은 건물에서 개와
함께 살고 있지만, 그런 사람들이 많단다. 나 말고도 스무 명
정도가 그런 생활을 하고 있어.

5

전방에 실루엣이 되어 꺼멓게 누워 있는 것은 섬이 아니었
다. 석유 채굴용 해상 기지를 닮은 거대한 인공 시설이었다.
중앙에서 나온 빛의 띠 같은 것이 상공을 향해 끝없이 뻗어
있었다. 노인시설이 폐허가 되었다는 말을 듣고 온몸의 힘이
빠졌다. 나는 목적을 잃은 것이다. 최고 권력자인 요시마쓰라
는 남자에게 아버지의 칩을 건넬 수 없게 됐다. 그렇다면 나
는 저 인공 해상 시설에서 안조처럼 처형당하는 건가? 아니
다, 아키라. 사츠키라는 여자가 말했다. 저건 지구항 19호 안
벽岸璧으로 지금부터 너는 최종 목적지로 가게 되어 있단다.

지구항 19호 안벽

1

전방의 해상 시설이 가까이 다가오고 주위는 점점 어두워졌다. 사츠키라는 여자는 연신 시계에 신경 쓰면서 세 대의 경비 로봇이 뒤따라오는 상공을 올려다보며 뭔가를 참고 있는 듯한 표정이었다. 해상 시설은 지구항이라고 발음하지만, 산페이라는 아이가 어스 포트라고 영어로 보충 설명을 해주기 전까지 무슨 뜻인지 몰랐다. 지구의 항구라는 것은 어떤 시설일지 상상하기 어려웠다. 또 노인시설이 폐허가 됐다는 걸 알고 나는 혼란스러움과 동시에 깊은 피로를 느꼈다. 며칠이나 잠을 자지 않은 것 같은 느낌이었다. 섬을 떠난 뒤 시간이 얼마나 지났는지조차 알 수 없었다. 양 버스를 나와 지하 수로로 들어간 뒤로는 밤낮의 구별도 알 수 없게 됐다. 내 목적은 사회가 뒤집힐 만한 기밀 정보를 노인시설에 있다고 하는 최고 권력자 요시마쓰라는 인물에게 전달하는 것이었다. 텔로미어를 절단당해 처형된 아버지의 지시로 기밀 정보가 든 IC 칩을 발목 아킬레스건 근처에 심어두었다. 노인시설이 무인화하여 아버지가 부탁한 목적을 이루지 못하게 되어 충격을 받았다. 그러나 사츠키라는 여자는 내가 이곳에서 최종 목적지로 향하게 될 거라고 말했다. 내 목적을 사츠키라는 여자는 알고 있는 걸까?

시야 가득 펼쳐진 해상 시설은 개스킷 경기장보다 훨씬 거대하고, 환락가 해안선을 따라 줄지어 있던 초고층 호텔을 몇 개 묶어서 옆으로 눕혀놓은 것처럼 생겼다. 하지만 조명은 상공에 수직으로 뻗은 빛의 띠 같은 것을 둘러싼 형태로 중앙부에 집중되어 있어, 나머지 부분은 실루엣 윤곽이 흐트러지며 주위 어둠에 녹아들었다. 해상 시설은 지구항이라는 특이한 이름을 가진 항구의 19호 안벽이라고 했지만, 나는 사츠키라는 여자의 기억이 잘못됐거나 말을 잘못한 게 아닐까 생각했다. 배가 아무 데도 보이지 않았기 때문이다. 해안으로 들어오는 배도 해안에 정박한 배도 전혀 없었다. 해상 시설에는 다양한 장치와 기계와 탱크가 줄지어 있고 무수한 파이프가 복잡하게 얽혀 있었다. 그리고 그 모든 것이 십여 개의 기둥에 묶여 바다 위에 떠 있었다. 해수면에서 수십 미터 가까이 떠 있는 시설에 배가 접안할 수 있을 리 없다. 원래는 항만 시설의 안벽으로 지었다가 나중에 다른 용도로 쓰게 되어 예전의 명칭만 남은 건지도 몰랐다. 사츠키라는 여자는 저 바다 위에 떠 있는 시설에서 내가 최종 목적지로 향하게 될 거라고 했다. 그렇다면 비행장이거나 로켓 발사 기지일까? 그러나 활주로도 없고 발사대 같은 것도 없었다. 물론 비행기나 로켓도 없었다.

2

수중 날개 보트는 분수처럼 물보라를 일으키면서 해수면을 가르듯이 맹렬한 속도로 나아가 똑바로 시설의 중앙부로 향했다. 경비 로봇이 일정한 거리를 유지하고 따라왔다. 사방은 어둠에 감싸였고 눈앞으로 다가온 시설의 중앙부에서 상공을 향해 뻗은 빛의 띠 같은 것이 한층 뚜렷이 보였다. 레이

저 빔이 아니었다. 오렌지색으로 빛나는 얇은 막 같은 것이 구름을 뚫고 곧장 위로 뻗어 있었다. 끊긴 곳도 없고 끝도 없었다. 아득한 상공에서도 광량이 떨어지지 않았고 끊어지지도 않았다. 그러니까 탐조등 같은 빛이 아니었다. 띠의 폭은 적어도 수십 센티미터 이상 되었지만 완전히 정지해 있어서 움직이거나 흔들리지 않았다. 어떻게 저토록 장대한 띠를 상공을 향해 꼿꼿하게 세워놓을 수 있을까? 그러나 내게는 그 띠가 무엇인지 상상할 힘과 의욕이 없었다. 불안이나 공포도 없었지만 생각할 힘도 잃어서 띠를 물끄러미 바라보기만 할 뿐이었다. 한없이 위로 뻗은 오렌지색 띠는 참으로 아름다워서 나는 몇 번이고 한숨을 쉬었다. 어째선지 앤이 생각났다. 저 빛나는 띠를 앤과 함께 바라본다면 얼마나 좋을까 싶자 마음이 쿵쾅거려 아무것도 생각할 수 없게 되었다.

마치 기억을 저장하는 기관이 찢어진 것 같았다. 앤의 말과 함께 바라보았던 경치, 들은 음악이 튜브에서 밀려 나오듯이 맥락도 없이 하나 둘 되살아나 제어할 수가 없었다. 갓 만났을 무렵 범용차 안에서 앤이 네가 아키라지만 이름이 아키라라고 불러도 돼, 하고 물어서 내가 고개를 끄덕이자, 너를 나는 앤이라고 불러도 돼, 했던 그 목소리가 생생하게 되풀이해서 울렸다. 터널 안 식당에서 먹은 나초라는 색다른 음식의 맛과 향이 입과 코 가득 퍼지고, 통신 노이즈와 노크하는 듯한 소리가 조합된 음악이 선명하게 되살아났다. 팍스 제한구역에서 처음으로 노면전차를 보았을 때, 앤은 소리 내지 않고입 모양만으로 전차라고 가르쳐주었다. 그때 앤의 입 모양이 추상적인 그림처럼 눈꺼풀 안쪽에서 깜박거리며 지워지지 않았다. 영상과 소리에 지배되어 저항할 수 없었다. 단순히 누군가와 함께 뭔가를 바라보거나 뭔가를 듣거나 뭔가를 먹었던 기억에 어째서 이렇게 강한 힘이 있는 걸까? 눈물이 쏟아질 것 같아서 나 스스로 놀랐다. 나는 분노와 무력감에 사로잡혔다. 저 오렌지색으로 빛나는 아름다운 띠를 보고 있는 지금, 앤이 옆에 없다는 현실을 용서할 수 없어 분노가 치밀어 올랐다. 하지만 동시에 현실을 바꿀 힘도 없다는 무력감에 싸였다.

3

문득 정신을 차리니 아키라, 아키라, 하고 사츠키라는 여자가 나를 부르고 있었다. 상실삼이라는 거야. 나도 말이다, 이제부터 아키라 너와 헤어진 뒤 미쳐버리지 않을까 두려울 정도로 상실감이 밀려왔어. 그래서 지금의 너를 이해한다. 너는 출발하고, 나는 남는다. 네가 떠난 뒤 쫓아가서 나와 영원히 함께해달라고 먼저 너에게 그리고 모든 사람에게 애원하고, 함께할 수 있도록 모든 노력을 쏟지 않으면 정말로 미쳐버리는 게 아닐까 무서울 정도의 상실감이 엄습했어. 헤어질 때마다 어째서 슬퍼지는지, 대체 어떻게 하면 외롭지 않은지, 예를 들어 지금 같은 때 어떻게 하면 우울함과 적막감과 초조함과 상실감에서 벗어날 수 있을지를 생각했지. 아키라, 나는 너하고 계속 성행위를 하고 싶은 건지 껴안고 있고 싶은 건지 손을 잡고 싶은 건지 얘기를 하고 싶은 건지 생각해봤는데, 그런 게 아니란 걸 이내 깨달았다. 전부 아니야. 어떤 걸 해도 계속하다 보면 질릴 게 뻔하고, 흥분 물질이 다 마르면 성적 행위는 고통이 될 뿐이야. 즉 헤어지는 게 싫다고 해서 너를 토막 내 미라로 보존해봐야 의미가 없지. 나는 어느 순간 깨달았단다. 지배도 제어도 할 수 없는 것이 세상에 적어도 두 가지가 있다는 사실을 길고 긴 내 인생에서 거듭 확인하고 있을 뿐이라는 걸. 그 두 가지는 바로 돌이킬 수 없는 시간과 영원히 함께할 수 없는 타인이라는 걸.

사츠키라는 여자는 다시 투명한 가면을 몇 겹이나 쓴 것 같은 얼굴로 돌아와 IC 카드가 달린 가느다란 탄소섬유 목걸이를 내게 걸어주었다. 수중 날개 보트가 속도를 늦추어 몸이 앞으로 쏠렸다. 눈앞에 해상 시설의 기둥 하나가 우뚝 솟아 있었다. 해수면에서 시설을 들어 올린 기둥 중 하나였는데, 그것만으로 고층 호텔만 한 크기여서 전체가 얼마나 거대한지 짐작도 할 수 없었다. 사츠키라는 여자가 손가락으로 카드를 조작하자 조종석 모니터 패널에 '도착 및 귀로 확인', '부유 및 비행 허가'라는 문자가 떴다. 수중 날개 보트는 일단 완전히 정지해 파도에 흔들리다 작게 진동을 시작하는가 싶더니, 천천히 수면에서 떠올라 그대로 상승했다. 기둥에서 튀어나온 사방 수 미터의 평면 공간에 가까이 가자 방풍 덮개가 열렸다. 내려라. 사츠키라는 여자가 말했다. 갑판 끝에 문이 있단다. 옆에 있는 작은 상자에 그 목에 건 카드를 갖다 대면 안으로 들어갈 수 있을 거야. 몇 가지 검사를 받은 뒤에 안내해 줄 거다.

당신은 같이 가지 않습니까? 물었더니, 사츠키라는 여자는 투명한 가면을 몇 겹이나 더 두껍게 쓴 것 같은 얼굴로 나를 좌석에서 일으켰다. 절대로 헤어지고 싶지 않은 사람과는 깔끔하게 헤어지는 편이 나아. 그러고는 수직이착륙기로 바뀐 탈것에서 갑판이라는 공간으로 떠밀듯이 나를 내리게 했다. 그 사람을 만나면 나는 잘 있다고 전해주렴, 하는 말을 마지막으로 방풍 덮개를 닫고 이쪽을 물끄러미 바라보던 사츠키라는 여자는 집게손가락을 자기 입술에 댔다가 그 손가락으로 나를 가리키며 '안녕' 하는 모양으로 입술을 움직인 뒤, 조종석에 앉은 산페이라는 아이의 어깨를 쳤다. 수직이착륙기는 기둥에서 떨어지고 제트 분사 노즐이 천천히 뒤쪽으로 꺾이며 폭발음이 나는가 싶더니 눈 깜짝할 사이에 빨간 점이 되어 어둠 저 너머로 빨려 들어갔다.

4

갑판이라고 하는 평면 공간에는 허리 높이에 물결 모양의 난간이 설치되어 있었다. 난간을 꽉 잡고 있지 않으면 불어오는 바람에 날려 갈 것만 같았다. 차가운 바람이 옆으로 들이닥쳐 금세 온몸이 싸늘해지고 눈을 뜨고 있을 수 없었다. 백팩이 등에서 파닥파닥 소리를 내며 펄럭거려, 나는 벨트를 다시 조여 맸다. 갑판은 기둥 제일 위에 연결되어 있고 안쪽에 해치가 있었다. 나는 몸을 낮추어 포복하듯이 철골로 조립한 갑판을 이동했다. 해치 안쪽에 직사각형의 문이 보였다. 아마 사츠키라는 여자가 말한 문일 것이다. 그러나 비상용 작은 조명만 발밑에 한 개 있을 뿐 주위는 캄캄해서 문 옆에 있다고 하는 카드 판독 장치가 보이지 않았다. 바람이 귀를 눌러 아무것도 들리지 않고, 마치 원통형의 거대한 빌딩 창문에 매달려 있는 것 같아서 시설 안에 있다는 실감도 나지 않았다. 해치에서 시설을 올려다보았다. 무수히 많은 불빛이 부옇게밖에 보이지 않았다. 몇천 개의 촛불이 상공에서 흔들리는 것 같았다.

오른손으로 카드를 들어 전방에 갖다 대면서 돌기 같은 것이 없는지 왼손으로 문 옆을 더듬었다. 사츠키라는 여자는 노랗고 작은 상자가 있을 거라고 했지만 평평한 벽만 이어질 뿐이었다. 해치 바닥은 먼지로 덮여 있었다. 조심스럽게 문 틈새를 손으로 더듬자 눈높이에 딱 카드 크기만 한 네모난 홈이 느껴졌다. 홈에 카드를 대보았지만 반응이 없었다. 홈 안쪽에 손가락을 밀어 넣었더니 자잘한 모래와 먼지, 죽은 벌레와 새의 배설물 같은 것이 만져졌다. 백팩에서 펜을 꺼내 그것들을 긁어내고 깊이가 삼사 센티미터 정도 되는 홈에 입김을 후 불어서 깨끗하게 먼지를 털어냈다. 안에는 매끄러운 유리판이 있어서 펜에 손수건을 감아 살짝 닦아낸 뒤 카드를 넣어보았다. 카드가 알맞게 쏙 들어가며 찰칵 하는 소리가 났다. 몇 초 후, 모든 조명이 일제히 켜지는 소리가 울리고 기둥 측면에도 수백 개의 조명이 켜져 순간적으로 눈을 감았지만 눈꺼풀 안쪽이 새하얘져서 하마터면 그 자리에 주저앉을 뻔했다.

5

차가워졌던 몸이 따뜻해지는 걸 느꼈다. 문이 열리는 소리가 들렸다. 눈을 뜨니 수백 개의 형광 관이 켜진 플로어가 펼쳐져 있고, 문 안쪽에 노인이 서 있었다. 물방울무늬 나비넥타이를 하고 노트형 모니터를 옆에 낀 노인은, 다나카 아키라 님, 하고 내 얼굴과 노트형 모니터를 비교하면서 오른손을 내밀더니 내 오른손을 잡고 몇 번이나 아래위로 흔들었다. 노인의 손은 세게 잡으면 으스러질 것처럼 부드럽고 차가웠다. 키가 내 가슴까지밖에 오지 않고, 짜부라진 듯한 얼굴에 눈은 주름살 사이에 가려졌고 온몸에서 기름 냄새와 구취가 났다.

누렇게 더러워진 하얀 셔츠, 어깨 언저리가 찢어진 검은 재킷에 한쪽 밑단과 사타구니 근처가 찢어진 바지를 입고, 오른발에만 얇은 반투명 양말을 신고, 양쪽 발에 신발이 아닌 비닐 샌들을 신고 있었다.

다나카 아키라 님, 제가 당신을 안내하게 되어 있어서. 그런데 당신의 도착이 아슬아슬해서 결국 못 오시는 줄 알고 있다가 마중이 늦어져서. 탑승자가 이 보트에 모습을 보인 것은 십육 년 만의 일이어서. 그러면 탑승 시간이 앞으로 이 분밖에 남지 않았으니 어서 이리로 오시지요. 노인은 그렇게 말하고 자기 발을 보더니, 아아, 아아, 하고 몇 번이나 한숨을 쉬며 두 손으로 머리를 감쌌다. 아아, 세상에 내가 무슨 짓을 한 거지. 가죽 구두를 신는 걸 잊어버렸네. 이런 꼴로 마중을 나오다니 결국 나도 늙었다는 거구나. 그러고는 어깨를 떨어뜨렸다.

플로어 중앙에 탄소 수지로 칸막이가 된 작은 방이 있고 안에는 사람이 한 명 누울 정도의 좁은 침대가 있었다. 노인의 지시로 거기 눕자 바로 위에서 반원형 거울 같은 장치가 내려와 발밑에서부터 머리까지 칼로 썰듯이 같은 간격으로

녹색 빛을 비추었다. 체중과 키를 측정한 뒤, 혈관과 장기와 근육과 뼈 그리고 체내에 심어진 IC 칩이 스캐닝되고 '건강 상태 문제없음. IC 칩 두 개.'라는 결과가 나왔다. 사츠키라는 여자가 묻어준 칩은 문제없지만 아버지가 묻어준 IC 칩의 정보를 알게 되면 큰일이라고 당황했는데, 어찌 된 이유인지 문제가 되지 않았다. 작은 방에서 검사를 받는 동안 노인은 내 백팩의 내용물을 전부 책상 위에 꺼내놓고 하나하나 손에 들고 바라보며 무게를 재거나 내부를 스캐닝하는 기기에 대보았다. 신체검사를 마친 뒤, 어깨를 노출하라는 녹음된 음성이 들려오고 거울 판 같은 장치에서 팔이 뻗어 나와 끝에 달린 가느다란 바늘로 약제 같은 주사를 놓아주었다.

전혀 아프지 않은 주사였다. '무중력멀미방지제, 근위축방지제, 골량감소방지제, 신체 평형 유지를 위한 전정신경계부활제 주입 완료,'라는 음성이 들리고 방에서 나가라는 지시를 받았다. 노인은 나를 책상 앞으로 데리고 가더니 소지품을 백팩에 도로 넣으라고 했다. 그리스 건을 들고 금지된 무기인데 문제없겠냐고 묻자, 노인이 대답했다. 다나카 아키라 님은 물론 이 포트에 탑승이 허락된 여러분은 몇 가지 기준 심사를 받은 분이어서 기본적으로 보안 검사는 없어서.

플로어 한쪽으로 걸어가면서 노인에게 물어보았다. 당신
은 누구세요? 노인은 놀란 표정으로 입을 멍하니 벌리고 주
름 사이의 눈으로 수상하다는 듯이 나를 보았다. 존댓말을 쓰
는 게 잘못인가 생각하고 있는데, 노인이 손에 든 노트형 모
니터에 떠오른 문자를 읽더니 고개를 끄덕였다. 아아, 그렇
지, 그렇지. 다나카 아키라 님은 존댓말을 사용한다고 데이터
에 나와 있구먼. 나는 이 보트 안내 담당으로 따로 이름 같은
건 없지만 손님들께서 반세기 동안 구로차라고 불러서. 그리
고 '구로짱'이라는 애칭 같은 이름이 아니라 '구로차'라고 덧
붙였다.

6

노인이 플로어 끝의 문을 여니 천장이 어마어마하게 높은
큰 방이 있고, 중앙에 희한한 모양의 기계가 설치되어 있었
다. 폭 일 미터 정도 되는 아주 얇은 벨트가 천장을 뚫고 위로
뻗어 있고, 기계는 벨트를 채운 것처럼 두 부분으로 나뉘어
있었다. 한쪽은 관처럼 생긴 좁고 긴 상자 모양이고, 다른 쪽
에는 태양광발전판으로 보이는 육각형 패널이 끼워져 있었

다. 서둘러야 합니다. 얼른 탑승하지 않으면 늦어서. 노인이 기계를 가리키며 말했다. 이건 대체 뭡니까? 내가 묻자, 어째서 이걸 모르느냐는 의아한 얼굴이 되어 대답했다. 엘리베이터지. 저궤도 상의 정거장까지 다나카 아키라 님을 나를 우주 엘리베이터지.

빨리빨리 탑승해야지. 빨리 서둘러야지. 서둘러야지. 구로차라는 노인은 나를 내쫓듯이 관과 비슷한 좁고 긴 상자 모양의 기계 쪽으로 가게 했다. 방이라기보다 창고 같은 그저 넓기만 한 공간으로, 바닥도 벽도 천장도 희미한 잿빛 금속으로 되어 있어 발을 옮길 때마다 신발 바닥의 고무가 찌익찌익 소리를 냈다. 이렇게 천장이 높은 공간은 본 적이 없었다. 아버지의 데이터베이스에도 없었고 상상한 적도 없었다. 개스킷 경기장보다 몇 배는 높은 것 같았다. 전기 장식처럼 같은 간격으로 늘어선 형광등과 바로 머리 위의 네모난 굴이 없었다면 천장이 아니라 재색 하늘이 펼쳐져 있는 줄 착각했을 것이다. 네모난 굴을 뚫고 나가는 형태로 저 먼 상공까지 얇은 벨트가 일직선으로 뻗어 있었다. 수중 날개 보트에서 바라본 벨트는 오렌지색으로 빛났지만, 이 광대한 공간에서는 거무칙칙해 보였다. 밑동 부분과 상공은 소재가 다른지도 모른다. 구로차라는 노인이 벨트 양쪽에 놓여 있는 기계를 가리키며 우주 엘리베이터라고 말했지만, 우주라는 말과 엘리베이터라는 말이 제대로 연결되지 않아서 처음에는 무슨 말인지 몰랐다.

섬에는 엘리베이터라는 게 없다. 그래서 섬사람은 엘리베이터를 모른다. 나는 아버지의 데이터베이스에서 보아 기본적인 형태와 용도는 알고 있었지만, 실제로 타본 것은 양 버스 지역의 산에서 물처리 시설로 내려가던 때가 처음이었다. 엘리베이터는 상하 방향 수직으로 이동한다. 그럼 우주 엘리베이터는 우주까지 수직으로 올라가는 걸까? 구로차라는 노인이 좁고 긴 관 모양의 기계에 다가갔다. 상자 모양의 기계는 양 버스와 비슷한 크기로 전체적으로 열차의 차량과 비슷하고, 여러 가지 센서와 안테나와 탱크 같은 것과 배나 비행기의 승강구 같은 것이 빼곡하게 갖춰져 있고, 작은 창이 규칙적으로 나 있었다. 거무칙칙하게 보이는 벨트는 밑동 부근에서는 바닥과 평행하다가 수십 미터 앞에서 완만한 커브를 그리며 위로 방향을 바꾸었다.

작은 문을 통해 상자 모양의 기계 내부로 들어가자 좁은 통로를 끼고 거무스름한 천으로 덮인 의자가 다섯 개씩 두 줄로 놓여 있었다. 제일 앞부분에는 제어장치가 있고 뒷부분에는 근육을 단련하는 운동기구와 독서용 안락의자가 몇 개 놓인 공간이 있었다. 실제로 타본 적은 없지만 열차나 여객기 내부와 비슷하지 않을까 생각했다. 양 버스 내부도 비슷했다. 그러나 좌석 등의 재질은 양 버스와는 비교가 되지 않을 만큼 고급스럽고, 무채색으로 통일되어 있었다. 운동기구의 금속 부분과 벽과 난간에는 부드러워 보이는 두꺼운 고무를 넣어 짠 섬유가 붙어 있었고, 작은 창에는 각도를 조절하는 편광판이 붙어 있어 레버를 조작하면 후방 풍경을 볼 수가 있었다. 앞쪽 벽에 있는 것은 고도를 표시하는 모니터 같았다. 얼른 앉는다, 얼른. 노인이 오른손으로 좌석 쪽을 가리키며 말했다. 앞으로 일 분 뒤에 출발해서. 노인은 또 좌석 옆의 개폐식 수납 박스에 물이 든 플라스틱 병과 건조 과일, 쿠키 등의 간식이 있음을 알려주고, 벽 쪽의 소화기를 가리키며 저것은 소화기니까 화재가 일어나면 사용하지만 화재는 일어나지 않고 지금까지도 일어나지 않았으니까 그냥 장식물이지,

하고 자기가 한 말에 자기가 고개를 끄덕이며 설명을 마치더니, 안전띠를 하라고 시킨 다음, 그럼 즐거운 여행을, 하고 나가려고 했다. 잠깐만요. 나는 노인을 불러 세워 물었다. 이건 어디로 가는 겁니까?

구로차라는 노인은 미간에 주름을 잔뜩 지으며 고개를 갸웃거리다가 대답했다. 우주지, 이건 우주 엘리베이터이고 이곳은 객실이니까 다나카 아키라 님이 지금부터 가는 건 우주지. 나는 다시 물었다. 우주에 가는데, 특별한 옷 같은 것은 필요 없습니까? 아버지의 데이터베이스에서 몸에 딱 붙는 은색 옷과 부츠와 머리 전체를 덮는 헬멧을 착용한 비행사의 사진과 함께 우주 공간에는 공기가 없어서 특수한 옷과 장비가 필요하다는 설명을 본 기억이 났던 것이다. 다나카 아키라 님은 대체 어느 시대 얘길 하는 거지, 대체. 구로차라는 노인은 중얼거리면서 문으로 향했다. 밖으로 나가기 전에 어쩌면, 하고 내 쪽을 돌아보더니 주름에 가려진 눈을 떴다 감았다 하며 말했다. 어쩌면, 다나카 아키라 님이 마지막 손님일지도 모르겠네. 정말로 그렇게 생각해.

우주로

1

문이 닫히자 바로 모터 소리가 들려오고 객실의 불빛이
모두 꺼지고 기체가 전방으로 천천히 움직이기 시작했다.
창의 편광판을 조절하여 후방을 보니 구로차라는 노인이 똑
바로 서서 오른손에 든 하얀 손수건을 흔들고 있었다. 나는
좌석 팔걸이에 매달리듯이 하고 몸을 고정시켰다. 네기달
의 비행이 떠올라서, 우주에 가는 것이니 더 굉장한 충격이
있을 거라고 생각해서였다. 모터 소리가 커졌다. 눈을 꼭 감
고 이를 악물고 충격에 대비했지만 속도는 거의 변함이 없
었다. 희미하게 진동이 느껴지는 정노로 이동한다는 감각이

없었다. 몸이 천천히 뒤로 넘어지는 게 느껴져 눈을 뜨자, 기체가 수평 방향에서 구십 도 위를 향해 상승하기 시작했다. 후방을 확인하니 L자형으로 커브를 그리며 늘어진 벨트가 있고 구로차라는 노인이 검은 점이 되어 바닥을 이동하는 것이 보였다.

갑자기 주위가 어두워졌다. 바로 아래에 정사각형의 빛이 있었다. 천장의 굴을 벗어난 것이다. 그렇게 거대했던 해상 시설이 점점 작아지더니 빛을 박은 작은 상자처럼 보이게 되었다. 주위에는 어두운 하늘과 깜박거리는 별뿐이고 후방에는 바로 아래로 뻗은 벨트가 있을 뿐이었다. 천장의 굴을 빠져나온 뒤로 벨트는 휘도가 높은 오렌지색으로 바뀌었다. 벽의 고도 모니터에는 '2'라는 숫자가 표시되었다. 지표에서 이 킬로미터 상공이라는 것 같았다. 해상 시설이 시야에서 사라지고 구름 사이로 육지와 바다가 추상적인 무늬처럼 보였다. 이윽고 지상에서 새하얀 빔이 뻗어 왔다. 빛의 탑이 나타난 것 같았다. 빔은 육각형 패널로 빨려 들었다. 벌집을 동그랗게 자른 듯한 모양의 패널이 빔을 받은 순간 하얗게 빛나기 시작했다. 동시에 객실의 불이 켜지고 통로에 늘씬한 여자의 입체 영상이 나타나더니 기계적인 합성음으로 말했다. 야마토 호에 오신 걸 환영합니다.

저는 여러분의 안내를 맡은 시오리입니다. 잘 부탁합니다. 타원형 얼굴에 눈이 가늘고 머리카락을 쇠사슬처럼 꼬아서 뒤로 넘기고 에도 시대 잠옷 같은 희한한 옷을 입은 입체 영상의 여자가 정중하게 절을 했다. 반세기 전에 메모리악이 탄생한 뒤로는 입체 영상의 수요가 거의 없어졌다고 아버지의 데이터베이스에 나와 있었다. 이 입체 영상은 아마 메모리악이 생기기 전에 만든 것이리라. 이민이 대량으로 늘어나 내란이 시작되자 분명 최상층 사람들은 옛 일본 여자의 얼굴이나 머리 모양이나 옷에 향수 같은 걸 느꼈을 것이다. 약 다섯 시간 정도 걸릴 예정이니 몸이 안 좋아지거나 필요한 것, 먹고 싶은 것, 마시고 싶은 것이 있으면 무엇이든 저 시오리에게 말해주십시오. 존댓말을 사용하는 시오리라고 하는 입체 영상은 표정이 어색했다. 입술과 눈초리 움직임이 저속 촬영처럼 부자연스러운 데다, 화소 수가 적고 화상 자체도 거칠었다. 더 정교한 입체 영상을 만들 수 있을 텐데 이 입체 영상 자체가 승객의 향수를 유도하는 것일지도 모른다고 생각했다.

그럼 잠시 창밖을 봐주십시오. 시오리라는 입체 영상의 말을 따라 몸을 내밀고 창밖을 보니 지표가 아득히 뒤쪽으로 멀어지고 있었다. 지금 막 고도 만 미터 지점을 통과하고 있습니다. 앞으로 약 한 시간 뒤면 대기권을 벗어나 속도가 더 빨라지면서 조금씩 중력이 약해져 체중이 줄어든 게 아닌가 하는 생각이 드는 분도 계실 겁니다. 식사를 희망하시는 분은 되도록 빨리 저 시오리에게 말씀해주십시오. 여기서 이 야마토 호를 설명해드리겠습니다. 야마토 호 좌석은 여러분의 몸이 항상 최적의 각도를 유지하도록 설계되었고, 기체는 방사선도 완벽하게 차단합니다. 작은 천체와 충돌 시에는 벨트가 자동으로 복구되는 기능을 갖추었으며 우주 쓰레기가 충돌해 손상을 입었을 때에도 마찬가지로 자동 복구 기능이 실행됩니다. 현재 야마토 호는 지상에서 보낸 레이저 빔을 벨트 반대쪽에 있는 전지 패널에 비추어 동력을 얻고 있습니다. 테러 우려는 없습니다. 아시다시피 지구항은 세토 내해의 인공섬에 있고 최첨단 로봇들이 엄중한 경비를 펼치고 있으며 벨트는 일 킬로미터 떨어지면 보이지 않도록 광학 처리를 해서, 최상층 이외의 사람들은 지구항과 야마토 호의 존재조차 모르는 상황입니다.

억양 없는 음성을 듣고 있자니 이상하게 졸음이 와서 잠속으로 빠지게 됐다. 그러나 사츠키라는 여자의 마지막 말이 문득 떠올라서 고개를 흔들어 애써 잠을 쫓았다. 그 사람을 만나면 나는 잘 있다고 전해주렴. 사츠키라는 여자는 그렇게 말했다. 그 사람이란 누구일까? 요시마쓰를 말하는 걸까? 극비리에 요시마쓰에게 건네라는 아버지의 지시로 나는 몸속에 칩을 심었다. 칩에는 사회를 뒤흔들 만한 정보가 담겨 있을 것이다. 대체 사츠키라는 여자는 어떻게 내 앞에 나타났는지 모르겠다. 격리 시설을 뒤로한 이후로 안조처럼 처형당하는 게 아닐까 하는 불안이 항상 따라다녔다. 그러나 단순히 처형을 목적으로 굳이 우주 엘리베이터에까지 태운다는 건 아무리 생각해도 합리적이지 않았다. 그렇게 정리하니 마음이 안정되고 요시마쓰 생각도 덜 하게 되었다.

꾸벅꾸벅 졸고 있는데, 여보세요, 하고 누군가 말을 걸어와 깜짝 놀라 반사적으로 눈을 떴다. 바로 옆에서 시오리라는 입체 영상이 기계적인 합성음으로 말을 걸고 있었다. 가까이에서 보니 완전한 입체 영상이 아니라 얼굴과 몸 일부분이 미묘하게 깨져 있었다. 영상 출력이 약하기 때문일 것이다. 다나카 아키라 님, 식사 예약하시겠습니까? 그제야 격리 시설 식당에서 걸쭉한 고기를 먹고 이상촌 정글에서 과일을 한 입 먹은 것밖에 없다는 생각이 났다. 부탁합니다, 하고 대답했더니, 대기권을 통과할 때 식사를 준비하겠습니다만 희망하시는 음식이 있으면 말씀해주십시오, 해서, 뭐든 좋으니 예약해주세요, 했다. 수프 종류는 없으니 우주 휴대 식품인 달걀과 닭고기와 야채 세트를 준비하겠습니다. 그럼 일시적으로 안내를 정지하겠습니다. 기계적인 합성음이 되돌아오고 입체 영상이 꺼졌다.

3

대기권을 벗어나고 있습니다. 대기권을 벗어나고 있습니다. 괜찮으시다면 창밖을 봐주십시오. 괜찮으시다면 창밖을 봐주십시오. 기계적인 합성음에 눈을 떴다. 기내 시계를 보았다. 약 사십 분 정도 잤다. 출발한 지 한 시간이 지났고, 고도 모니터 표시는 '78'이었다. 지구에서 칠만 팔천 미터 떨어졌다. 창밖으로 지구의 윤곽이 보여 나도 모르게 몸을 내밀었다. 지구가 밤과 낮으로 나뉘어 있었다. 검은 그림자가 지구를 감싸고 서쪽으로 천천히 이동함을 알 수 있었다. 밤이 이동하고 있었다. 조각난 구름이 하얀 입김으로 보였다. 밤은 살아 있는 것이라고 생각했다. 비유가 아니라 정말로 살아 있다는 걸 실감했다. 생물인 밤의 이동을 바라보고 있자니 나 자신이 어디에 있는지 모호해지고 내가 이내 사라져버릴 것 같은 감각에 휩싸였다. 사람은 풍경에 따라 자신의 위치를 확인한다고 아버지의 데이터베이스에서 읽은 적이 있다. 잘 아는 장소여도 주위 풍경이 달라지면 지리를 알 수 없게 된다고 했다.

아득히 멀리 떨어진 곳에서 지구를 보면 자신이 존재하는 지점을 확인할 수 없게 된다. 그러나 정신이 불안정해지지는 않았다. 자신이 사라져버린 듯한 기분이 드는데도 불안하지 않은 것이 몹시 신기하고 또 신선했다. 호흡은 평소보다 크고 깊었고 심장 고동도 고요했다. 흰 구름을 입김으로 내쉬는 생물인 밤을 바라보고 있으니 나 자신이 불필요하고 무의미한 점에 지나지 않는 것처럼 느껴졌다. 그래도 불쾌하거나 불안하게 여겨지지 않는 것은 그것이 그저 단순한 사실이라는 것을 극히 자연스럽게 받아들였기 때문일 것이다. 수중 날개 보트에서 우주 엘리베이터 벨트를 바라볼 때는 앤을 떠올렸다. 오렌지색으로 빛나는 벨트를 보면서 이렇게 예쁜 것을 앤과 함께 보지 못한다는 데 분노와 절망이 끓어올랐다. 그러나 광대한 윤곽이 드러난 지구와 그 표면을 천천히 이동하는 생물인 밤은 뭔가에 굶주린 감정을 허락하지 않았다. 앤이 떠오르지도 않고, 분노도 절망도 없고, 기쁨도 감동도 없었다. 감정이 모두 사라져버렸다.

4

다나카 아키라 님, 식사를 가져왔습니다. 시오리라는 입체영상의 중심부에서 단순한 구조의 로봇이 팔에 받친 쟁반을 내 앞으로 가져왔다. 좌석 팔걸이 속에 테이블이 내장되어 있으니 꺼내주십시오. 팔걸이 뚜껑을 열어 테이블을 꺼내 펼쳤다. 손이 가벼워진 느낌이 들었다. 중력이 줄었는지도 모른다. 테이블은 직사각형 쟁반에 맞춰 홈이 파여서 고정할 수 있도록 디자인되었다. 네 부분으로 나눠진 쟁반에 반고체 상태의 음식물이 든 비닐봉지 네 개가 담겨 있었다. 봉지 윗부분에는 입에 넣고 빨아 먹도록 납작한 흡입구가 달렸다. 봉지를 눌러서 내용물을 밀어 올려 먹는 것이다. 봉지 하나는 닭고기 맛이고 나머지는 당근과 빵과 달걀이었다.

지금부터 영화를 상영하니 이어폰을 꽂아주십시오. 시오리라는 입체 영상이 그렇게 말하자 객실 조명이 꺼졌다. 고도 모니터 옆에 스크린처럼 영상간판이 내려오고, '타로 할아버지의 치아'라는 제목과 함께 영화가 시작되었다. 이것은 이십일 세기 중엽, 대부분의 사람들이 일정한 나이가 되면 치아가 빠지던 시절의 이야기이다. 매끄럽고 나지막한 남자의 내레이션이 이어폰에서 들려왔다. 문화경제효율화운동 전에는 이상적인 건강식인 봉식이 보급되지 않아서 고칼로리에 당분이나 염분이 많은 열악한 식생활과 저급한 치과 의료 기술 때문에 대부분의 사람은 쉰 살 전후로 치아를 잃고 품질이 나쁜 의치를 사용했다. 그런 시대에 타로라는 인물이 잃어버린 치아를 찾아 헤매다가 최상층에 속한 어떤 인물과 만나 당시에는 아주 고가였던 인공 치근을 이식받아 몹시 고마운 마음을 갖게 된다는 감동적인 이야기였다.

영화는 한 시간 정도 상영되었다. 또 꾸벅꾸벅 졸고 있자 이어폰에서 소리가 들려왔다. 아키라. 그 목소리는 나를 불렀다. 지금까지 몇 번이나 들은 적 있는 기계적이고 억양이 없는 독특한 목소리였다.

제삼 레지던스

1

아키라, 영화는 어땠느냐? 목소리가 질문했다. 이 신호를 최초로 의식한 것은 아마 개스킷 경기장에서였을 것이다. 메모리악을 통해 상당히 긴 시간 전달되었다. 다음에는 환락가인 서지구의 중국인 식당에서 역시 메모리악을 경유하여 들려왔다. 주로 역사에 관한 설명 같은 신호였지만 자세한 내용은 기억나지 않았다. 그 후, 아버지가 살해당해 정신이 불안해진 앤이 종합신경안정제를 먹은 뒤 머리를 자르기 위해 들렀던 양 버스 미용실에서는 텔레비전 모니터로 '상상해라'라는 명령형 신호가 반복해서 들려왔다. 영화는 어땠느냐고 물어도 전화가 아니니 이쪽에서 대답을 할 수 없잖아, 하고 생각하는데 다시 목소리가 들려왔다. 일일이 대답할 필요는 없다. 네가 말로 하려는 것은 어느 정도 내게 전해지니까.

잠시 눈을 붙이는 게 좋지 않을까? 목소리가 그렇게 말해서, 나는 몇 번이나 소리를 내지 않고 중얼거렸다. 당신은 누구십니까, 당신은 누구십니까, 당신은 누구십니까……. 나는 요시마쓰 겐이치라고 한다. 갑자기 들려온 목소리에 깜짝 놀라서 나도 모르게 자리에서 일어날 뻔했다. 내 모습을 보고 있는지 낮고 쉰 목소리가 다시금 말했다. 당황하지 않아도 된다. 이제 곧 만날 수 있을 테니 서두를 필요 없다. 일단 자두어라. 나는 먼 곳에서 너를 기다리고 있겠다. 눈을 떴을 때, 너는 내게 도착해 있을 것이다. 목소리의 주인은 요시마쓰 겐이치라고 말했다. 그 요시마쓰일까? 가장 먼저 SW 유전자를 주입받은 사람이자 문화경제효율화운동을 주도한 최고 권력자로, 내가 칩을 전달하려 하는 그 요시마쓰가 맞을까? 당신은 그 요시마쓰입니까? 소리 내지 않고 다시 몇 번을 중얼거렸지만, 더 이상 신호는 들려오지 않았다. 개스킷 경기장에서 메모리악을 경유하여 음성신호를 보내온 것도 요시마쓰였을까? 나는 줄곧 감시를 받고 있었던가? 의문이 끊임없이 생겨

났지만 서두를 필요 없다는 목소리를 반추하자 어찌 된 이유
인지 마음이 차분해졌다.

잠에 빠지기 직전, 꾸벅꾸벅 졸면서 창밖과 고도 모니터
를 보았다. 지구는 하반부가 밤으로 덮였고 엘리베이터는 지
상 백팔십 킬로미터까지 상승해 있었다. 시오리라는 입체 영
상이 다가와 로봇 팔이 몸에 담요를 덮어주었다. 담요에는 네
귀퉁이에 추가 들어 있었다. 그래도 양쪽 무릎으로 가볍게 누
르고 있지 않으면 스르륵 몸에서 떨어졌다. 나는 담요를 목까
지 끌어 올리고 두 손으로 가슴 앞에서 팔짱을 끼듯 눌렀다.
목덜미에 닿는 담요의 감촉이 믿을 수 없을 정도로 매끄럽고
부드러웠다.

2

다나카 아키라 님, 이 엘리베이터는 앞으로 이십 분 뒤에
제삼 레지던스에 도착합니다. 시오리라는 입체 영상이 좌석
옆에 와서 군데군데 찌그러진 팔과 손가락을 들고 화상 모
니터 화면을 가리켰다. '469'라는 숫자가 깜박였다. 시오리

라는 입체 영상 바로 옆에 또 하나의 입체 영상이 떠오르더니 손으로 쓴 듯한 삐뚤삐뚤한 글씨가 떴다. 제삼 레지던스에 온 걸 환영합니다. 그 배경에는 크기가 각각 다른 네 개의 동심원에 직각으로 교차하는 두 개의 굵은 꼬챙이를 찔러놓은 것 같은 유치한 그림이 있었다. 동심원 바깥 선에서 마치 혀가 늘어진 것처럼 평평한 타원이 비스듬하게 튀어나왔다. 보십시오. 시오리라는 입체 영상이 그림을 가리키면서 설명했다. 이것은 사십오 년 전에 이 제삼 레지던스를 방문한 유럽의 F. 스윗이라는 아이가 그린 그림입니다만, 정말로 잘 그려서 감탄스럽습니다. 레지던스가 크고 작은 네 개의 도넛과 애비뉴라는 두 개의 통로와 태양광을 반사하여 거둬들이는 거울로 구성되었다는 것이 일목요연하게 표현되어 있습니다. 도넛이라는 음식은 폐해가 큰 식품의 대표라고 아버지의 데이터베이스에서 본 적이 있다. 기본적으로는 동그란 원의 가운데에 구멍이 뚫린 것이 특징이다.

곧 포트에 도착합니다만, 도착한 뒤에는 입장심사관리국에서 간단한 심사를 받습니다. 심사에는 ID 카드가 필요하니 잊지 마시기 바랍니다. 창으로 빛이 들어와서 진행 방향이 밝아졌다. 레버를 조작하여 전방을 올려다보니 유럽 아이가 그렸다는 유치한 그림과 같은 모양의 건조물이 어둠에 떠올라 있었다. 시오리라는 이름의 입체 영상이 레지던스를 설명했다. 레지던스라는 것은 큰 집이나 주거라는 의미의 영어이니, 저 도넛형 건조물은 사람이 거주하는 타입의 우주정거장일 것이다. 네기달의 비행자동차에서 바라본 것과 같은 모양이었지만, 그때는 이만큼 접근하지 않았다. 직각으로 교차하는 두 개의 파이프로 연결되어 중심부에서 방사상으로 많은 기둥이 서 있고 각 도넛의 외주를 따라 작은 날개 같은 것이 있었다. 건조물 안에서 발생시킨 열을 빼내는 라디에이터의 방열 날개일 것이다. 유럽 아이가 그린 그림에는 기둥과 방열 날개가 생략되어 있었다. 엘리베이터의 벨트는 마치 우주정거장 한복판에 빨려 들듯이 원통 모양의 승강구에 고정되어 있는 것 같았다. 가까이 보이는 우주정거장은 희미한 잿빛으로 빛났다. 그러나 주변에는 기계 부품 같은 무수한 쓰레기와 잡동사니가 떠다니고, 표면에는 보수한 자리와 새로 칠한 부분이 눈에 띄었다. 타원형 거울은 뒷면의 코팅이 벗겨졌고, 후방의 지구와 저 너머에 펼쳐진 성운에 비하면 조명도 약해 어딘가 낡은 인상이 있었다.

3

가장 바깥쪽에 위치한 가장 큰 도넛은 BD라고 부릅니다. 빅 도넛입니다. 지름이 약 이 킬로미터로 거주 지구이며, 크고 작은 세 개의 그린 존도 있습니다. 세 개의 그린 존은 큰 순서대로 GZ1, GZ2, GZ3로 나눠지고 각각 식용식물, 삼림식물, 수초와 해조류를 재배하고 있습니다. 중심의 제일 작은 도넛은 TD라고 부릅니다. 타이니드 도넛입니다. 레지던스의 중추로 제어 및 운영의 중심 지구입니다. 두 번째로 큰 도넛은 MD, 미들 도넛입니다. 점포와 공장과 창고와 병원과 오락 시설 등이 있습니다. 두 번째로 작은 도넛은 SD라고 합니다. 스몰 도넛입니다. 행정과 사법과 경찰과 소방, 각종 회의장, 언론 등 공공시설이 있습니다.

레지던스 안은 지구와 거의 공기가 같으며 그린 존에서 이루어지는 광합성으로 재순환됩니다. 각 도넛은 이 분에 한 바퀴씩 천천히 회전하고 있습니다. 원심력으로 중력을 얻고 있어서 뼈도 근육도 걱정하지 않아도 됩니다. 칼슘대사도 면역도 코막힘도 비염도 괜찮습니다. 레지던스는 두께 이 미터 오십 센티미터나 되는 철로 방사선을 차단합니다. 거울에도 방사선 대책 덮개를 씌워놓아서 괜찮습니다. 레지던스는 들어오는 태양광과 생물이 내뿜는 열기를 라디에이터로 발산합니다. 그래도 레지던스 안은 아주 따뜻해서 MD에는 하와이 와이키키를 재현한 해변이 있습니다. 도착한 뒤 엘리베이터에서 내리면 로봇이 화물 운반과 안내를 위해 대기하고 있습니다. 짐을 운반하는 로봇입니다. 대형 여행 트렁크를 여덟 개까지 옮길 수 있습니다. 자, 당신을 입장심사관리국까지 안내해드리겠습니다.

4

엘리베이터가 점점 속도를 늦추더니 이윽고 움직임이 멈추었다. 몸이 텅 빈 굴이 된 것 같은 묘한 감각이 느껴졌다. 가운데를 잡아당긴 것처럼 담요가 둥둥 떠올랐다. 팔을 들거나 다리를 끌거나 할 때 힘이 필요 없었다. 감사합니다, 하고 시오리라는 이름의 입체 영상이 좌석 가까이에 와서 절을 했다. 좌석과 출구를 잇는 공간에 중앙이 움푹 꺼진 통로가 생겼다. 통로 바닥에는 고정된 슬리퍼 같은 것이 있었다. 먼저 백팩을 메라는 지시가 늘린 뒤, 로봇 팔이 뻗어 와서 내 발복을 살짝 잡더니 스니커즈를 신은 발을 슬리퍼 속으로 밀어 넣었다. 통로에는 허리 높이까지 오는 난간이 있고, 시오리라 는 이름의 입체 영상이 꼭 잡으십시오, 하고 안내를 했다. 슬 리퍼에 발을 넣고 손을 뻗쳐 난간을 잡고 로봇 팔이 완전히 벨트를 풀자, 일어서려고도 하지 않았는데 몸이 떠서 갑자기 키가 자란 것 같은 착각이 들었다.

난간을 꼭 잡아주십시오. 안내 방송이 되풀이된 뒤, 슬리퍼 가 통로 끝을 미끄러지듯이 천천히 나아갔다. 그 움직임에 맞 추듯이 난간도 이동했다. 안녕히 가세요, 안녕히 가세요, 안 녕히 가세요, 하는 소리가 몇 번이나 들려와 뒤를 돌아보니 시오리라는 이름의 입체 영상이 손을 흔들고 있었다. 출구 문 이 열린 순간 그녀는 사라졌다. 무거운 공기가 흘러들었다. 출구를 벗어나 거무스름한 금속으로 둘러싸인 작은 방으로 들어가자 갑자기 몸이 무거워졌다. 엄청난 압력이 짓누르는 듯한 느낌에 털썩 주저앉을 뻔했지만 통로 난간을 잡고 간신 히 버텼다. 등 뒤에서 객실 출입문이 닫히고, 방 전체에 신호 가 울렸다. 당신은 이동식 복도에서 내릴 수 있다. 아마 방에 장치된 메모리악에서 일본어로 번역되어 나오는 것 같았다. 당신은 이동식 복도에서 내릴 수 있다. 난간에서 한쪽 손을 떼보았다. 몸이 점점 무거워지면서 중력이 느껴졌다. 바닥에 짓눌리는 듯한 압력이었다.

당신은 걸을 수 있으면 걷는다. 다시 안내 방송이 들려 통로에서 벗어나 조심조심 발을 내딛자, 좌우로 활짝 갈라지듯이 한쪽 벽 전체가 열렸다. 건너편에는 벽과 바닥을 크림색으로 칠한 대형 버스만 한 방이 있고, 환영한다, 환영한다, 하는 기계적인 음성이 들려왔다. 곧 대차에다 원통형 막대를 붙인 것 같은 단순한 모양의 상자형 로봇이 나타났다. 짐을 싣는다, 짐을 싣는다, 하고 막대 부분에서 기계적인 음성이 나왔다. 어깨에서 백팩을 내려 대차에 실었다. 지금부터 제삼 레지던스로 입장하기 위해 심사 장소로 간다. 기계음과 함께 상자 모양 로봇이 천천히 움직였다. 폭이 오십 미터쯤 되는 넓은 복도가 나오고, 같은 간격으로 박힌 창으로 까만 지구와 가로놓인 도넛이 보였다.

입장심사실

1

상자형 로봇은 걸음이 느려서 나는 연신 멈춰 서서 기다려
야 했다. 복도 벽과 바닥은 크림색 페인트가 칠해져 있었지만,
군데군데 벗겨져서 로봇은 꼭 그런 부분에서 비틀거리느라
속도가 떨어져 거의 정지 상태가 되었다. 자세히 보니 로봇은
아주 지저분했다. 본체에도 대차 부분에도 얼룩과 곰팡이가
있었다. 아주 낡은 로봇이었다. 단순히 낡은 것인지, 정거장에
거주하는 사람들의 취향이 복고풍인지는 알 수 없었다.

복도는 넓었시만 천장이 낮고 길이가 짧있다. 복도라기보

다 넓은 거실 같았다. 아무리 둘러봐도 사람 그림자라곤 하나도 없고 다른 로봇도 없었다. 영상간판이나 의자 등의 가구나 난간 같은 것도 없고 그저 무기적인 공간만 펼쳐져 있을 뿐이었다. 우주 엘리베이터는 정거장 중심의 가장 작은 도넛에 도착했다. 그러니 이 넓은 거실 같은 복도는 중앙에서 바깥쪽으로 향하는 통로일 것이다. 중력을 얻기 위해 정거장이 회전한다는 안내 방송이 있었다. 그러나 회전속도가 느린 때문인지 원심력은 느끼지 못했다. 어디선가 동굴에 메아리치는 바람 소리 같은 게 들렸다. 정거장 회전음인지 다른 기계음인지 아니면 내 귀울음인지 확실하지 않았다. 창밖으로 도넛과 어둠과 무수한 별이 보였다. 정거장의 회전에 따라 별이 이동하는 것일 텐데 창이 너무 작아서 확인할 수는 없었다. 현재 지점에서 제일 심사실까지는 삼십 초에서 조금 더 걸린다. 상자형 로봇에서 기계적인 음성이 나오고 잠시 후, 제일 심사실에 도착했다고 할 수 있다, 하는 기계음이 몇 번이고 되풀이되었다.

2

심사실에 도착했기 때문에 심사를 한다. 기계음과 함께 로봇이 정지했다. 심사실은 금속판으로 둘러싸인 아주 좁은 공간으로, 지시에 따라서 바닥에 그려진 발자국 그림 위에 서자 끝에 스캐너가 달린 케이블이 뻗어 나와 내 몸의 윤곽을 훑었다. 신체 정보를 읽은 뒤, 상자형 로봇 모니터에 처음에는 영어로 다음에는 일본어로 '이상 없음'이라는 문자가 떴다. 제이 심사실까지 가기 전에 바라는 것은 소독멸균실을 경유하는 것이다. 다시 기계음이 들려와 사람 한 명이 간신히 들어갈 크기의 공간으로 이동하자, 조명이 꺼지고 캄캄해지더니 몸과 옷 표면에 파르스름한 빛이 수십 초 동안 비쳤다. 장기 체류형 우주정거장에서는 미생물이나 곰팡이가 내부로 들어오지 못하도록 소독을 한다고 아버지의 데이터베이스에 나와 있었다. 갇힌 공간이 곰팡이나 미생물에 감염되면 눈 깜짝할 사이에 피부염이나 폐렴이 퍼진다고 했다.

소독멸균실을 나와 상자형 로봇을 따라 천천히 커브를 그리는 어두컴컴한 통로를 걸어갔다. 통로에는 창도 없고 천장에 박힌 조명은 약해서 발밑까지 닿지 않았다. 상자형 로봇의 대차 끝이 이따금 벽에 닿아 금속끼리 긁히는 소리가 울렸다. 통로 폭이 상자형 로봇의 대차 넓이와 거의 비슷해서 추월하지도 못하고 그지 느릿느릿 뒤를 따라갈 수밖에 없어서 미치

파이프 속을 걷는 듯한 압박감에 한기를 느꼈다. 실온이 상당히 낮았다. 토하는 입김이 부옇게 흐려졌다. 도착했을 때는 주위를 둘러보느라 추위를 깨닫지 못했을지도 모른다.

상자형 로봇은 꾸역꾸역 같은 속도로 나아갔다. 통로가 직선으로 바뀌었다. 잠시 후 전방에 막다른 곳이 나오고 벽 일부가 문이 되었다. 문에는 손잡이가 없고, 카드 판독 장치인 홈이 있었다. 조명이 판독 장치를 비추었다. 상자형 로봇에서 음성이 들려왔다. 당신은 IC 카드를 넣어야 한다. 사츠키라는 여자가 목에 걸어준 카드를 판독 장치의 홈에 꽂았다. 문이 좌우로 접히듯 열리고 나무와 먼지 냄새가 새어 나왔다. 당신은 제이 심사실에 들어왔다. 상자형 로봇에서 음성이 들리고, 통나무를 쌓아 올려 만든 듯한 방이 눈앞에 나타났다. 통나무를 조합한 테이블이 방 한가운데 있고, 그 양쪽에 나무 의자가 몇 개 놓여 있었다.

3

반대쪽 벽의 나무 문이 열리더니 서류를 안은 외국인 남자가 개를 데리고 들어왔다. 은색 머리에 두꺼운 줄무늬 셔츠와 검은 가죽조끼, 파란 데님 바지를 입고 고무장화를 신고 있었다. 백인으로 눈과 입이 조그맣고 코가 빨갰다. 남자는 말없이 의자에 앉아 테이블 위에 놓여 있던 PC와 이십 세기 초반의 라디오처럼 생긴 기기에 전원을 넣더니, 내 얼굴을 보고 턱으로 의자를 가리키며 앉으라고 했다. 역시 추운지 연신 팔과 무릎을 손으로 비볐다. 낡은 라디오 같은 기기는 음성 번역기인 듯했다. 본체에서 선이 나와 테이블 끝에 있는 엄지만한 크기의 마이크에 이어졌다. 남자가 뭔가 얘기했다. 외국어지만 영어는 아니었다. 러시아어였다. 음성 번역기의 입출력 다이얼이 '러시아'라는 영어 표시를 했다. 이 방은 춥다고할 수 있다. 전기 힘이 근래 들어 떨어져 절약이 필요하다. 실제로는 이 개는 라이카견*이라고 할 수 있다. 너는 내가 지금하는 얘기가 네가 이해할 수 있는 언어로 번역되는 것을 이해하고, 이야기의 내용물에 대해서도 이해하고, 이 장소에서지금부터 할 면접 대화의 필요성 및 중요성에 대해서도 이해하는가? 번역기 스피커에서 그런 무기적인 음성이 흘렀다. 대화를 하니 마음이 안정되었다. 러시아 인 심사관뿐 아니라 음성을 내는 번역기에도 친밀함이 느껴졌다. 마치 골동품처럼 낡은 예스러운 모양이어서 지성과 성격을 깃춘 애완용 로봇 같은 존재로 보였다.

이해합니다. 내가 대답했지만 존댓말은 번역하기 힘든지 처리하는 데 시간이 걸리는 것 같아서 '이해한다'로 고쳐 말했다. 사방 몇 미터나 되는 정사각형 방은 난방장치가 있는지 따뜻했다. 천장이 낮아서, 러시아 인 입장심사관은 나보다 키가 몇 센티미터 클 뿐인데도 머리카락이 천장에 닿을 것 같았다. 문자판이 세 개 있는 시계가 벽에 걸려 있었다. 제삼 레지던스 안의 시간을 나타내는 스물네 시간 시계와 낮과 밤을 나타내는 구십 분 시계, 지구 시간을 표시하는 스물네 시간 시계였다. 저궤도 상의 우주정거장에는 밤과 낮이 구십 분마다 찾아오는 듯했다. 정거장에서 본 지구는 사십오 분마다 낮과 밤이 교대했다. 러시아 인 심사관은 주변의 냄새를 맡는 듯이 코를 킁킁거리면서 번역기에는 들리지 않을 작은 소리로 개를 향해 뭐라고 중얼거리고는 테이블 모서리의 단추를 눌렀다. 압축된 공기가 새어 나오는 소리와 함께 천장 가장자리에서 안개 같은 것이 분사되더니 나무 냄새가 감돌았다. 좋은 냄새라고 말할 수 있다. 번역기를 통해 러시아 인 심사관이 고개를 끄덕이면서 말했다.

저 라이카견은 일리야라는 이름을 갖고 있지만 솔직히 말하면 금속 골격과 가동 장치에 진짜 개털을 입힌 인공물로, 내가 나이를 먹어 목이 나빠져 음성이 변화했기 때문에 내 목소리로는 일리야의 반응을 얻을 수가 없어서 오랫동안 일리야가 짖는 소리를 듣지 못한 것이 아주 슬프고 유감스럽다. 일리야는 먼 옛날에 젊은 내 목소리에 반응하도록 제조되었기 때문이다. 당신은 신원보증이 특상인 추천인을 갖고 있다. 테러리스트도 범죄자도 아니고 기록에 따르면 도항 비용도 이미 지불되었다. 거주지 구입 비용 및 오십 년분의 중력비, 공기비, 연료비, 식비, 기타 여러 비용도 지불을 끝내 제삼 레지던스 이주관리국은 이주에 동의한다. 당신은 뭔가 질문할 것을 갖고 있는가? 러시아 인 심사관이 그렇게 말해, 나는 물었다. 요시마쓰라는 인물은 어디에 있는가? 러시아 인 심사관은 PC를 조작한 다음, 대답했다. BD의 최좌익 35호동 F라는 방에 있다고 할 수 있다. 최좌익 35호동 F는 무중력상태로 설정되어 있지만 요시마쓰가 희망해서 최좌익 35호동 F까지는 로봇이 너를 안내할 것이다. 러시아 인 심사관은 깍지 낀 양손을 테이블에 올려놓고 얼굴을 거의 움직이지 않고 표정 하나 바꾸지 않은 채 단숨에 말했다.

4

요시마쓰가 정말로 이 정거장에 있다. 심장박동이 빨라졌다. 아버지가 목숨 걸고 정보를 맡기려고 한 인물을 지금부터 만나게 된다. 더욱이 요시마쓰 본인이 나를 이곳으로 불러들였다. 만나면 그 이유도 명확해질 것이다. 이제 나는 이곳에서 구속되거나 사형될 일은 없다. 요시마쓰가 나를 죽일 생각이었다면 지금까지 몇 번이나 그럴 기회가 있었을 것이다. 처형하기 위해 굳이 우주까지 불러들인다는 건 말이 안 된다. 드디어 아버지와의 약속을 지킬 수 있다. 소리 내지 않고 그렇게 중얼거리고 있을 때, 러시아 인 심사관이 눈앞에 한 장의 사진을 들이밀었다. 한 가족 네 명과 개가 호수 옆 오두막 같은 집 앞에서 서로 팔짱을 낀 채 웃고 있는 사진이었다. 지금보다 젊었을 때의 러시아 인 심사관과 그 가족 같았다. 당신의 가족인가? 물었더니, 심사관이 번역기를 통해 대답했다. 그렇다. 그러나 아닐 것이다. 이 눈부시게 웃는 얼굴을 가진 금발의 여자는 머처로 내 아내다. 키가 큰 소년은 미처로 내 남자 첫아이고, 소녀는 안느슈카로 여자 첫아이다. 이 사진은 소치라는 요양지의 내 별장에서 찍은 것으로 촬영자는 별장 관리인이자 내 비서이기도 한 우라지미르 보로코프였다.

그리운 듯한 표정으로 사진을 바라보던 러시아 인 심사관이 문득 벽 쪽으로 시선을 돌려 낡은 선풍기를 올려다보았다. 선풍기는 먼 옛날의 골동품으로 뽀얗게 먼지를 덮어쓰고 있었다. 심사실은 통로보다는 따뜻했지만 덥지는 않았다. 어째서 선풍기가 필요한 걸까 생각하고 있는데, 심사관이 설명했다. 우리는 공기를 뒤섞는 데에는 구식 선풍기 쪽이 현대적인 송풍기보다 성능이 더 좋다는 것을 알았다. 무거운 우주복을 입고 이 방에서 입장심사를 하던 시절에 꼭 방지해야 했던 것은 내쉰 숨이 얼굴 주위에 머물러 호흡이 곤란해지는 것이었다. 그래서 공기를 휘저어 섞을 것이 필요했다. 아직 이곳이 무중력이었던 시대의 얘기다. 심사관은 옛날을 떠올리는 표정이었다. 선풍기는 동그란 금속망과 그 안에 프로펠러 같은 세 장의 날개가 있는 단순한 구조였다. 테이블과 마주 보는 각도로 기둥에 고정되어 있었다. 나는 선풍기가 도는 걸 보고 싶다는 상상을 했다. 그러자 번역기를 통해 기계 음성이 들려오고 러시아 인 심사관이 벽까지 걸어가서 스위치를 켰다. 금속망 내부의 날개가 천천히 돌기 시작했다. 나는 바람이 부는 것 같다고 생각한다, 지금. 러시아 인 심사관은 번역기를 통해 그렇게 말하더니, 잠시 눈을 감고 양팔을 벌려 온몸으로 바람을 맞고 있었다.

이 세 사람은 존재하지 않는다. 지금도 그리고 어느 시대에도. 러시아 인 심사관이 사진을 가리켰다. 선풍기 날개의 회전음이 방 안에 울리고 있었다. 나는 조금 혼란스럽다. 그건 내가 너를 젊은 사람이라고 인식했기 때문으로, 젊은 사람은 이곳에 별로 오지 않는다고 들었다. 실제로 내가 젊은 사람을 본 것은 네가 처음이다. 이곳에는 노인들뿐이다. 나는 평소 바람을 좋아해서 바람을 느끼고 있고 싶다. 나는 네가 일본 인이라고 추측한다. 그건 네가 일본어를 하기 때문이다. 나는 삼십이 년 전에 서른일곱 살의 나이로 이주해 왔지만 그 시절에 이미 국가는 사라졌다. 지구 각지에 계급별 주거지가 있어서 최상층 사람만이 이곳에 입장이 허락됐다. 나는 우주 조종사였지만 엘리베이터가 출현하는 바람에 일을 잃고 심사관의 신분을 보장받고 개와 가공의 가족이 생겼지만 바람이 없는 것이 이곳의 결점이라고 할 수 있다. 개는 죽었다. 이십삼 년 전에 개가 죽었다. 라이카견으로 수놈이었다. 이름은 일리야로 호흡을 느낄 수가 있었다. 얼굴을 맞대면 마치 바람처럼. 나는 개 로봇을 만드는 데 허가를 받느라 사 년을 소비했다. 일리야의 피부와 털을 냉동 보존하여 그걸 그대로 표면에 입힌 인공 개를 얻게 될 날을 기다리며 날마다 일에 충실했다. 너는 젊어서 내 부탁을 들어줄 수 있을까? 나는 그 사실에 흥미가 있다. 개의 이름을 불러달라는 부탁인데 가능할까?

　나는 개 이름을 불렀다. 일리야. 일리야. 일리야. 유리구슬의 눈을 가진 인공 개가 한 번 움찔 몸을 떨더니, 이내 기계적으로 재현된 소리로 몇 번 짖었다. 그리고 고개를 따그락따그락 위아래로 흔들다가 부자연스럽게 빨간색 비닐 혀를 축 늘어뜨렸다. 제어장치가 망가졌는지 비닐 혀는 바닥에 닿을 듯 길게 늘어져 목의 상하 운동을 따라 흔들렸다. 고맙다. 러시아 인 심사관이 희미하게 미소를 짓고, 번역기에서 기계 음성이 흘러나왔다. 너는 앞으로 최좌익 35호동 F까지 안내받아서 가게 될 거다.

5

　러시아 인 심사관이 내 어깨에 오른손을 올리고 말했다. 마지막으로 주의를 하고 싶다. 너는 레지던스 안의 실내 스위치를 건드리면 안 된다. 그렇게 몇 번이나 고개를 끄덕이며 일러준 뒤, 손바닥만 한 크기의 아주 얇은 플라스틱판을 꺼내 보여주었는데, 그것을 파피무스 보니너라고 했다. 종이저럼 얇은 모니터로 실제로 보는 것은 처음이었다. 아버지의 데이터베이스에서 본 적이 있는데, 너무 얇아서 쉽게 접히거나 구부러지고 편광이 생겨 각도에 따라 보기가 불편해 널리 보급되지 않았다고 했다.

무중력상태에서는 사용이 쉽기 때문에 재고 물량을 대량으로 보내와서 아직까지 쓰고 있는데, 인공중력이 작동하는 거주형 우주정거장 내에서는 구부러지지 않도록 주의할 필요가 있다. 이게 그거다. 즉 도면이라고 할 수 있다. 러시아 인 심사관은 그렇게 말하면서 모니터 모서리를 더듬어 화면에 알파벳문자가 있는 키보드를 띄웠다. 먼저 B와 D를 살짝 건드린 다음, 한 글자 떼고 L, E, F, T, M, O, S, T 순서로 가볍게 두드리듯이 키보드를 건드리고, 3과 5와 F를 누른 뒤, 미소를 지으며 'enter'를 집게손가락 등으로 눌렀다. 그러자 크고 작은 도넛 네 개가 있는 입체 설계도 같은 것이 떠올랐다.

이것은 전체도라고 할 수 있다. 러시아 인 심사관이 말했다. 그리고 두 번째 작은 도넛에 손가락을 대면서 SD, 지금 너는 이곳이다, 했다. 다음으로 모니터 위쪽에 있는 'larger'라는 마크를 가볍게 두 번 두드리자 SD 일부가 확대되고 빨간 점이 깜박거렸다. 나의 현재 위치인 듯했다. 방을 나올 때 왜 실내 스위치를 건드리면 안 되는지 물어보았다. 러시아 인 심사관은 비닐 혀를 바닥까지 늘어뜨린 인공 개의 머리를 쓰다듬으며 실내 스위치는 모두 죽음으로 연결되어 있다고 대답했다.

최좌익 35호동

1

복도에는 추상적인 무늬가 그려진 융단이 깔려 있었다. 여기저기 낡고 닳은 융단은 꽤 오래된 것 같았다. 파피루스 모니터에 따르면 나는 두 번째로 작은 도넛 SD에서 그 바깥쪽에 있는 도넛 MD로 향하는 연결 통로를 지나고 있었다. 네 개의 도넛을 연결하는 기둥 부분이었다. 심사실 바깥에서 안내 담당 로봇이 교체되었다. 상자형 로봇에서 직립보행 인간형 로봇으로 바뀌었다. 인간형 로봇이 처음으로 한 일은 대차에서 내 백팩을 들어 벽 쪽에 있는 직사각형 구멍에 넣은 것이었다. 그리고 옆에 있는 판독기에 파피루스 모니터를 대라고 은색 손가락으로 가리켰다. 구멍은 압축공기를 이용한 배송 장치로, 화물이 자동적으로 최좌익 35호동 F까지 운반되는 듯했다. 은색의 인간형 로봇은 내 키의 절반 정도 되는 크기였는데, 머리에 간략화한 눈과 코와 입이 붙어 있었지만 단순히 친근감을 갖게 하기 위한 것이었다. 구형이어서 움직임이 어색했다. 로봇은 인간형일 필요가 없다는 단순한 이유로 직립보행 인간형 로봇은 수십 년 전에 생산이 끊겼다고 아버지의 데이터베이스에 나와 있었다. 입장자를 위한 서비스인지 인간형 로봇은 걸어가면서 사람 목소리와 비슷한 음성으로 굿모닝, 굿애프터눈이라고 인사를 하고, 아직 아무 질문도 하지 않았는데 또 질문 없습니까, 하고 존댓말로 물었다. 대답하지 않고 걸어가자, 고개를 가로젓는 동작을 하면서 몇 번이나 되물었다. 또 질문 없습니까?

복도는 곳곳에서 구부러졌다. 천장은 낮고 촛불을 흉내 낸 옅은 오렌지색 조명이 벽에 줄줄이 박혀 있었다. 창은 없고 가로로 긴 영상간판이 같은 간격으로 벽에 여러 개 걸려 있었다. 영상간판에는 사막에 지는 노을, 북국의 빙하, 초고층 빌딩이 늘어선 대도시, 새 떼가 춤추는 산악 지대 등 지구의 대표적인 풍경이 떠올랐다. 장대한 영상이었지만 쉽게 질렸다. 줄곧 미소를 짓고 있는 사람을 보는 것 같았다. 군데군데 희미하게 냄새가 나는 포인트가 있었다. 무슨 냄새인지는 알 수 없었다. 목적한 장소까지 앞으로 어느 정도 시간이 걸릴지 압니까? 인간형 로봇에게 존댓말로 물어보았다. 목적, 장소, 어느 정도, 시간, 걸릴지, 안다, 목적, 장소, 어느 정도, 시간, 걸릴지, 안다, 말입니까? 로봇은 어색하게 반추하더니, 당신의 목적과 장소는 시간에 따라 걸릴지 알지 바로 알겠습니다, 하고 무슨 소린지 알 수 없는 말을 했다. 이 인간형 로봇에게는 일상적인 대화를 하는 능력이 없구나, 생각했다. 로봇은 금속 입을 뾰족하게 일그러뜨리고 웃는 얼굴을 만들더니 또 같은 대사를 되풀이했다. 또 질문 없습니까?

어떻게, 이 제삼 레지던스가, 만들어졌습니까? 나는 말을 하나하나 끊어서 물어보았다. 어째서 이 제삼 레지던스가, 만들어졌나, 어째서 이 제삼 레지던스가, 만들어졌나, 물, 식료품 등, 자원, 고갈과, 온난화에 따른 환경, 악화가 구세계 각국의 사회불안을 낳고, 지도층은 국가 간, 전쟁의 어리석음을 알고 있기, 때문에 선전을, 이용해서 정보의, 통제를 꾀해 세련된, 계층화를 실현하는, 것으로 대처하려고 했다. 따라서 분쟁은 반드시, 내란 형태가 되었지만 각국의, 반란군은 정보를, 차단당하고 조작당해 제휴, 연대를 할 수, 없어서 대부분의, 나라에서는 최상층 계급이 승리를, 거두어 우주에 새로운 개척지를 구하게 됐습니다, 됐습니다. 인간형 로봇은 대화는 무리지만 정거장의 역사나 내부 기능 등 입력된 데이터를 설명하는 것은 잘하는 듯했다. 복도에 떠도는 냄새의 원인을 묻자, 십구 세기 프랑스의 어느 유명한 호텔 복도를 충실하게 재현한 거라고 했다. 메모리악으로 당시의 냄새도 환기시켜 놓았다는 것이다. 사람, 특유의 냄새입니다. 땀이나 기름기 등 사람의 체취, 개나 고양이 같은 동물의 냄새, 요리와 그 찌꺼기, 조금 썩은 채소나 고기, 화장실 냄새 등입니다, 등입니다.

이 레지던스가 완성된 당시에는 움직이는 복도였습니다만, 태양광 전지판이 노후화하는 바람에 복도가 움직이지 않게 됐습니다. 전력은 주로 중력 유지와 온도 조절, 불순물을 제거하는 저온 증류장치, 그린 존에 쓰이고 있습니다. 나는 러시아 인 심사관에게 받은 파피루스 모니터를 조심스럽게 펼쳐 SD와 MD에 해당하는 지역을 띄우고 위치를 확인했다. 우리는 BD의 최좌익까지 최단거리로 이동하고 있었다. BD는 도넛을 육 등분으로 자르듯이 최우익, 우익, 상부 중앙익, 좌익, 최좌익, 하부 중앙익의 여섯 군데로 나뉘어 있었다. 도넛은 회전하기 때문에 좌우나 상하로 구획을 표시하는 게 이상하지만, 주소 표기 같은 것이리라. 좌익과 최좌익, 하부 중앙익과 우익, 최우익과 상부 중앙익 사이에 각각 GZ라고 부르는 그린 존이 있었다. 파피루스 모니터에 따르면 이제 곧 SD와 MD를 잇는 복도가 끝날 터였다.

2

MD로 이어지는 입구에서 여섯 가닥의 짧은 촉수가 튀어나온 원통형 몸통을 가진 소형 경비 로봇이 ID와 통행 허가증을 요구하여 사츠키라는 여자가 준 카드를 몸통 위쪽의 투명한 판독기에 대자, '불가不可'라는 한자와 'NOT APPROVE'라는 영어의 빨간 불이 켜지고 부저가 울렸다. 인간형 로봇은 그저 우두커니 서 있을 뿐 아무것도 도와주지 않았다. 어떻게 해야 좋을지 몰라 이름을 댈까 생각하고 있는데, 열린 문 너머에서 색상이 화려한 휠체어를 타고 짙은 색 선글라스를 낀 백발노인이 나타나더니 턱을 살짝 치켜들고 그거야, 하듯이 내 오른손에 들린 파피루스 모니터를 가리켰다. 단순한 도면이 아니라 레지던스 안의 ID와 통행 허가증이 되는 듯했다. MD 내부로 들어가 인사를 하려고 아까 그 휠체어 노인을 찾았지만, 강한 빛이 빗살무늬 모양으로 들어오는 광대한 공간에는 같은 휠체어를 탄 노인들이 많은 데다 전원이 똑같이 파란 파자마 같은 옷을 입고 선글라스를 끼고 있어서 누가 파피루스 모니터에 대해 가르쳐주었는지 알 수 없었다.

창틀이 가느다란 격자형으로 되어 있었다. 창호라는 것으로 아버지의 데이터베이스에서 본 옛날 일본의 창 같았다. 눈앞의 공간은 광대했지만 머리카락이 닿을 정도로 천장이 낮아서 원근감이 흐트러졌다. 게다가 격자형으로 들어오는 빛이 너무 강해서 초점이 흐려지고 시야가 어른어른 흔들리는 느낌이었다. 빛은 내가 태어나 자란 섬의 여름 햇살보다 훨씬 강했다. 간호용 기구를 장착한 팔을 가진 반구형 로봇과 무수히 많은 휠체어가 돌아다니고 있었다. 휠체어는 바퀴가 빨간색, 좌우 팔걸이가 각각 검은색과 흰색, 등받이와 발판은 선명한 핑크와 오렌지색이었다. 몇 대의 휠체어당 한 대꼴로 간호 로봇이 배치되어 있었다. 동행한 인간형 로봇은 직선으로 공간을 횡단하려고 했지만 움직임이 어설퍼서 종종 휠체어나 간호 로봇과 부딪칠 뻔했다. 접촉을 감지하는 센서가 장비되어 있는지 휠체어나 간호 로봇이 그때마다 재빨리 진로를 바꾸어 충돌을 피했다. 몇 겹으로 포개져서 계속 이동하고 있으니 사람이 얼마나 되는지 알 수 없었다. 게다가 휠체어나 간호 로봇의 움직임이 민첩해서 눈으로 이동을 좇을 수도 없었다.

공간에는 전혀 소리가 나지 않았다. 휠체어도 간호 로봇도 바닥을 미끄러지듯이 이동하고 있지만 동력음도 마찰음도 들리지 않았다. 여러분들이 태양광을 쬐고 있군요. 인간형 로봇의 설명이 공간 전체에 묘하게 크게 메아리쳤다. 그러나 한꺼번에 긴 시간 일광욕을 하면 좋지 않으니까 얼룩무늬 빛 속을 일정한 빠르기로 지나가는 겁니다, 겁니다. 주위 광경에 눈이 익숙해진 뒤에 보니 노인들은 휠체어에 고정되어 있었다. 신축성이 있는 투명한 벨트로 등받이와 팔걸이와 발판과 다리 받침대에 몸을 고정시키고 아치형 쿠션에 묻힌 머리 부분의 이마에 벨트를 채워놓았다. 노인들은 몸을 전혀 움직이지 않았다. 발끝부터 손끝, 머리에 이르기까지 어느 한 부분도 움직이지 않았다. 그리고 보니 MD에 들어가기 위한 ID가 파피루스 모니터란 걸 가르쳐준 노인도 희미하게 턱만 움직였다. 선글라스 때문에 눈은 보이지 않았지만 얼굴에 표정이 없었다. 턱까지 고정된 노인도 있었다. 얼굴도 몸도 이완된 느낌이었다. 노인이어서 피부가 늘어지는 건 당연하지만, 몸의 표면뿐 아니라 더 안쪽이 이완되어 뼈가 없는 것 같았다. 여러 나라 사람들이 있을 텐데 생김새가 모두 똑같아 보였다. 남자인지 여자인지도 알 수 없었다.

앞에 가고 있던 인간형 로봇이 갑자기 정지하더니 머리 부분을 회전하여 나를 보고 말했다. 밤이군요. 기계 음성이 조용한 공간에 울렸다. 그 뒤, 모든 휠체어와 간호 로봇의 움직임이 멈추었다. 공간 전체가 얼어붙은 것 같았다. 바닥에 퍼져 있던 격자무늬의 빛이 무서운 속도로 오른쪽 끝에서부터 사라져갔다. 태양이 구름에 가려 그림자가 퍼질 때와 달리, 어둠이 덩어리가 되어 공간을 처바르고 짓이기는 것 같았다. 그때까지 쏟아지던 빛을 억지로 벗겨내듯이 거의 순식간에 어둠으로 바뀌었다. 저궤도 상의 우주정거장에서는 사십오 분마다 밤과 낮이 바뀌었다. 그러나 실제로는 밤과 낮의 교대가 아니라 빛의 소멸이었다.

3

공간의 천장과 바닥에서 약한 조명이 켜지고 속도를 늦춘 휠체어가 이동을 재개했다. 옆으로 나란히 늘어선 수십 대의 휠체어 대열이 몇 줄이나 생기더니 전체적으로 퍼져갔다. 간호 로봇이 줄 사이를 재빨리 이동하면서 팔걸이에서 쟁반을 꺼내 그 위에 깡통 같은 용기를 올려놓았다. 인간형 로봇과 나는 줄을 선 휠체어 한복판을 걸어가고 있었다. 식사입니다, 하는 기계 음성이 인간형 로봇에게서 들려왔다. 간호 로봇이 몇 개의 팔을 자유자재로 움직여서 휠체어 쟁반에 놓인 깡통에서 유동식 같은 것을 떠 노인들에게 먹여주었다. 액체에 가까운 유동식을 입으로 흘려 넣어주는 것이었다. 이 노인들은 근육과 뼈가 퇴화해서 휠체어에 고정되어 있었다. 우주에서는 근육과 뼈가 퇴화한다는 정보를 아버지의 데이터베이스에서 본 적이 있다. 그것은 무중력 탓인데, 이 거주형 우주정거장은 회전에 의한 원심력으로 인공중력을 만들어낸다고 했다. 중력이 있는데도 어째서 이 노인들은 근육이 위축된 걸까? 인간형 로봇에게 질문하자, 기계 음성이 돌아왔다. 노인이어서입니다, 노인이어서입니다. 노인은 젊은이보다 근육과 뼈의 퇴화가 쉽게 진행되어서입니다, 노인은 젊은이보다 근육과 뼈의 퇴화가 쉽게 진행되어서입니다. 옛날 이 레지던스는 사반세기에 걸쳐 중력이 없는 시대가 계속되었습니다. 당시에 이주한 노인들은 근육과 뼈의 감소가 현저했습니다.

MD와 BD를 연결하는 통로는 SD와 MD 사이의 복도보다 배 이상 넓고, 사람 얼굴이 딱 들어갈 정도의 동그란 창이 나란히 있었다. 주머니에 넣어둔 파피루스 모니터를 다시 꺼내 위치를 확인했다. 접히지 않도록 위아래 끝을 잡고 펴야 했다. 우리는 MD에서 BD로 뻗은 여덟 개의 통로 가운데 최좌익에 가장 가까운 길을 선택했다. 통로에는 장식이 전혀 없었다. 바닥에도 벽에도 소재나 접합재료가 그대로 드러나 있고, 조명은 천장에 바로 달려 있었다. 하지만 동력을 절약하기 위해서인지 발밑만 간신히 보일 정도의 밝기였다. 게다가 실온이 낮아서 추웠다. 나는 도중에 몇 번이나 창에 턱을 갖다 대고 밖을 내다보았다. 오른쪽 후방의 MD 내부에 기묘한 풍경이 보였다. 바다와 모래사장을 모방한 공간이었다. 그러고 보니 엘리베이터 안에서 하와이 와이키키를 일부 재현한 모래사장이 있다는 안내 방송을 들었다. 파피루스 모니터를 열어 MD의 'Waikiki beach'라고 적힌 부분에 가볍게 손가락을 대보았다. '해수 장치 수리 중'이라는 일본어가 뜨고, 경사진 바닥에 약간 남아 있는 탁한 물의 영상이 잠시 나오더니, '수영 불가'라는 글이 이어졌다. 한 번 더 창밖을 내다보았다. 창으로 보는 것이어서 시야는 한정되었지만, 담요 같은 것을 둘둘 말고 모래사장에 누워 있는 사람이 몇 명 보였다.

왼쪽 전방에 무성한 숲처럼 보이는 공간이 있었다. GZ라고 부르는 그린 존으로 불빛이 환하게 켜져 있었다. 아주 밝은데 전기를 저렇게 사용해도 괜찮으냐고 로봇에게 질문하자, 대기를 만들어내기 위해 식물은 꼭 필요한 것이므로 GZ 전기는 아낄 수 없다는 답이 돌아왔다. 그린 존에서 불빛이 새어 나와 바로 눈앞에 다가와 있는 가장 큰 도넛 BD의 둘레에 초록색 빛의 선이 달렸다.

35호동 F 그 1

1

　BD에는 입구라고 할 만한 것도 없고 경비용 로봇도 없어서 ID를 제시할 필요가 없었다. MD보다도 훨씬 천장이 높고 현관홀처럼 툭 트인 공간이 있었다. 휠체어를 탄 사람들과 지팡이를 짚고 혼자 힘으로 걸어가던 사람들이 나를 발견하고 휠체어를 멈추거나 걸음을 멈추고 무표정하게 이쪽을 바라보았다. 모두 하얀 피부의 서양 노인들뿐이었다. 안녕하세요. 나는 일본어로 인사를 했지만, 번역 장치가 없는지 다들 고개만 끄덕거렸다. 파피루스 모니터에 따르면, 최좌익 거주 구역은 열 개의 블록으로 나뉘고 각 블록마다 나섯 개의 동이 있으며 각 동에는 A에서 H까지 여덟 개의 방이 있었다. 방들의 넓이는 전부 비슷해 보였다. 1호동에서 25호동까지는 홀 오른쪽에, 25호동부터 50호동까지는 왼쪽에 완만한 커브를 그리며 나란히 있었다. 바닥에는 벽돌 타일을 본뜬 수지를 깔아놓았고, 벽에 걸린 커다란 영상간판에는 해안선을 달리는 젊은이들의 모습이 흐르고 있었다. 관엽식물이 여기저기 놓여 있었는데, 모두 비닐로 잎 표면은 먼지로 지저분했다.

천장이 시원하게 뚫린 홀을 왼쪽으로 걸어가는데, 아키라, 하는 소리가 머리 안쪽에서 울렸다. 요시마쓰의 목소리였다. 아키라, 지금 어디냐? 요시마쓰의 목소리에 나는 대답했다. 'building. No. 32'라는 표시가 보입니다. 그러냐. 그렇구나, 32번까지 와 있구나. 그렇다면 부디 서둘러라. 지금 칠흑 같은 지구에 번개가 쳐서 도시의 불빛이 조금씩 꺼져가고 있다. 앞으로 이십 분 뒤에 새벽이 올 텐데 그 새벽을 보여주고 싶다. 빨리 와주면 고맙겠다. 가장 큰 도넛인 BD의 내부는 삼층짜리 건물이 쏙 들어갈 만큼 크고 천장도 높았다. 내가 태어나서 자란 섬보다 훨씬 큰 것 같았다. 천장이 없는 통로가 커브를 그리며 끝없이 뻗어 있고, 그 양쪽에 컨테이너를 쌓아놓은 듯한 구조의 거주 동이 블록을 이루고 있었다. 각 블록의 용적은 거의 같았다. 다만 능선이 조금씩 다른 산맥처럼 블록 형태가 미묘하게 달랐다. 눈앞의 거주 동 표면에 영어와 숫자로 'Building. No. 31'이라고 쓰여 있었다. 이 층짜리 창고 같은 설계로 홀수 동은 위층, 짝수 동은 아래층이었다.

2

34호동 옆에 35호동으로 이어지는 에스컬레이터가 있었지만, 먼지가 소복한 것이 움직일 기색이 없었다. 작동시킬 버튼을 찾고 있는데, 인간형 로봇에게서 기계 음성이 들렸다. 이것은, 움직이지 않습니다, 않아요. 멈춰 있는 에스컬레이터를 걸어 올라가고 있을 때, 다시 요시마쓰의 목소리가 들려왔다. 아키라, 지금은 어디를 걷고 있느냐? 나는 대답했다. 35호동이라는 표시가 지금 막 보였습니다.

35호동은 크고 작은 직육면체와 정육면체 장난감을 쌓아놓은 것처럼 울퉁불퉁한 형태였다. A에서 H까지 여덟 개의 주거로 나뉘고, 각각 세 개씩의 컨테이너를 조합하여 하나의 주거를 이루었다. 각 동 앞의 동로에는 관엽식물 화분과 좁은 화단이 있고 쌓아 올린 컨테이너 틈으로 베란다처럼 좁은 공간이 있어 잔디 비슷한 풀이 자라고 있었지만, 전부 비닐로 만든 인공물로 먼지를 뒤집어쓰고 있었다. 여기서 당신과는, 이별입니다. 인간형 로봇이 금속 손가락으로 F 컨테이너를 가리켰다. BD에 들어갔을 때는 주위에 몇 명의 서양인들이 있었는데 이 주변에는 어째서 아무도 없습니까? 나는 질문했다. 이 일대 주민은 무중력상태에서 지내는 경우가 많아서 주거 밖으로 나오지 않습니다. F, 내부에 들어가면 먼저 속칭 펭귄 슈트라고 부르는 무중력 슈트를 입고 이미 도착했을 짐을 확인합니다, 합니다. 인간형 로봇은 마지막 지시를 내리고 어색한 걸음으로 통로를 되돌아갔다.

　제일 앞줄에 있는 컨테이너에 문으로 보이는 네모난 테두리가 있었다. 가운데에 판독기 같은 것이 있어서 파피루스 모니터를 대자 몸을 옆으로 해서 간신히 들어갈 수 있을 정도의 틈이 생겼다. F라는 표시를 한 번 더 확인하고 안으로 들어갔다. 안은 어두컴컴했다. 바로 문이 닫히고 책상 같은 곳에 내 백팩이 있어 그걸 집어 들었을 때, 바닥에 누군가 천장을 보고 누워 있는 것이 눈에 들어와 비명을 지르고 말았다. 아키라냐? 지금 소리가 들렸는데, 그 소리는 아키라냐? 요시마쓰의 목소리가 울려왔다. 그렇습니다, 안에 들어왔습니다만 바닥에 누가 누워 있습니다. 내 대답에 이어 앗앗앗앗앗앗앗앗앗, 하는 숨이 막히는 듯한 기묘한 소리가 들렸고, 그것이 웃음소리란 걸 깨닫는 데는 시간이 좀 걸렸다. 그것은 무중력 슈트다. 네가 불편함 없이 행동하려면 그걸 입어야 한다. 요시마쓰가 설명했다.

무중력 슈트에는 머리에 덮어쓰는 헬멧이 달려 있고, 여기저기에 납이 들어 있어 한 손으로는 들어 올릴 수 없을 정도로 무거웠다. 이불 속에 들어가듯이 바닥에 눕혀놓은 슈트 속으로 몸을 넣으려고 했지만, 일어나지 못할지도 모른다는 생각이 들어서 쭈그리고 앉아 쓰러진 사람을 일으키듯이 겨드랑이 밑으로 팔을 넣고 온 힘을 다해 들어 올려 책상 같은 곳 위에 앉히듯이 놓았다. 광택이 나는 탄소섬유로 만든 슈트는 은색과 오렌지색이 섞여 있었다. 접속 벨트를 풀자 머리 부분과 상반신이 뒤로 꺾여 먼저 하반신 부분에 다리를 넣기로 했다. 신발을 신은 채 다리를 끼웠더니 발끝이 잘 맞지 않았다. 다시 신발을 벗고 시도했지만 이번에는 너무 헐렁해서 발이 안정되지 않았다.

아키라, 뭐하는 거냐. 빨리 오지 않으면 새벽이 오는 걸 보지 못한다. 어두컴컴한 방 전체에서 요시마쓰의 목소리가 울렸다. 무중력 슈트 입는 게 힘들다고 대답했더니, 프리 사이즈여서 누구의 몸에나 맞게 되어 있으니 하반신부터 넣고 허리에 달린 케이블 끝에 있는 조절 장치 전원을 켜면 슈트의 내부가 몸을 스캐닝해서 저절로 변형된다고 가르쳐주었다. 정말로 허리에 연결된 케이블 끝에 조절 장치가 있었다. 나는 하반신 부분에 두 다리를 넣고 몸을 비틀듯이 해서 팔을 끼우고 상반신 부분과 헬멧을 끌어당겼다. 양손으로 헬멧을 잡아 머리에 쓰고, 아랫배부터 가슴까지 달린 겉단추를 닫고, 허리의 조절 장치를 슈트 장갑의 손가락과 손가락 사이에 끼워 조작할 수 있도록 했다. 마지막으로 팔을 집어넣은 뒤, 조절 장치의 'POWER'라고 표시된 단추를 눌렀다.

어깨와 팔과 다리 바깥쪽 선에 불이 켜지고 헬멧에서 페이스 마스크가 내려왔다. 얼굴을 좌우로 흔들어 시야의 넓이를 확인했다. 눈 부분에 정교한 렌즈가 달려 있는 듯 충분한 시야가 확보되었다. 온몸이 몇 번 가볍게 조여졌다가 느슨해졌다가 하더니 슈트가 몸에 찰싹 밀착했다. 내부에 기분 좋은 감촉의 완충재가 들어 있어 압박감이 없었다. 특히 목과 가슴이 부드러워서 전혀 숨쉬기에 불편하지 않았다. 팔을 움직이고 다리를 앞으로 내밀어보았다. 실제 동작보다 한 박자 늦게 슈트가 움직였다. 마치 내가 정교한 로봇이 된 것 같았다. 장갑 손가락 부분의 탄소섬유는 피부처럼 얇고 섬세해서 미묘한 움직임이 가능하여 가는 끈 모양인 백팩의 어깨 벨트를 가볍게 집어 올릴 수 있었다. 무중력 슈트를 다 입었으면 방문을 열어도 되겠나? 요시마쓰의 목소리가 헬멧 내부에서 들려왔다. 다 입었습니다, 하고 대답했더니 네 슈트 차림이 보이는구나, 하는 요시마쓰의 억양 없고 기계적인 음성이 울렸다.

3

어두컴컴한 방 안쪽의 문이 열리고 사방 일 미터 남짓한 작은 방이 나타나 들어갔더니 또 바로 문이 닫혔다. 잠시 기다리면 원심력이 상쇄되어 중력이 사라진 뒤 내 방에 들어올 수 있다. 요시마쓰의 목소리가 헬멧 안에서 울렸다. 작은 방 내부에서 어떤 변화가 일어났는지 모른다. 원심력이 만들어낸 중력을 상쇄한다고 요시마쓰가 가르쳐주었지만, 무중력 슈트를 입고 있는 탓인지 몸이 가벼워진 것 같지가 않았다. 이윽고 작은 방 한쪽 벽이 바깥쪽으로 밀려나듯이 열리고 격자형의 시야가 펼쳐졌다. 아키라, 잘 왔구나. 요시마쓰의 목소리가 펭귄 슈트 헬멧 안에서 울렸다. 방에는 어른 엄지만 한 굵기의 로프 같은 것이 정글짐이라는 아이들의 놀이기구처럼 격자형으로 쳐져 있었다. 로프에는 탄력이 있는 것 같았다. 로프와 로프의 간격은 가로세로 수십 센티미터 정도였다. 요시마쓰는 격자형으로 쳐진 로프 한가운데 있다가 둥실둥실 떠오르듯이 내 쪽으로 다가왔다. 몸과 팔다리는 비정상적으로 가늘고 아랫배에 재색 천을 두르고 있었다. 투명한 실리콘으로 만든 입체 가면처럼 보이는 머리가 목 위에 있고, 그 중심에 그대로 노출된 뇌가 끈적끈적한 젤 상태의 것으로 덮여 있었다. 뇌에 연결된 색색의 케이블 십여 다발은 몸통에 두른 벨트에 부속된 몇 개의 장치에 접속되었다. 머리 한복판에 카메라 렌즈와 똑같은 인공 눈이 튀어나와 있었지만, 코와 입과 귀는 없었다. 목과 복부에 몇 가닥의 튜브를 꽂은 채, 요시마쓰는 격자형 로프를 타면서 이동했다. 마침 잘됐다, 막 새벽이 시작되는 참이었다, 하는 소리가 헬멧 안에 울렸다.

방은 부채꼴로 벽 쪽에 약한 조명이 있었다. 커브를 그리는 안쪽 벽이 좌우로 갈라지고 사방 일 미터의 창이 나타났다. 이 우주정거장에 들어온 뒤로 그렇게 넓은 창은 보지 못했다. 요시마쓰가 철사처럼 가는 손가락으로 줄을 잡고 발을 로프에 걸치고 몸을 흔들거리면서 단안 렌즈인 눈을 창 쪽으로 돌렸다. 몸통 표면은 반투명한 인공 피부로 덮여 있고, 장기는 아주 가는 섬유로 뼈에 고정됐다. 그 중심부에 혈관이나 판막 등 재생된 기관과 실리콘을 조합한 동그란 모양의 인공심장이 있어 혈액을 순환시키는 모터 소리가 희미하게 들렸다. 팔과 다리에는 여기저기 탄소섬유 인공관절이 박혀 있고 뇌에서 뻗어 나온 케이블이 접속되어 있었다. 방구석에 혈액과 영양물을 보내고 배설물을 흡입하는 의료용 기기가 몇 개 놓여 있었다. 요시마쓰의 몸 중에서 가장 굵은 부분인 흉부도 지름 이십 센티미터 남짓이어서 정글짐 같은 격자형 로프 사이를 자유롭게 통과할 수 있었다. 안식의 동굴에서 본 몸에 구멍이 뚫린 사람들과 이곳에 오는 도중에 본 휠체어 탄 사람들보다 위화감이 적어서 살아 있다는 느낌을 받을 수 있었다. 메모리악을 통해 대화가 가능하고 무엇보다 자유롭게 이동하기 때문일 것이다.

요시마쓰가 로프에 손발과 몸통을 올리고 몸을 옆으로 뉘어서 난안 렌즈로 칭밖을 보며 메모리악을 통해 말했다. 이

구획의 유닛에서는 항상 지구를 바라볼 수 있다. 이 구획의 유닛은 경제적인 것뿐이 아니라 지구에서의 사회적, 문화적 공헌도를 중시하여 공급되었지만, 나는 사실 그런 건 원하지 않았다. 게다가 그런 건 앞으로 시작되는 것에 비하면 정말로 별것 아닌 일들이다. 요시마쓰는 뼈에다 인공 피부만 둘둘 만 손가락으로 창밖에 희미하게 떠오른 지구를 가리켰다.

밤으로 덮인 지구는 윤곽이 떠올랐다가 사라졌다가 했다. 어느 부분에 무수히 작은 빛이 보일 때도 있었지만, 또 바로 사라졌다. 구름이 많은 것 같으니 방의 불을 끄도록 하자. 요시마쓰의 목소리가 들렸다. 알겠습니다, 하고 내가 몇 개의 스위치가 있는 입구 근처의 상자에 다가가려고 할 때였다. 잠깐! 강한 음성이 헬멧 내부를 통해 관자놀이에 통증을 느끼게 했다. 스위치들 중에서 중력 상쇄 해제 스위치를 켜면 이 방에 원심력이 작용하여 중력이 생겨나 내 몸은 짓눌려 분해되고 만다. 그 밖에 E 포드라는 일 인승 우주선의 안전장치 해제 스위치도 있고 공기 배급을 조절하는 스위치도 있으니 어떤 스위치든 너는 스위치를 건드려서는 안 된다. 그렇게 일러주는 요시마쓰의 목소리는 몹시 힘이 없어진 느낌이었다. 방 스위치에 손대면 안 된다고 했던 러시아 인 심사관의 마지막 말이 떠올랐다. 요시마쓰는 로프를 타고 이동하여 천장에 매달려 있는 리모컨 기기를 손에 들고 방의 불을 모두 껐다. 그보다 아키라, 드디어 밤이 끝난다. 그리고 다시 가는 손가락으로 창밖의 지구를 가리켰다.

4

작은 빛이 모여 있는 곳이 몇 개 보였다. 대도시에 밀집한 건물들의 불빛 같았다. 정지궤도에서 바라보는 초고층 건물들은 아주 미미하게 기울어진 듯해서 불이 켜진 무수한 창이 서로 포개져 아주 작은 빛들의 집합처럼 깜박였다. 지구의 불빛이 우주정거장에서까지 보이리라고는 생각지도 못했다. 나는 무의식중에 사부로 씨와 앤과 반란이민의 후손들과 함께 갔던 피치 보이라는 환락가를 찾고 있었다. 그러나 모여 있는 빛으로 어느 도시의 것인지 알 수 있을 리 없었다. 조명을 전부 끈 방에는 의료용 기기와 요시마쓰의 인공 심장에서 나는 희미한 모터 소리 그리고 두 사람의 호흡 소리만 들렸다. 요시마쓰의 목 언저리에서 피리 소리 같은 게 났다. 목에 꽂힌 관에서 보내는 공기가 녹구녕을 떨게 한 것이다. 봐라,

새벽이 시작된다. 요시마쓰의 목소리가 들리고, 지구 외곽에 아주 희미하게 초승달 같은 모양의 빛이 나타났다. 새하얀 빛으로 천천히 밝기를 더해갔고, 반대쪽의 무수히 작은 빛의 집합체가 그 눈부신 빛에 이끌리듯이 사라져갔다.

초승달 모양의 빛이 서서히 폭이 넓어지더니 이윽고 지구의 윤곽이 또렷이 보이기 시작했다. 지구를 밤과 낮으로 나누는 명암의 경계선이 나타나 어둠이 세력을 잃고 대기가 선명한 파란색으로 물들어갔다. 그리고 갑자기 지구 외곽을 지우듯이 무지개색 빛의 띠가 층을 이루어 옆으로 쏟아져 들어왔다. 저 건너편에서 나타난 빛의 띠에 온몸이 관통된 듯한 느낌에 사로잡혀 한숨이 새어 나오고 미동조차 할 수 없었다. 거대한 횃불에서 불꽃이 춤을 추듯이 눈 깜짝할 사이에 빛의 띠가 사방으로 흩어지고, 마침내 그것들이 다발로 하나가 되는 듯하더니, 다음 순간 지구 그늘에서 엄청난 속도로 태양이 튀어나왔다. 산의 능선 위로 천천히 모습을 드러내는 지구에서의 일출과는 전혀 다른 모습이었다. 빛나는 태양은 뾰족뾰족한 가시 덩어리로 그때까지 지구를 물들이던 선명한 파란색을 푹 찔러 무기적인 흰색으로 바꾸며 무서운 기세로 확장해갔다. 요시마쓰가 뭐라고 하는데 귀에 들어오지 않았다. 창으로 태양광이 들어와 가늘고 긴 팔다리와 몸통과 노출된 뇌와 인공 머리를 가진 요시마쓰의 모습이 눈앞에 또렷하게 떠올랐지만, 그 이상한 생김새 같은 건 상관없었다. 멍하니 지구의 새벽을 바라보는 것 말고는 아무것도 할 수 없었다. 빛나는 흰색 가시가 자극하여 여기저기에 아픔을 느꼈지만 몸이 굳어서 움직일 수가 없었다. 입을 벌리고 다물고 하는 것도, 손가락 끝을 움직이는 것도, 눈을 감는 것도 할 수 없었다.

지구 둘레를 따라 빛의 고리가 생기고, 그때까지 구름에 덮여 흐릿했던 부분에 대기의 색이 되살아났다. 그리고 대기를 통해 산맥과 하천과 호수가 나타났다. 산악 지대의 빙하가 푸르스름한 빛을 반사하고 하천과 호수의 수면에 잔물결이 이는 것이 선명하게 보였다. 하천의 흐름은 가느다란 황금빛 선이 되고 호수의 수면은 은색 반점이 되어 반짝였다. 육지가 떠오르고, 기묘하게도 바다는 푸른색이 아니라 재색으로 빛났다. 광택이 나는 천에 생긴 주름처럼 크고 작은 파도가 적도 부근에서 극지방을 향해 퍼져갔다. 태양이 지구 외곽에서 더욱 높이 솟아올라 수천 가닥의 빛다발을 바다를 향해 쏟아부었다. 그러자 마치 형광색 피부를 가진 무수한 파충류가 기어가는 것처럼 눈부시게 빛나는 산물결이 적도에서 남북이 극지방을 향해 움직여나갔다. 지금의 태양은 지난번과는 다르다. 같은 새벽은 한 번도 없다. 요시마쓰의 목소리가 헬멧 안에서 울렸다.

5

아키라, 우주정거장에서 본 새벽은 어땠나? 지구의 새벽은 구십 분마다 찾아오지만 태양이 나타나는 방식이나 빛의 세기나 빛이 쏟아지는 방식 등은 매번 다르다. 무중력상태에서는 시력이 좋아진다는 게 확인되었지. 중력이 있는 곳에서는 안구가 약간 짓눌린 상태가 되어 망막에 맺히는 상의 초점이 조금 어긋난다. 안구 모양이 중력의 영향을 받지 않아 이상적이 되면, 물체에서 나온 빛이 수정체를 통과할 때의 굴절률도 거의 이상적이 되어 망막에 정확한 상을 맺을 수 있다. 이 이유만으로 무중력을 선택하는 주민도 있다. 물론 나도 그중 한 사람으로, 최고로 정교한 인공 렌즈를 수정체로 쓰고 시력으로 이상을 실현했다. 그러나 아키라, 너는 긴 여행을 거쳐 이곳에 도착한 자로서 이해할 수 있을 것이다. 이상이 전부 좋은 것은 아니라는 것을.

이상은 주로 최적값을 나타낸다. 그러나 어떤 상태에서 최적값이라고 해도 그 상태가 영원히 계속되는 건 아니다. 그것이 지도자인 내게 닥친 최대의 문제로, 문화경제효율화운동으로 최적값을 찾아내서 거주지분리야말로 가장 이상적이라는 논리로 모순과 문제와 원망이 없는 사회를 실현했지만, 그와 동시에 인간의 욕망에서 분출되는 힘이 쇠퇴했다. 나는 어떻게든 거주지분리를 파괴하기 위해 내 막강한 영향력을 이용하여 지난 이십이 년 동안 이천이백여든다섯 명의 남자에게 여행을 지시하고 강요했다. 열다섯 살에서 열일곱 살까지의 젊은 층이었다. 그렇지만 아키라, 의외라고 해야 할지 당연하다고 해야 할지 이곳까지 찾아온 것은 너 한 사람뿐이다. 최하층 신데지마 출신인 너만이 이 우주까지 찾아왔다는 것은 참으로 아이러니로, 농담이 아니라 내 사고방식의 패배와 새로운 가능성을 나타내는 것이다.

한낮의 빛이 넘쳐나는 창밖의 지구는 안정되어 있었다. 새벽의 충격이 가라앉으면서 요시마쓰가 하는 이야기가 겨우 귀에 들어왔다. 안구의 렌즈를 예로 들더라도 이상이라는 것은 대단한 게 아니다. 요시마쓰는 격자형으로 쳐놓은 탄력 있는 로프 같은 것을 타고 이동하면서 이상에 대해 계속 이야기했다. 이상이란 사람이 마음속으로 그리는 더 바랄 게 없다고 할 만한 완전한 것으로, 실현되길 바라는 최선이자 최고인 상태 또는 목표라고 아버지의 데이터베이스에 나와 있었다. 그래서 그 단어를 알고는 있었지만, 이상에 대해 생각해본 적도 없고 그런 것이 이 세상에 있다는 것을 상상한 적도 없다.

아키라, 너는 이상을 상상해본 적 없나? 요시마쓰가 물어서, 내 생각을 읽히고 있는가 하고 불안해졌다. 아키라, 넌 불안해할 필요가 없다. 또 심리 상태를 지적당했다. 메모리악을 통해 심리 상태도 아는 걸까? 요시마쓰는 철사처럼 가는 손가락으로 반고체 젤 상태의 물질로 덮인 뇌에 달린 케이블 다발을 만지면서 튀어나온 인공 외눈으로 이쪽을 보고 있었다. 아키라, 불안해할 것 없다. 여기서 앞으로 일어날 일에 대해 불안하게 생각할 필요는 전혀 없다. 메모리악을 통해 네 사고의 조각을 줍긴 한다. 하지만 어디까지나 단편이다. 사고가 소비하는 전기신호의 총량이나 대사된 신경전달물질의 종류 등을 통해 대략적인 감정 상태나 방향성을 알 수 있을 뿐이다. 그래서 너의 불안, 공포, 기쁨, 슬픔, 흥분이 전해지는 거다. 그러나 사고할 때 선택하는 말의 구체적인 조합은 모른다. 미묘한 기분도 모른다. 예를 들면 허무하다거나 외롭다거나 안타깝다거나 애잔하다거나 하는 감개나 감정에 잠긴 듯한 섬세한 기분까지는 메모리악 수신 장치의 엉성한 그물로 건져 올릴 수가 없다. 무의식 속의 이미지나 충동적인 행동의 계기가 되는 기억을 핀포인트로 파악하는 것도 무리다.

기억에 관해 말하자면, 기억 영역 깊숙이 대량으로 묻혀 있는 신경세포군이 보내는 특별히 강한 신호와 연결된 경우에 한해 그 영상 정보만을 재현하는 것이 가능하다. 그 경우도 소리나 냄새의 재현은 불가능하다. 그래서 네가 이상에 관해 구체적인 이미지를 갖고 있지 않은 것과 그 사실을 내가 알고 있다는 이유로 감정이 불안으로 기울었다는 것은 메모리악을 통해 알았지만, 그 밖의 것은 모른다. 요시마쓰의 말은 목소리에 억양이 없고 리듬이 단조로워서 들으려고 애쓰는 게 이내 힘겨워졌다. 투명하고 입체적인 가면처럼 보이는 요시마쓰의 인공 얼굴에는 입이 없었다. 목소리는 요시마쓰의 뇌에서 보내는 신호를 메모리악이 번역하여 음성신호로 전환해서 펭귄 슈트의 헬멧에 내장된 스피커로 증폭하여 전해졌다. 단순한 기계 음성이 아니라 입과 혀와 성대를 가졌던 무렵 요시마쓰의 목소리가 재현되고 있었다. 그러나 전에 녹음된 목소리를 바탕으로 전지 장치가 재현하는 것뿐이어서 어조에 강약, 고저 등의 변화를 주지는 못했다. 승려가 같은 리듬으로 읊는 불경이나 배우가 라디오 방송에서 낭독하는 정부 공인 서사시를 듣는 것 같은 느낌으로, 점점 말의 의미가 모호해지고 졸음이 밀려왔다.

6

요시마쓰는 뼈를 모방한 탄소섬유 막대에 인공 피부를 감고, 관절 부분에 거대한 가동 장치를 단 팔다리를 자유자재로 움직여 로프를 흔들면서, 바로 내 눈앞 바닥에서 천장까지 이동을 반복했다. 우선, 우아한 무용수처럼 오른팔을 천천히 뻗어 로프를 잡고 오른손 움직임을 더듬듯이 약간 뒤늦게 왼팔을 뻗는다. 그리고 단숨에 보이지 않을 정도로 빠른 속도로 몸통이 딸려 가고, 거의 동시에 좌우 다리가 미묘한 각도로 접히고, 가늘고 길게 뻗은 발가락으로 적당한 위치의 로프를 잡아 이동을 마친다. 요시마쓰의 이동은 옛날에 아버지의 데이터베이스에서 본 열대 밀림에 서식하는 원숭이를 닮은 기묘한 동물을 연상시켰지만, 동물 이름이 생각나지 않았다. 그때, 앗앗앗앗앗앗앗앗, 하는 발성 연습 같은 웃음소리가 나더니 그건 나무늘보다, 하는 소리가 헬멧 안에 울렸다.

  네가 아버지라고 생각하는 남자의 데이터베이스에서 본 적 있을 거다. 네가 아버지라고 생각하는 남자가 관리하는 데이터베이스는 실은 나와 내 스태프가 준비한 것으로, 너와 마찬가지로 거주지를 떠나 목적지로 여행을 강요당한 다른 남자들에게도 모두 어떤 형태로든 데이터베이스가 제공되었다. 공평한 정보환경을 준비하지 않으면 정확한 실험 데이터를 얻을 수 없다는 것이 우리 생각이었는데, 그것은 반은 맞았고 반은 틀렸다. 데이터베이스를 준비해도 정보에 대한 굶주림이 없는 남자가 적지 않아서, 그들은 정보를 받지 않고 그대로 출발했다가 바로 경비 로봇에게 체포당해 처형되기도 하고 또 아예 여행을 떠나지 않기도 했다. 그래서 우리는 공평하게 정보를 제공하는 행위가 모순과 오만임을 깨달았다. 하지만 깨달았다고 해서 정보의 중요성이 변하는 것도 아니고 정보를 주는 방법을 바꿀 수도 없어서, 이천이백여든다섯 명의 남자 중 약 절반은 아주 빠른 단계에서 좌절해, 내 정신은 실망과 반성으로 채색되었다.

  네가 아버지라고 생각하는 그 남자의 데이터베이스, 요시마쓰의 그 표현에 가슴 언저리가 아파와 졸음이 달아났다. '네가 아버지라고 생각하는 남자'라는 것은 요시마쓰 특유의 표현일까? 보통은 더 단순하게 '네 아버지의 데이터베이스'라고 할 것이다. 그러나 요시마쓰는 전체적으로 에둘러서 말하고 있었다. 아버지에 대해서도 단순히 에두른 표현을 하는 것뿐일지도 모른다. 하지만 다른 가능성도 있었다.

　너는 나무늘보라는 동물을 떠올리려고 했지. 나무늘보라는 동물은 어느 시기에, 그러니까 주로 이십일 세기 중엽부터 이십이 세기 초에 걸쳐서 상층과 최상층 사회에서 보노보와 나란히 이상적으로 여겨진 적이 있고, 나도 분명 그 영향을 받았다. 현재 이 인공 신체의 디자인을 보면 그 영향을 받은 흔적이 있지. 나무늘보라는 동물은 그때까지 생물 진화가 덜 되었다고 인식되었다. 재규어 같은 포식자에게 쉽게 먹혀버리는 먹이사슬의 하부에 위치한 열등한 생물로 여겨졌어. 나무늘보라는 동물은 근육량이 적다. 다른 동물의 반도 안 되기 때문에 동작이 별나게 느리고 특히 지면을 기어갈 때의 기분 나쁜 움직임은 악몽 같다고 다들 꺼렸다. 하지만 적은 근육은 체중을 가볍게 하여 재규어 같은 천적이 올라가지 못하는 가는 나무를 주거지로 할 수 있다는 이점이 됐다. 나무늘보는 뇌의 용량이 적어 지성과는 거리가 멀다고 인식되었지만, 이십일 세기 초에 한 연구자가 나무늘보가 잡아먹힐지도 모르는 위험을 무릅쓰고 나무 밑으로 내려와 배변하는 이유를 밝혀냈는데, 그건 주거지인 나무에 양분을 보급하기 위해서라는 결론을 내렸다. 나무늘보는 양분이 빈약한 열대우림의 토양을 기름지게 해서 주거지이자 먹이인 나뭇잎을 제공해주는 나무와 공생 관계를 이루고, 또한 그 체모 틈새에 무수한 절지동물의 서식을 허락하여 백 마리가 넘는 나방, 천 마리가 넘는 딱정벌레, 수만 마리가 넘는 진드기를 키우고 있었다.

나무늘보라는 말을 들을 때마다 졸음이 밀려왔다. 요시마쓰가 어째서 나무늘보라는 동물 얘기를 하는지 알 수 없었다. 로프를 타고 이동하는 요시마쓰의 움직임은 확실히 나무늘보라는 동물과 닮았지만, 나를 여기까지 불러들인 것과 무슨 관계가 있는 걸까? 최상층의 어떤 사람들은 인공적으로 열대우림을 만들어 보노보의 생태를 충실히 재현하기도 했지만, 그들에게는 우주의 무중력상태에서 나무늘보의 생활을 모방하겠다는 모험을 단행할 용기가 결여된 거라고 할 수도 있다. 요시마쓰는 이동을 반복하며 그런 얘기를 계속했다. 무서우리만치 지루해서 또 졸음이 밀려왔다 아키라, 내 얘기를 듣고 싶지 않나? 물어서, 자꾸 졸립니다, 하고 대답했다. 그랬구나. 메모리약은 수면과 식욕 같은 욕구는 전해주지 않아. 그래서 난 몰랐다. 요시마쓰는 그렇게 말하고 방구석으로 멀어져 가더니 가늘고 긴 팔다리로 몸통을 감고 로프에 누운 채 이동을 멈추었다.

아키라, 조금 자는 게 좋겠다. 잠을 자면 뇌의 피로가 풀릴 거야. 요시마쓰의 목소리를 듣고 있자니 깊은 물속에 잠기듯이 졸음에 떨어질 것 같았다. 몸도 펭귄 슈트와 헬멧으로 부드럽게 고정되어 있어서 저절로 힘이 빠졌다. 슈트는 하반신에서 부츠 부분까지 무겁도록 디자인되었고, 어딘가에 평형기가 달려 있는지 의식이 멀어져도 균형을 잃어 쓰러지는 일은 없었다. 잠에 빨려 들어갈 때 아버지의 이미지가 떠올랐으나, 목 아래뿐으로 얼굴은 보이지 않았다. 애써 얼굴을 떠올리려고 했지만 그대로 잠에 빠져버렸다. 소용돌이치는 탁류 속에서 강바닥을 향해 가라앉는 듯한 불안정한 기분이 여운이나 잔상처럼 한동안 남았다.

35호동 F 그 2

1

아키라, 그 뒤로 밤이 오고, 새벽이 오고, 낮이 끝나고, 한동안 칠흑 같은 우주가 펼쳐지고, 지금은 또 한낮이다. 구름이 적어서 바다가 잘 보인다. 태평양과 대서양이 잘 보인다. 오늘은 바람도 없는 것 같다. 요시마쓰의 목소리가 들려오고 창밖으로 재색 바다가 느릿하게 굼실거리는 지구가 보였다. 얼마나 잤는지 모르겠다. 정말로 잠에 빠진 건지 어떤지도 확실하지 않다. 몇 초 동안 의식이 멀어진 것 같기도 하고, 몇 년 동안 동면을 한 것 같기도 했다. 의식은 마치 차가운 샤워를 한 뒤처럼 선명했지만, 몸은 탈진한 채로 무수히 많은 유아들의 부드러운 손이 받쳐주는 듯한 느낌의 무중력 슈트에 싸여 있었다. 지구에는 빙하가 보였다. 남북의 극지 부근과 곳곳에 있는 산맥의 능선을 따라 곡선을 그렸다. 바람이 없는지, 바다에 하얀 파도도 없어서 마치 갈비뼈를 이어놓은 것처럼 보였다. 비스듬히 위쪽에 있는 태양은 지상에서 올려다볼 때와 완전히 달랐다. 면으로 지구 전체를 비추는 게 아니라 길이가 다른 뾰족뾰족한 선이 되어 화살이나 창으로 찌르듯이 바다와 육지로 쏟아졌다. 뾰족뾰족한 선이 어떤 각도에서 재색 바다에 닿으면 수면에 반사되어 순간적으로 오렌지색과 은색 반점이 떠올랐다. 눈을 감았을 때 눈꺼풀 안에서 깜박거리는 추상적인 무늬와 똑같았다.

바람이 조금 불기 시작한 모양이구나. 요시마쓰는 그렇게 말하면서 나무늘보 같은 움직임으로 로프를 타고 내 옆으로 왔다. 잔잔하게 흰 파도가 일고 수면에서 반사된 태양광의 반점이 서로를 당기듯이 모여들어 엉킨 실타래 같은 복잡한 선을 그렸다. 작은 반점의 반사광은 고르지 않았다. 태양광의 세기에 따라 각각 휘도가 달라서 서로 엉킨 실 같은 빛의 선은 보석이 섞인 염주처럼 복잡한 광채를 뿜었다. 태평양과 대서양 여기저기에 아주 가느다란 흰 띠가 있었다. 유조선 같은 거대한 선박의 항적으로, 눈 깜짝할 사이에 성장한 유충처럼 일정한 속도로 길어지더니 그중 몇 가닥은 서로 교차하여 기하학적인 선의 집합체가 되었다. 시간의 경과와 함께 태양광의 세기가 미묘하게 변화하여, 항적의 집합체는 크리스마스 트리 모양이 되었다가 태엽 같은 모양이 되었다가 하면서 신기한 무늬를 만들더니, 어느 곳에선지 사방으로 확산되어 사라져버렸다.

2

네가 아버지라고 생각하는 남자는 네 아버지가 아니다. 멍하니 항적을 바라보고 있는데 요시마쓰의 목소리가 내 의식을 실내로 되돌려놓았다. 처음에는 무슨 소리를 하는지 몰랐다. 요시마쓰는 별일 아니라는 듯이, 그저 인사 중에 날씨 얘기를 하듯이 내 아버지 이야기를 했다. 듣고 있나? 이제 잠이 깼을 테지? 헬멧 페이스 마스크의 구면이 렌즈 기능을 하고 있어서 네 얼굴이 잘 보이지 않는다. 내 이 단안 렌즈는 깊이가 있는 입체 영상은 표시할 수 있지만, 구면의 유리 편광을 정확하게 감지할 줄 모른다. 게다가 메모리악은 기본적으로 의식 속의 신경 신호를 쫓기 때문에 네가 무의식 상태에 있을 때는 잠을 자고 있는지 아니면 감정이나 말을 잃은 멍한 상태인지 확실하지가 않다.

아키라, 지금 분명 내 얘기를 듣고 있겠지? 네가 아버지라고 생각한 남자는 신데지마 주민이 전부 그러하듯이 범죄자로, 처형을 면하는 대신 네 아버지가 되어주었다. 신데지마 주민들에게는 살해당하거나 살거나 하는 두 가지의 선택지밖에 없다. 애초에 선택이라는 개념도 없지. 다만 네가 아버지라고 생각하는 남자는 신데지마의 다른 주민에 비해 지능이 높아서 우리는 데이터베이스 관리를 맡기기로 했다. 우리라는 건 최상층 주민으로 행정과 계몽에 관여하던 사람들을 말한다. 너는 우리가 선택한 여행자 중 한 사람이었기 때문에 최소한의 정보와 지식을 부여할 필요가 있어서, 데이터베이스의 설치 운영 일을 네가 아버지라 생각하는 그 남자에게 주고 네가 열람할 수 있는 환경을 만들었다. 네가 아버지라 생각하는 남자는 데이터베이스 그 자체가 우리가 만든 시스템이란 걸 모르고, 전 세계의 쓰레기 정보를 관리한다고 믿으며 그 사실에 긍지를 갖고 있었을 것이다.

요시마쓰는 내 아버지 얘기를 하고 있었다. 억양 없이, 불경을 읽는 듯한 어조에는 기묘한 현실감이 있었다. 요시마쓰 얘기로 내 아버지는 친아버지가 아닌 것 같았다. 생물학적 아버지가 아니라는 말이다. 그러면 나는 생물학적으로 누구의 자식이냐고 자문했지만, 신기하게도 마음의 동요는 없었다. 누구의 정액으로 내가 탄생했는지 상상해보았지만, 어찌 된 이유인지 전혀 흥미가 생기지 않았다. 아마 창밖에 보이는 지구의 모습도 영향이 있을 것이다. 거대한 유조선의 항적이 하얗게 뻗어 교차하다 이윽고 사라져갔다. 반투명한 푸른색 뱀처럼 보이는 빙하를 덮은 구름의 내부에서 번쩍거린 번개는 유리 위에 잠깐 나타났다가 사라진 균열 같았다.

누구의 정액에서 내가 탄생했는지 생각해봐야 소용없는 일이었다. 중요한 것은, PC 앞에서 자는 시간도 아까워하며 몇 시간이나 데이터베이스 파일링을 계속하던 그 자그마한 남자가 아침에도 낮에도 밤에도 나와 함께 있었고, 프라이팬에 봉식을 데워서 먹여주었고, 존댓말 활용법을 모은 파일을 보여주었고, 바닷가 산책을 데려가주었다는 사실이다. 텔로미어를 절단당해 처형되기 전까지 나를 키워주었다는 말이다. 아버지가 텔로미어를 절단당해 급격히 늙어가고 쇠약해져갈 때, 나는 내 몸이 찢어지는 것 같은 슬픔을 느꼈다. 아버지는 죽기 전에 사회를 전복시킬 만한 중대한 비밀이 적혀 있다는 칩을 내 발목에 심어주었다. 칩에는 SW 유전자의 중대한 비밀이 적혀 있다고 했다. 요시마쓰는 그 사실을 알고 있을까? 그리고 나를 낳은 어머니, 그 사람은 친엄마일까?

3

아키라, 그렇다. 요시마쓰가 가늘고 긴 팔다리를 뻗어 로프를 잡고 온 방을 이동하면서 단안 렌즈로 이쪽을 보며 말했다. 그, 네가 아버지라고 생각하는 사람이 입수했다고 하는 비밀을 적어 넣은 칩은 물론 우리가 준비한 것이다. 네가 아버지라고 생각하는 그 남자는 우리를 모른다. 관리와 경비와 감시와 제어는 우리가 활동 부대로 이용하는 중간층과 하층 사람들이 담당하기 때문에, 그 남자는 우리가 누구인지도 모르고 데이터베이스에 자주 등장하는 내 이름은 알아도 내가 노인시설에 실제로 거주하는지 어떤지조차 몰랐다. 그리고 네가 어머니라고 생각하는 여자는 틀림없이 너를 낳은 사람이다. 역시 범죄자였다. 하층민 출신으로 열세 살 때 폭력적인 반란이민의 후예와 접촉한 죄로 체포되었다. 텔로미어를 절단당할 뻔했지만, 너를 임신하고 출산할 것을 조건으로 사면받아 신데지마로 가서 살았다. 너를 낳은 뒤 또 여동생이 태어났으나, 그건 조건에 위반되는 것이어서 네 어머니는 처형됐다.

제이차이민내란에서 문화경제효율화운동이 어느 정도 진행된 시기에 나는 여성에게 발정기를 부활시킨다는 계획을 세워서 많은 찬성을 얻어 실행에 옮겼다. 당시 일은 신데지마의 교정 시설에서도 배웠을 테고, 너는 그 남자의 데이터베이스를 열람해서 역사를 잘 알 것이다. 두 번의 내란과 그 진압 뒤에 이상사회의 첫걸음인 거주지분리가 진행되고, 사회는 최상층과 상층, 중간층과 하층으로 구분되었다. 개인 정보의 집약적 관리, 경비 로봇 성능의 비약적 향상에 따른 치안 유지 경비의 절감, 미디어 관리, 정보 및 교통의 차단 시스템 완성으로 사회는 분단되어갔지만, 그 과정에서 성적인 도착과 범죄가 무시할 수 없는 규모로 증가했다.

충격적이었던 것은 최상층과 상층의 성적도착과 성범죄의 증가 비율이 중간층이나 하층보다 컸다는 사실이다. 2072년에는 최상층에 속한 호리가우치라는 삼십 대 남자가 이백 명이상의 어린 여자아이를 유괴하여 성적 고문을 한 뒤에 목을 잘라 살해한 사건이 일어났다. 호리가우치는 반란이민이 운영하는 서버를 이용하여 강간, 고문, 살해 영상과 음성을 전 세계에 내보냈고, 체포되기 전에 스스로 연소제를 뿌려 자살하면서 그 모습마저 송신했다. 비슷한 사태가 최상층과 상층 사회에서 일어나 종교학, 사회학에서 유전자학, 분자생물학까지 모든 학문을 동원하여 해결책을 찾으려 했지만 성적인 도착과 범죄의 진행을 막은 나라도 지역도 없었다. 우리는 다른 방법으로 해결책에 접근하기로 했다. 다른 영장류에게 배울 게 없을까 생각하다 침팬지와 보노보의 성행위와 도착 사례를 조사해서 발정기의 유무가 성적 폭력이나 일탈과 관계 있다는 것을 발견했다. 발정기가 명확한 침팬지의 경우, 미성숙한 새끼는 성행위 대상이 되지 않아. 발정기가 긴 보노보에 있어서는 미성숙한 새끼도 성적 행위도 일반적이지만 그것은 금기가 아니었다. 성교나 생식을 포함한 실제 성행위도 아니고 사회적인 인사로 의식화하였기 때문이다. 보노보를 신성화한 최상층의 일부 주민이 이상촌을 건설한 것은 바로 그런 발견을 했을 즈음이었다.

4

동물의 암컷은 발정기 이외에는 생식 행위를 하지 않는다. 우리 사람이 발정기를 잃은 이유와 경위는 결국 상상할 수밖에 없지만, 그 결과는 명백하다. 발정기를 잃어버린 인류는 성행위의 자유를 손에 넣고 생식을 효율화했지만, 부작용으로 성적인 금기를 분비와 대사라는 화학적 반응이 아니라 가족에서 국가까지의 사회적인 학습에 의존하게 되었다. 전세기에 세계적으로 동성애자의 권리가 확립되었지만, 그 이전까지 동성애는 사회적 금기였다. 뇌 안에 동성애에 관련된 대사 물질이 있다는 사실이 전세기에 발견되어 동성애자가 늘어나고 용인된 게 아니다. 단순히 사회적 금기가 무너진 것뿐이다.

유아에 대한 성적인 행위를 금지하거나 용인하는 호르몬이 우리에게 있을 리 없다. 가족에서 국가에 이르는 크고 작은 사회가 유아에 대한 성행위를 금기시하는 교육과 학습을 시행한 것이다. 어떤 성범죄자가 고백했다. 이십 세기 중엽, 패전국인 일본이 승전국에게 받는 재판에서 한 피고가 머리가 이상해져서 앞에 앉아 있는 다른 빡빡머리 피고의 머리를 때렸다. 그 기록 영상을 본 성범죄자는 이유 없이 타인의 머리를 때리는 것만으로 선을 넘어 발광한다는 걸 알았다. 아주 미미한 동작으로 인간은 일선을 넘어 모든 금기 사항을 실행할 수 있다는 걸 깨달은 것이다. 재판처럼 앞에 앉은 남의 머리를 때려서는 안 될 때와 때려도 장난으로 용서받을 때를 구분하는 것이야말로 사회성이다. 유감스럽게도 사회성은 몹시 무르다. 간단히 깨지고, 깨지는 순간 괴물이 태어난다.

그래서 우리는 가족에서 국가에 이르는 사회가 변하면 교육과 학습에 따른 규범과 금기도 붕괴하는 경우가 있을 거라고 가정했다. 그리고 인간 암컷에게 발정기를 부활시켜 몇 세대, 아니 경우에 따라서는 몇십 세대를 거치더라도 유아에 대한 성적 행위와 범죄를 근절하려고 시도했다. 다른 몇 곳의 선진국에서도 같은 연구와 실험이 시작되었고, 최상층과 상층 여자들도 좋은 사회를 만들기 위해 다수가 자원봉사자로 실험에 협력했다. 지금 생각해보면 우리는 미쳤던 거다. 인간에게는 생리적인 욕구가 호르몬이 아닌 대뇌의 자극으로 일어난다. 그런 인간에게 실험이라니 분명 미친 짓이었지만, 궁지에 몰려 있었던 탓에 그걸 몰랐다. 그리고 이십일 세기 말이 가까워지자 이상한 일이 일어났다. 발정기를 부활시키는 실험에 참가한 수만 명의 여자들 대부분이 배란이 정지된 것이다.

　발정기 부활을 위한 인간 암컷 실험은 당시 최첨단 유전자 기술을 응용해 이루어졌다. 동물 암컷의 성 기능은 주기성을 띠어서, 중추에서 나오는 대사 물질에 의해 난소에 주기적인 배란이 일어나고 동시에 자궁의 형태가 변화한다. 쥐 같은 작은 동물은 대체로 나흘 주기로 발정간기, 발정전기, 발정기, 발정후기의 네 시기가 순환한다. 그러한 성주기는 뇌의 시상하부와 뇌하수체, 난소계의 내분비 활동이 맡고 있다. 먼저 시상하부에서 성선性腺자극호르몬 분비를 자극하는 대사 물질이 분비되어 뇌하수체 문맥을 거쳐 뇌하수체 전엽을 자극하면 여기서 성선자극호르몬이 분비되어 전신 순환을 거치는 형태로 난소에 도착하여 난포의 발육, 배란, 황체 형성을 돕는다. 그러나 발정 메커니즘은 당연히 동물의 종류에 따라 크게 또 미묘하게 다르다. 예를 들면 사바나에 서식하는 치타라는 고양잇과 동물은 수많은 왕후, 귀족 들이 그 우아한 다리와 경이적인 빠르기에 반해서 쌍으로 포획해 교배를 시도했지만 성공하지 못했다. 암컷이 발정을 하지 않았던 것이다. 그 후 생태학적 연구로 밝혀진 치타의 발정 메커니즘은 수컷이 암컷을 쫓아 사방 이백 킬로미터의 초원을 사흘 밤낮으로 달려가 결국 암컷을 지배하게 되었을 때 비로소 암컷이 성중추를 자극하는 호르몬을 분비한다는 것이었다.

5

　요시마쓰가 얘기하는 전문용어는 이해할 수 없는 것이 많았다. 발정기라는 말도 처음에는 무엇을 의미하는지 몰랐다. 발정기라는 발음에서 무거운 것을 들어 올리는 기계류를 연상했지만, 얘기를 듣다가 앞뒤 문맥으로 보아 성행위에 관련된 말이란 걸 추측했고, 이내 아버지의 데이터베이스에서 붉게 충혈된 암컷 원숭이의 성기 영상을 본 기억을 떠올렸다. 그 영상의 자막에 발정기라는 말과 암컷이 수컷의 성적 행위를 받아들이는 시기라는 설명이 있었다. 발정기가 무엇을 의미하는지는 이해할 수 있었지만, 인간 여자에게 발정기를 부활시킨다는 것은 인간 여자를 원숭이에 가깝게 한다는 것으로밖에 받아들일 수 없었다. 요시마쓰는 로프를 타고 이동하는 걸 멈추고 내 눈앞에서 사지를 활짝 편 자세로 온몸을 흔들면서 말하고 있었다. 입이 없어서 처음에는 말하고 있다는 감각이 없었다. 그러나 자세히 보니 단안 렌즈 속에 아주 작고 빨간 빛이 있고, 말이 들려올 때는 그 크기와 휘도가 미묘하게 변화했다. 뇌가 보내는 신호가 렌즈를 반짝거리게 하는 것인지도 모른다.

성적도착과 범죄, 헬멧 내부에 그 말이 울릴 때마다 음울하고 절망적이고 그러나 어딘가 그립고 복잡한 기분에 사로잡혔다. 섬을 떠올린 것이다. 성적도착, 성범죄라는 말은 섬을 상징하는 말로 선명하고 구체적인 기억과 연결되었다. 섬은 성적으로 도착되었거나 성범죄를 저지른 자를 단죄하고 그 후손들을 격리시킨 장소다. 성적도착, 성적 행위, 성범죄라는 말을 우리 아이들은 매일 교정 시설에서 들었다. 너희는 성범죄를 저지른 사람들의 자식이니 날마다 사죄와 반성을 잊지 말고, 식사하고 숨 쉬고 잠자는 것이 허락된 것에 감사하면서 살아가야 한다. 그런 말을 매일 관리관에게 들었지만 노인시설에 팔린 아이들을 제외하고 성적도착과 성범죄라는 말이 구체적으로 무슨 뜻인지는 아무도 몰랐다. 무슨 뜻인지 몰라도 몇천 번 듣다 보면 이미지가 새겨진다. 섬 아이들에게 성적도착과 성범죄라는 말은 발광이나 죽음이나 지옥과 동의어였다. 그보다 나쁜 것은 세상에 존재하지 않는다는 무서운 말이었다. 그러나 종합신경안정제가 만들어지고 성범죄는 없어졌다고 배웠다. 종합신경안정제는 성적도착과 범죄 방지에 효과가 있었던 게 아닐까?

물론 종합신경안정제는 혁명적이고 거의 이상에 가까운 약이었다. 요시마쓰의 인공음성이 울렸다. 단안 속의 아주 작은 점이 빨갛게 빛났다. 가까이에서 본 요시마쓰는 머리 부분과 목 부분, 복부와 관절에서 뻗어 나온 대량의 튜브와 케이블이 체모로 보이는 게 정말로 나무늘보와 똑같았다. 입도 코도 귀도 없어 공기가 머리와 몸통을 연결하는 주름 관에 튜브로 직접 공급되었고, 인공 폐를 거쳐 또 하나의 튜브로 배기되는 것 같았다. 머리 부분은 투명한 실리콘이어서 뇌에 혈액이 공급되는 게 보였다. 무수한 혈관이 달리는 부분의 색이 빨갛게 비쳤다. 혈액은 뇌와 신경계, 주요 장기에만 도는 것 같았다. 모세혈관은 불필요할 것이다. 요시마쓰에게는 근육이 없다. 팔다리와 손가락 끝은 레지던스에서 공급받은 전기를 동력원으로 하는 로봇 부품으로 주로 이동할 때 사용하고, 공을 받거나 던지거나 뭔가를 가리키거나 하는 단순한 움직임 정도만 할 수 있는 것 같았다. 펜을 들고 글씨를 쓰거나 종이나 천을 접거나 돌로 조각을 하는 것처럼 복잡한 작업은 아마 못할 것이다.

6

내 몸에 흥미가 있는 모양이구나. 요시마쓰는 메모리악으로 내가 무슨 생각을 하는지 파악했는지 고개를 시계 방향으로 백팔십도 빙빙 돌리고, 또 반대로 삼백육십 도 회전시키며 말했다. 처음에는 암의 진행을 늦추기 위해 무중력상태에서 살고 싶어 레지던스로 이주한 최상층 주민이 많았고 나도 그중 한 사람이었다. 암은 유전자치료로 극복되었지만, 무중력상태에서 혈류 연구가 진행되는 동안에 인공장기, 인공호흡기, 인공혈액순환기에도 무중력상태가 적합하다는 사실이 알려지자 선택받은 인간이라고 자부하던 사람들이 우주 공간으로 찾아오게 되었다. 무중력상태에서는 에너지대사가 떨어져 뼈의 무기질이 감소하고 적혈구 생성이 저하되고 단백질, 호르몬, 효소 등 모든 물질의 대사가 변한다. 세동맥과 정맥의 혈관 저항이 약해지고, 심실 축소로 혈액 방출량이 줄어들고, 기초대사와 에너지대사의 필요량이 적어지고, 산소를 함유한 대량의 혈액을 세포나 조지으로 보낼 필요도 없어지고, 맥박과 혈압이 크게 떨어지고, 적혈구 수도 자연히 감소한다.

중력에 부담을 느끼는 부류의 사람들에게는 무중력이 파라다이스처럼 느껴졌다. 원심력으로 얻은 중력은 코리올리 가속도가 생겨 우주 멀미를 일으키므로 순환계와 중추신경계의 활동을 흐트러지게 한다. 이 레지던스는 지름이 충분히 길어서 원심력의 부작용이 최소라고 하지만, 지구상에서 느끼는 중력과 방향성이 다르기 때문에 장기나 조직이나 세포가 받는 압력은 또 다른 문제가 된다. 직립보행을 시작한 우리의 먼 조상은 수명이 평균 이십 세 전후였다. 농경이 시작되고 규칙적인 식사가 가능해지고 국가가 탄생하여 사회와 개인에게 규율과 규범이 생기자 평균수명이 십 년 정도 길어졌고, 산업혁명과 근대 초기의 의학 발달로 십 년 정도가 더 길어졌다. 위대한 발명은 계속되었다. 최초의 인공장기인 틀니와 체온계와 광학현미경 같은 것들이었다. 원시시대에 치아가 빠지는 건 죽을 때가 가까워진 것을 의미했지만, 틀니가 그 전통을 바꾸었다. 체온계가 병이라는 개념을 심어주었고 치료법이 기도에서 약과 수술로 바뀌었다. 전자현미경의 발명으로 유전자가 발견되어 평균수명은 또 몇십 년 길어졌고, 우주 공간의 무중력을 이용하는 것으로 다시 몇십 년이 길어졌다. 나는 지금 백일흔여섯 살이다. 이 튜브와 케이블이 절단되거나 중력을 받게 되면 눈 깜짝할 사이에 생명 활동이 정지되지만 그런 건 아무래도 좋다. 지구의 새벽을 즐기면서 모든 쾌락을 맛보았으니 그런 건 아무래도 상관없다.

  헬멧 안으로 울리는 요시마쓰의 인공음성에 대응하듯이 원통형 단안 렌즈 속 빨간 빛의 크기와 휘도가 미묘하게 변화했다. 렌즈 속을 들여다보지 않으면 그 빛을 볼 수가 없어서 항상 정면으로 볼 수 있도록 요시마쓰의 머리 위치와 각도에 맞춰 무중력 슈트를 이동시켰다. 헬멧 안에 울리는 인공음성을 듣는 것만으로는 요시마쓰가 말을 한다는 감각을 느낄 수 없었다. 움직이는 것이 입이나 입술이나 얼굴 피부가 아니어도 들려오는 음성에 맞추듯 어딘가 변화가 있다면 정보를 보내는 주체가 뚜렷해진다. 뭔가를 전하려고 하는 상대의 의지를 어떤 구체적인 표시로 보지 못하면 흥미를 지속시키기가 힘들다. 요시마쓰의 머리 부분에 있는 원통형 단안 렌즈 속 아주 작은 빨간 빛의 변화는 눈앞에 있는 금속 나무늘보 같은 존재가 틀림없이 내게 뭔가를 전하기 위해 음성을 발하고 있음을 나타내주었다.

아키라, 무중력상태가 심신에 미치는 가장 중요한 영향을 가르쳐줄까? 그건 바로 혈액이 온몸을 돌 때의 율동을 느낄 수 있다는 것이다. 지구에서는 머리와 상반신과 하반신이 전부 다 자체 무게 때문에 지표면에 붙어 있다. 또한 충격 완화 장치인 근섬유나 인대, 지방조직 등 인체의 탄성이 혈액의 맥동에서 발생하는 힘을 흡수하지. 혈액이 온몸을 도는 속도와 압력에는 생명의 신비가 거의 전부 담겨 있어. 역사상 종교의 창시자나 초능력자로 불린 사람들은 어떻게 그랬는지는 알 수 없지만 그 율동을 인식함으로써 수많은 예언과 기적을 일으키며 민중을 이끌 수 있었지. 혈액의 율동이란 철학적이지도 사회적이지도 않은 직접적이고 생리적인 생명의 증표로, 힘과 평안을 부여해. 유감스럽게도 내게는 인공 심장과 인공 혈관밖에 없지만 그래도 율동은 느낀다. 내 힘과 지혜의 원천이지.

7

그리고 종합신경안정제 말인데, 그건 SW 유전자로 여든 살을 넘긴 사람들의 근육세포를 증가시키고 부활시키는 남성호르몬 연구 과정에서 생겨났다. 아직 작용 기전은 완전히 알지 못하지만, 공포와 불안을 없애줄 뿐 아니라 근육과 신경도 이완하지 않고 그 밖의 부작용이나 의존성도 거의 없었다. 더욱이 복잡한 유전자조작이 아니라 적은 비용으로 전분에서 추출할 수 있는 획기적인 향정신성의약품이어서 제이차이민내란 후의 피폐한 경제를 다시 일으키는 데 큰 도움을 준 귀중한 수출품이 되었다. 하지만 몇 년 뒤, 대량으로 소비되던 미국에서 최초의 부작용이 보고되었다. 어떤 약이든 부작용은 있기 마련이다. 다만 이 경우, 간헐성 폭발 장애라고 해서 변연계의 감정 처리 부위가 감정을 폭발시키기 때문에 위험성이 컸다. 팔다리의 경련이 멈추지 않는 아주 불안정한 상태에 빠져서 감정과 폭력의 폭발을 통해서만 그 기분을 수습할 수 있는 위험한 상태에 이르는 것이다. 또한 감정과 폭력이 폭발할 때는 환희를 느끼지만 폭발이 가라앉은 뒤에는 깊은 우울 상태가 덮쳐 자살하거나 정신 및 신체 활동이 모두 멈추는 무동無動 상태가 돼버린다.

부작용은 십만 명 중 한 명이라는 낮은 비율로 일어났지만, 미국과 다른 선진국에서는 사용이 규제되었다. 우리는 아기라 네기 시는 섬에서 많은 실험을 해서 성분을 조정하고 부작용을 줄이는 데 성공했지만, 몇 세대를 거쳤을 즈음에 종합신경안정제를 천 일 이상 계속 복용한 모친에게서 태어나 스스로도 종합신경안정제를 복용한 사람이 갑자기 흉포해지는 사건이 모든 계층에서 빈발했다. 부작용이 경감했음에도 대략 천 명에 한 명꼴로 그런 일이 일어났지. 당시 최상층은 인구가 구십만 명 남짓이었는데 필연적으로 구백 명이 살인자가 됐다. 사회나 조직이 안정을 잃기에 충분한 숫자다. 종합신경안정제는 이상적이었지만 완전하지 않았다. 0.1퍼센트의 간헐성 폭발 장애를 낳으니 완전하다고 할 수 없다. 기본적으로 개체에 불리하게 작용하는 돌연변이가 겨우 0.1퍼센트인 종은 생태계에서 살아남을 가능성이 높다. 그러나 간헐성 폭발 장애는 불투명하지도 더럽지도 않은 유리에 생긴 아주 작은 금 같은 것이었다. 치사성 감염증 바이러스 같은 것이다. 우리는 종합신경안정제에 대해서도 이상이라는 개념에 배신당하고 복수당한 셈이다. 최상층에서는 이상은 추구하는 것이지 실현하는 것이 아니라는 냉정한 의견도 있었지만 패배주의라고 배척되었다.

그렇다고 해도 발정기를 부활시키겠다는 둥 우리는 근시안적으로 변했다. 인간 여성에게 발정기를 부활시키는 것이

숭고하고 장대한 실험이라고 믿었다. 유동성과 교환성을 잃은 사회와 인간은 그런 착오에 빠지기 쉽다. 성적인 도착과 성적인 범죄의 이상 증가는 그 원인이 그야말로 사회 그 자체에 있었지만, 우리는 그 사실을 알면서도 인간 여성에게 발정기를 부활시키겠다는, 그보다 더 어리석을 수 없는 실험을 시작했다. 그리고 할 수 있는 모든 것을 시도했다. 사람의 경우 시상하부에서 내린 지시가 곧장 난소로 전달되는 단순한 구조가 아닌 것만큼은 분명했다. 사람의 뇌는 너무 복잡해서 아직도 제대로 해명할 수 없다. 기억 세포의 분포라는 기본적인 것조차 모두 알아낸 게 아니다. 정동과 이성의 균형을 담당하는 대사 물질의 교환 과정에 대한 지식도 아직 미지의 영역이 많이 남아 있다.

대뇌피질과의 공조는 당시는 물론이고 지금도 해명되지 않았다. 대뇌피질에서 일어나는 사고, 발상, 기억, 의사 등의 정신 체계와 시상하부 및 변연계에서 일어나는 공포, 불안, 환희 등의 정동 체계는 체액을 통해 생화학적으로, 호르몬을 통해 내분비적으로, 또 물론 신경섬유를 통해 전기적으로 상호 긴밀한 연락을 주고받으며, 내장이나 자율신경과도 밀접하게 연동돼 있다. 하지만 우리는 실험을 멈추지 않았다. 최상층만 해도 수만 명의 여성들이 실험에 참여했고 상층과 중간층을 합치면 그 수는 한때 수백만 명에 이르러 열병 같은 운동이 되었다. 발정기 부활이란 건 바보 같은 짓이라고 발언하는 이는 성범죄자를 옹호하고 그 예비군임을 토로하는 거라고 해서 배척의 대상이 되었다. 시상하부의 작용을 억제하는 호르몬제가 몇 종류 개발되고 남자로부터의 성행위 유혹을 거절하는 화술이 매뉴얼로 배포되고, 성적 폭행을 막기 위한 호신용 초소형 로봇 등이 개발되었다.

8

몇 년 뒤, 주로 십 대 후반에서 이십 대 여자 중에서 배란이 멈춰버린 이들이 나오기 시작했지만 당초에는 무슨 일이 일어났는지 몰랐다. 실험에 참가한 최상층 여자의 구 할이 배란이 정지되어 바로 호르몬 투여를 중지했는데도 끝내 배란 기능은 회복되지 않았다. 그것은 무엇보다도 두려워해야 하는 사태임을 의미했다. 언젠가 일본이 이민들의 것이 되어버릴 거라는 공포였다. 두 번의 이민내란은 이민들의 지위 향상을 요구하는 인권 운동으로 시작되었다고 역사책에는 쓰여 있지만 사실은 다르다. 이민을 받아들이고 바로 그들과 일본인의 출생률 차이를 깨닫게 되었다. 애초에 우리가 이민을 받아들인 것은 극단적인 저출산고령화에 의한 노동력 부족 때문이었다. 가난하고 무지한 이민들이 뒷일을 생각하지 않고 마치 쥐처럼 아이를 낳는다고 야유했지만 사반세기가 지나자 이민 사회의 인구 증가가 위협적이란 걸 깨달은 것이다. 다시 사반세기 뒤에는 하층 이민의 인구가 일본인을 능가하고, 사반세기가 더 지나면 중간층에서도 인구 비율이 역전되어 이민이 다수파가 될 거라는 예측을 하게 되었다.

여러 국면에서 착오가 생겨 우리는 혼란에 빠졌다. 그런데 혼란스러움을 자각하지는 못했다. 정보를 차단하고 경찰력을 로봇에게 맡겨 절대적인 질서와 치안을 획득하고 불쾌한 업무 운영은 상층에, 실제 작업은 중간층과 하층에 나눠주고 최상층인 우리는 정서적으로도 생리적으로도 더 이상 쾌적할 수 없을 정도의 쾌적함을 맛보고 있었지만, 점차 내부에 혼란과 착오가 만연하여 무엇을 하기에도 너무 늦어버렸다. 특히 금세기 초의 인구 감소는 상상을 초월하는 것이었다. 최상층 사회는 일반적으로 노인시설이라고 하는 직접적인 명칭으로 불렸고, 백 살 이상의 남녀가 종합신경안정제를 마구 복용하고 젊거나 어린 남녀를 아무 데서고 사들였다. 그 때문에 위험한 비즈니스가 확립되어 아기가 전혀 태어나지 않는 상태가 삼십 년 이상이나 이어졌고, 마침내 가장 젊은 층이 오십 대가 되고 그들 대부분은 성도착을 과시하여 젊거나 어린 여자의 매매에 천문학적인 값이 붙게 되었다. 아이나 유아의 수족을 절단하거나 혀를 뽑는 사건이 잇달아 일어나 전국에 만들어진 격리 시설은 최상층의 중년 남자들로 넘쳐났다. 그래도 우리는 거주지분리를 파괴하려 하지 않고 인공 열대우림을 건설하여 원숭이처럼 생활하거나 경영을 독점하고 있던 우주 엘리베이터로 레지던스로 피해버렸지만, 사실상 최상층 사회는 붕괴했다. 현재 일본은 뿔뿔이 흩어진 최상층 사회의 환영으로 식민지 경영을 하고 있을 뿐 국가로서의 기능은 없다.

절망적인 문제이기도 하고 혹은 이것이야말로 희망일지도 모르겠지만, 철저하게 분단되고 퇴행할 수밖에 없는 상황에서도 인간은 살아가고 있다. 다른 동물 종이라면 옛날에 멸종했을 것이다. 우리에게는 삶에 대한 집착이 있어서, 그것이 먼 옛날에 언어를 낳았고 과학기술과 문화를 진화시켰다. 우리는 이십 세기에 일어난 수많은 비참한 전쟁과 박해도 견디고 살아남았고, 그것은 밑바탕에 삶에 대한 집착이 있었기 때문이다. 보다 강력한 적이 덮쳐 이빨을 드러내면 동물은 아주 자연스럽게 생을 버린다. 원숭이는 표범에게 잡힌 순간에 저항을 멈추고 죽음을 받아들인다. 영양은 사자에게 습격당해 바닥에 쓰러지면 난동을 멈추고 다리와 목이 대량의 피를 흘리며 몸통에서 찢겨 나가 먹히는 것을 조용히 바라보면서 울음소리도 내지 않는다. 일본 인구는 약 이천이백만 명이지만 새로운 이민이 없어 지금도 감소하고 있다. 감소한 인구를 부양할 수 있는 최소한의 순환형 경제활동이 끊어졌다 이어졌다 하고, 기본적으로는 자급자족이며 에너지는 수소를 원료로 한 핵융합으로 조달하고 있다.

그런 상황에서 나와 최상층 수십 명의 유지는 작은 실험을 하기로 했다. 거주지분리에 대한 속죄 의식과 희미한 희망을 품고 아직 배란 기능이 파괴되지 않은 하층과 최하층 여자들에게 아이를 낳게 하기로 한 것이다. 중요한 것은 자각을 하고 안 하고가 아니라 최상층 주민 전원이 거주지분리에 죄의식을 갖고 있다는 사실이었다. 변명이 아니다. 하층과 최하층 여자에게 아이를 낳게 하는 비인도적인 행위의 동기가 된 것은 성욕 따위가 아니라 죄책감이었다. 후세에 악마 같은 짓이라고 평가받을지도 모르는 운동의 출발점은 좀 믿기 어려울 수도 있지만 휴머니즘에서 나온 속죄 의식이었다. 나는 백일 흔여섯 살이지만 태어난 지 이백 년이 되어가는 지금도 누군가에게 무엇을 전한다는 것의 불가능성과 속죄 의식과 죄책 감과 함께 살아가고 있다. 알겠냐, 아키라. 너는 잘 알 거라고 생각한다.

9

요시마쓰는 계속 신호를 보냈다. 나는 머리 부분 한복판에 튀어나온 원통형 단안 렌즈 속을 계속 응시했다. 렌즈 속 빨간 불빛의 미미한 증감에 의식을 집중하지 않으면 요시마쓰의 억양과 강약 없는 인공음성이 멀리 동물의 울음소리나 귀울음, 혹은 외국어 주문처럼 들려서 의미를 알 수 없게 된다. 헬멧을 쓰고 있어서 인공음성 외에는 요시마쓰가 내쉬고 들이마시는 숨소리가 희미하게 들릴 뿐이었다. 내 땀과 침 말고는 냄새도 없었다. 요시마쓰가 얘기하는 내용을 처음에는 전혀 이해하지 못했다. 익숙하지 않은 말이 많았기 때문이다. 예를 들면 배란이라는 단어로는 달걀을 연상했다. 성적 행위,

성적도착, 성범죄라는 단어는 섬에서 부정한 말이었기 때문에 불길한 느낌이 들어 나올 때마다 몸이 굳어졌지만, 반대로 그것이 자극이 되어 졸음을 견디는 데 도움이 됐다. 종합신경안정제에 관한 이야기도 강한 자극을 주었다. 어릴 때 노인시설에서 체험한 사츠키라는 여자와의 성적 행위가 떠올라 무중력 슈트 속에서 성기가 단단해지는 걸 느꼈다. 요시마쓰는 내 반응과 감정, 환기된 기억 등을 메모리악으로 파악하면서 화제를 골랐다. 내가 사츠키라는 여자와의 성적 행위를 떠올리는 걸 파악하고 어리거나 젊은 여자의 매매와 아이와 유아가 손발을 절단당하거나 혀를 뽑힌 일을 얘기 속에 끼워 넣는 식이었다.

단안 렌즈 속의 빨간 불빛은 어떤 모양인지 알 수 없었다. 너무 작기 때문이었다. 아주 작은 빨간 점이 주변에 번지는 것처럼 퍼졌다 줄었다 했다. 퍼질 때는 빨간색이 옅어지고, 줄어들 때는 좀 더 선명해졌다. 뭔가를 닮았다고 한참 생각하다가 고양이 눈이란 걸 겨우 떠올렸다. 섬의 해안선에는 몇십 마리나 되는 고양이가 있었다. 파도에 밀려 제방으로 올라오는 생선을 먹으며 살았다. 낮에 본 고양이의 눈은 세로로 길고 가는 선 감지만 어두워지면 동그랗고 볼록한 모양이 되었다. 단안 렌즈 속 아주 작고 빨간 불빛의 변화는 더욱 복잡하여 모양이나 크기뿐 아니라 휘도와 밀도가 이야기 내용이나 상세한 묘사에 따라 미묘하게 바뀌었다. 예를 들면 뇌의 기관이나 부위에 관한 어려운 용어를 섞어 얘기할 때는 휘도가 약해지고 밀도가 낮아졌지만, 성범죄나 발정기의 부활 등을 화제로 올릴 때는 휘도와 밀도가 높아졌다.

빨간 점을 한동안 바라보고 있었더니 눈과 관자놀이가 아파서 나는 회복을 위해 무의식적으로 창밖을 내다보았다. 밤이 내린 시구는 엷은 날빛에 윤곽만 띄엄띄엄 떠 있었다. 북극 부근에서 뾰족뾰족한 번개 모양의 강렬한 빛의 벽이 흔들렸다. 마치 무수히 포개진 빛의 커튼이나 빛을 발하는 회오리바람 다발 같았다. 빛의 탑이 서로 뒤엉켜 소용돌이를 치며 흔들렸다.

아키라, 그건 오로라라는 것이다. 내가 지구 쪽을 보고 있는 걸 알아챈 요시마쓰가 인공음성을 울렸다. 오로라는 태양에서 날아오는 초고속 플라스마 입자의 흐름이 지구의 전리층을 흩트려서 일어나며 극지에서만 발생한다고 아버지의 데이터베이스에 나와 있었다. 지구 바깥쪽에서 바라보는 오로라는 신기한 무력감을 낳게 했다. 나는 지구의 새벽을 볼 때와 비슷한 감각에 사로잡혔다. 내가 지금 이곳에 존재하는 것이 별일 아닌 것처럼 느껴지고 심지어 불안하지도 않았다. 거대한 에너지가 색을 동반하여 하늘 높이 올라가 빛의 벽이 되어 흔들린다. 내가 태어나기 훨씬 전부터 반복된 아름답고 장대한 현상으로, 그것은 내가 죽은 뒤에도 영원히 계속될 거란 걸 실감했다. 나는 눈 깜짝할 사이에 사라지는 작은 거품 같은 존재란 걸 알았지만, 불안도 낙담도 없었다. 공허하지만 흡족했다. 태아는 이런 감각으로 양수 속에 떠 있는 게 아닐까 생각했다.

10

아키라, 드디어 오로라를 목격했구나. 요시마쓰의 목소리가 흘렀다. 오로라는 네게 우주적인 조화를 가져다주었을 텐데, 아니냐? 아닌가. 아닐 거다. 아닐 리가 없지. 아닌 거야. 아닐 리가 없어. 아닐 리가 없을 거야. 아냐. 아닌가, 맞는가, 아닐 거야. 헬멧 속에 울리는 인공음성이 이상하게 반복되고 갑자기 톤이 높아졌다. 이변을 느끼고 요시마쓰의 단안 렌즈로 시선을 돌리니 빨간 불빛 안쪽에 더 작은 흰색 빛이 깜박거렸다. 자세히 보지 않으면 눈치채지 못할 아주 작은 점 같은 흰색 빛이었지만, 이윽고 그것도 꺼지고 원래의 빨간 불빛이 돌아오더니, 아냐, 아닐 거야, 하는 이상한 반복이 그쳤다. 단안 렌즈 속의 빨간 불빛이 몇 번 강하게 반짝거렸다. 요시마쓰는 인공 피부를 감은 손가락으로 로프를 다시 잡고, 마치 잠에서 깨어난 동물이 현실감을 되찾았을 때처럼 온몸을 달달달 떨었다. 그사이 아주 짧은 시간이었지만 요시마쓰는 음성신호를 멈추었다. 뭔가 조종할 수 없는 일이 일어나 파워를 재설정한 것 같은 온몸의 움직임과 침묵이었다. 어떻게 된 거지, 하고 단안 렌즈를 들여다보았더니 지금까지와 같은 톤의 인공음성이 울렸다. 혼선이 된 것 같다. 미안하다.

아키라, 너는 이미 알고 있을 거라 생각하는데, 이 용기 속 합성 수액에 떠 있는 뇌만 원래의 나다. 지금까지와 같은 요시마쓰의 인공음성이 울렸지만, 마지막 부분에서 말이 흐려졌다. 나다, 하는 말의 마지막 '다' 소리에 뭔가 덮어씌워져 있었다. 다른 인공음성이 잠깐 겹쳐진 것 같은 느낌이었다. 나다, 하는 대사 뒤에 요시마쓰는 바로 말을 꺼내지 않고 한 호흡을 쉬었다. 기묘한 공백이었다.

유일하게 내 원래의 기관인 뇌와 연결된 케이블 제어장치에 혼선이 생긴 것 같다. 아직 약간 혼선이 계속되는 듯하지만 이제 곧 회복될 거다. 특별한 케이블이어서 소모가 빠르다. 삼 년에서 오 년이 지나면 소모가 정점에 달해서 극히 드물게 지금 같은 혼선이 일어난다. 케이블 보수는 십여 초면 끝난다. 봐라, 벌써 끝났다. 무슨 얘기였더라. 그렇지, 속죄 의식과 죄책감이었지. 이제 완전히 돌아왔으니 지금까지와 마찬가지로 아키라, 나는 네게 얘기를 할 수가 있다. 인간에게는 삶에 대한 집착 외에도 인간만의 특성이 있단다.

요시마쓰의 인공음성이 원래대로 돌아왔다. 하지만 아까는 틀림없이 뭔가 이변이 일어났다. 창밖의 지구에 마치 몇 개의 빛다발이 춤을 추는 듯한 오로라가 흔들리고 있었지만 나는 단안 렌즈에서 눈을 돌려서는 안 된다고 생각했다. '아니다'라는 의미의 말이 자꾸 반복된 것은 어째서였을까? 요시마쓰는 흰색 불빛이 켜지고 잠에서 깨어난 동물처럼 온몸을 달달 떨었고 그동안 인공음성이 완전히 끊겼다. 그때까지는 이야기가 중단될 때도 내가 잠에 빠져 있을 때도 음성증폭기 자체가 보내는 기계음이 들렸다. 그런데 인공음성의 전원이 꺼지고 말이 흐릿해졌고 요시마쓰의 이야기 마지막 부분에서는 다른 음성이 섞인 것 같은 느낌이 들었다. 어쨌든 미묘한 변화였는데, 그걸 깨달은 것은 어쩌면 오로라 때문일지도 모른다. 흔들리는 빛의 벽은 나를 압도했다. 오로지 수동적이 되었고 감각은 날카로워져 있었다. 온몸이 순종적인 수신기가 된 것처럼 시각뿐이 아니라 청각도 후각도 예민해졌다.

　게다가 섬을 떠난 뒤로 경계심이 커졌고 주위의 변화를 놓치지 않는 버릇이 생겼다. 로봇의 습격으로 근육 이완 가스를 맞아 쓰러지기도 했고, 친하게 대화를 나누던 사람들이 별안간 손도끼에 머리가 두 동강이 나는 걸 보기도 했고, 느닷없이 칼을 들이밀고 눈앞의 여자를 찌르라는 신호를 받기도 했다. 그런 상황에서 살아남는 구체적인 방법을 배운 건 아니다. 아마 그런 방법은 없을 것이다. 그러나 위기 상황에는 반드시 전조가 있었다. 전조는 항상 미묘한 변화로 나타났다. 아무리 작은 일이어도 그때까지와 다른 일이 일어나면 그것은 위험을 알리는 신호였다. 부채꼴 방에는 격자형으로 로프가 쳐져 있을 뿐, 창 말고는 가구도 도구도 전혀 없었다. 메모리악이 있어서 음악이나 영상 등 다른 재생 장치는 불필요했다. 천장에 오래된 선풍기가 몇 대 달려 있긴 했지만 돌아가지는 않았다. 무중력상태에서는 내쉰 숨이 얼굴 주위에 머무르다 이산화탄소가 얼굴을 덮어버리는 일이 있어서 공기를 섞기 위해 선풍기는 필수품이라고 러시아 인 심사관이 가르쳐주었다. 요시마쓰도 옛날에는 선풍기를 필요로 했을지 모른다.

바닥에는 아무것도 놓여 있지 않았다. 그저 한복판에 타원형 테두리가 있을 뿐이다. 방에 들어왔을 때 요시마쓰가 E 포드라는 일 인승 우주선이 세팅되어 있다고 말했다. 그 격납고일지도 몰랐다. 입구 근처에 전기 스위치들이 있는 상자 모양통이 있고, 그 아래 바닥에는 수십 센티미터 높이에서 내 백팩이 둥둥 떠 있었다.

35호동 F 그 3

1

　매우 중요한 인간의 특성 중 하나로 집단으로의 회귀 의식
과 남을 위해 무슨 일인가 하고 싶어 하는 본능을 들 수 있다.
둘 다 아름다우면서도 성가신 의식이다. 그 의식의 기원은 우
리 선조들이 직립보행을 시작했을 무렵으로 거슬러 올라간
다. 그렇게 옛날부터 뇌리에 새겨진 의식은 성가시다. 피질이
아니라 옛날 뇌의 기억 세포에 새겨져 있어서 교육이나 약으
로도 지우지 못한다. 원숭이와 마찬가지로 손발을 땅에 짚고
다니던 우리 선조는 어느 순간 뒷다리 두 개로 일어섰는데,
그 원인은 오늘날까지도 밝혀지지 않았다. 인류의 선조는 유

인원으로 먼저 나무 위 생활에 적응하여 팔을 진화시켰다. 즉 나뭇가지를 잡을 수 있도록 앞발이 몸 옆으로 옮겨졌다. 나무에서 초원으로 진출한 우리 선조는 어느 순간 갑자기 일어섰다. 두 발로 일어섰더니 먼 곳이 잘 보여 적의 습격에 대비할 수 있었기 때문이라는 설이 유력하지만 상관없는 일이다. 중요한 것은 직립보행의 원인이 아니라 결과였다. 뒷발로 일어선 선조는 두 손을 자유롭게 쓸 수 있게 되었다. 손은 사냥감을 잡거나 과일과 곡물을 주워 모을 때뿐 아니라 공동생활을 하는 가족이나 동료에게 음식물을 나르는 데도 용이했다.

가족과 동료와 함께 식사하며 행복을 느끼는 종은 인류뿐이다. 우리는 누군가와 함께 살아가는 동물이 되어버렸다. 게다가 삶에 대한 집착도 커서 남을 살리기 위해 내가 할 수 있는 일이 있다면 거기에 기쁨을 느끼도록 수백만 년이라는 긴 세월이 흐르는 동안 사회적으로 설정되었다. 원숭이나 늑대 등의 동물이 키운 소년에게는 삶에 대한 집착도 타인의 생존을 위해 뭔가를 해줄 때의 기쁨도 없다. 그런 것들은 생리작용처럼 미리 인간에게 설정된 것이 아니라 태어난 뒤에 교육을 통해 사회적으로 각인되는 것이기 때문이다. 누군가와 함께 살아가는 동물은 자신만, 혹은 자신이 속한 집단만 삶에 대한 집착을 채우는 것에 대해 자각하지 못하는 죄책감과 속죄 의식을 갖는다. 그 죄책감은 모든 종교와 통치 제도의 바탕을 이루어, 공동체 상위자에게는 하층에 구제의 손을 내미는 것으로 자신이 구제된다는 도착이 되어 나타났고, 하층에게는 순화와 신앙과 규율의 근거가 되었다. 거주지분리를 철저하게 추진해 이상사회를 지향했던 우리 앞을 막아선 것은 바로 그 죄책감이었다. 그것은 무자각 속에서 우리를 갉아먹었다.

성적도착과 성범죄가 증가한 근본적 원인은 바로 그것이었다. 속죄 의식과 죄책감이다. 십여 세대가 경과해도 우리 최상층과 상층 주민은 하위 주민의 생에 대한 집착에 관여할 수 없다는 사실에 무자각 속에서도 계속 죄책감을 가졌고, 그것이 정신을 불안정하게 했다. 하위 주민의 생에 대한 집착은 바꿔 말하면 행복한 상태로의 접근 욕구라고 할 수 있다. 하위 주민의 행복으로의 접근 욕구에 대해 무심해지면 우리는 무자각 속에 자동적으로 고통을 느꼈다. 그 고통이야말로 성적도착과 성범죄를 유인했다는 것이 우리가 내린 결론이었다. 중간층은 최상층의 존재조차 모르고, 하층은 상층이라는 계층이 있다는 것을 모르는 채 평생을 마친다. 다만 우리 최상층은 통치를 위해 하층 주민의 삶에 대한 집착이 구체적으로 어떤 형태로 나타나는지를 숙지해두어야만 했다.

　문화경제효율화운동 이후, 종합신경안정제의 효과도 있어서 생식 이외의 성적인 행위는 악이라는 윤리관이 정착했지만, 하층 여자들은 성을 상품화하여 살아남으려고 했다. 그녀들은 아이를 키우기 위해 성과 치욕과 장기를 팔았다. 그것은 아마 섭리였을 것이다. 착각해선 안 된다. 성을 상품으로 하는 것이 섭리였던 게 아니다. 아이를 낳아 키우기 위해 팔 수 있는 것은 뭐든 판다는 것이 섭리였다. 최상층과 상층에서 성적도착과 성범죄는 사회가 허용하는 범위를 넘어 만연했고, 여자들의 배란이 멈춘 뒤에도 하층과 최하층 여자들은 봉식 공장 뒤의 빈터와 양 버스 안과 농로 옆에서 양다리와 성기를 활짝 벌리고 성적인 행위를 받아들여 임신하고, 심신 모두 열악한 유전자를 가진 아이를 계속 낳고, 그 아이를 키우기 위해 성을 상품화하는 순환에 빠져 있었다.

2

　우리 최상층의 유지가 주로 하층 여자와 예외적으로 최하층 여자에게도 아이를 낳게 하는 실험을 시작한 동기의 바탕에는 죄책감이 있었고, 그 주요 목적은 구제였다. 성을 상품화하지 않으면 삶에 대한 집착을 채우지 못하는 여자들을 구제하는 것이었다. 우리 마흔아홉 명의 유지는 오십육 년이라는 세월을 소비하여 약 구천 명의 여자들과 온갖 숙박 시설에서 성교를 하여 약 사천 명의 아이를 만들었다. 상층 주민도 이 사실을 몰랐고, 물론 중간층이나 하층 주민도 몰랐다. 비밀 실험이어서가 아니라 정보가 아래쪽으로 전달되는 시스템이 없었기 때문이다. 최상층 주민은 SW 유전자 주입자와 그 가족을 중심으로 추천 범위가 정해지고 사망자나 탈락자가 생기면 신규 입주자를 받아서 주민 수는 다소의 증감이 있었다. 현재 최상층은 이미 물리적인 거주 지역도 없고 조직으로서도 기능하지 않는다. 표면적으로는 소멸했다. 예전에는 인구가 백만 명 정도였지만 현재는 불명확하다. 이백오십만 명의 인구를 가진 상층은 두 번의 이민내란으로 정부 측에 이익을 제공한 사람과 그 후손 가운데 자산과 생산 설비 그리고 지성을 겸비한 사람들로 구성되었다.

중간층은 이민내란으로 정부 측에 이익을 제공한 사람 가운데 자신과 생산 설비를 갖지 못한 사람으로 주로 공장 노동자와 일반 농림·수산업 종사자로 구성되었다. 이민내란 때 반란이민 측에 이익을 제공한 사람 가운데 후에 순화 의사를 밝히고 어느 정도 자산과 생산 설비를 가진 사람도 포함되었다. 그 나머지 사람들과 이민의 가족과 그 후손이 하층이다. 중간층과 하층은 일본 총인구의 약 구 할인 이천만 명으로 구성되었다. 그 아래 범죄자와 탈락자만이 거주하는 최하층 사회가 주로 외딴섬에 설치되었다. 또 상층 이상 주민의 식료품과 물을 생산하고 수입하는 특별 농림·수산업에 종사하는 사람, 혹은 수소에너지의 핵융합로 기술자 등은 독립된 거주지와 생존권을 부여받아 독립구라고 불리는 곳에 살았다. 아키라, 너는 독립구 사람들과 만났다. 네가 통과한 물처리 시설이 전형적인 독립구다. 수경을 하는 무균 슈트 사람들과 만났지? 그들은 전국에 일흔아홉 개 있는 독립구 중에서도 가장 성공했고 가장 철저하게 거주지분리를 실행했던 사람들이다. 그 밖에도 비합법 독립구가 열도 여기저기에 있지만, 질서는 지켜졌다. 로봇에게 맡긴 치안 제어 시스템과 정보와 교통을 분단하는 방법이 자리 잡아 지난 반세기 동안 질서가 흐트러진 적은 한 번도 없었다.

3

아키라, 나한테 비밀 같은 건 없다. 굳이 비밀이라 한다면 그건 우리 최상층 주민들의 무자각 중의 속죄 의식, 죄책감이 겠지. 아키라, 너는 아케미 혹은 이브라는 편의상의 이름을 가진 당시 열일곱 살의 여자 중 한 사람과 최상층 유지 누군가의 사이에 태어난 아이로, 네가 아버지라고 생각한 남자의 자식이 아니다. 내 자식일지도 모르지만 나는 내 DNA 기록을 파기해서 확인할 수 없고, 그런 건 아무래도 상관없다. 중요한 것은 내게 이제 비밀 같은 건 없다는 거다. 아키라, 네가 아버지라고 생각하는 남자가 네게 비밀 정보를 적어 넣었다고 하는 IC 칩을 심어주었지? 그 정보를 제공한 것도 우리다. SW 유전자를 가진 고래 이야기는 날조된 것이라는 말이다. 아키라, 그런 정보는 이제 아무런 의미도 없다. SW 유전자는 말이지, 미국 정부가 고래 이야기를 전 세계에 발신하기 몇 년 전에 이미 스위스 등 각지의 연구 시설에서 발견된 거란다.

고래 이야기를 제창한 것은 미국으로, 다른 나라 정부도 동의했다. 고래 이야기가 날조된 것인지 아닌지 어느 나라의 언론도 묻지 않았다. 중요한 것은 SW 유전자가 실존하는가 아닌가이지, 고래 이야기가 진실이냐 아니냐가 아니었거든. 고래 이야기는 SW 유전자의 본질을 피하기 위해 필요했다. 누구에게 주입할지가 SW 유전자의 본질적인 문제로, 그것은 필연적으로 모든 국가와 개인의 계층화를 재촉하는 것으로 이어졌지만, 언론은 노래하는 고래라는 이야기 전개에 주목하여 본질에 대한 논의는 뒷전이 되었다. 사람이 운영하는 연구소가 아니라 천 살이 넘은 장수 고래의 선물이라는 이야기는 SW 유전자의 출처를 흐뭇한 미담으로 만들었다. 그러니까 아키라, 네가 섬을 떠나온 것은 내가 조작한 것이고 네가 아버지라고 생각한 남자의 지시도 몸속에 묻힌 IC 칩도 그 조작의 일부였다. 비밀 따위는 없다. 비밀이라는 것이 개인이나 가족이나 조직이나 국가에 엄연히 존재하던 시대는 행복했다. 우리에게는 많은 협력자가 있었다. 우리는 협력자들에게 우리의 비밀, 즉 약점을 잡고 있다는 특권 의식을 일부러 부여했다. 그런 특권 의식을 갖게 하는 편이 조종하기 쉽기 때문이었다.

안조라는 남자를 기억하지? 안조는 너의 모친을 섬으로 보내고 너를 사츠키에게 소개한 남자다. 안조라는 남자는 가족에서 국가에 이르기까지 공동체 속에 극히 자연스럽게 비밀이 섞여 있던 행복한 시대의 감각을 갖고 있어서 이용하기 쉬운 인간이었다. 너무 이용하기 쉬워서 처음 만났을 때는 상위 인간들에게 이용되기 위해 태어난 게 아닌가 생각했을 정도다. 안조는 비밀이라는 개념을 글로 쓰기도 하고 그런 내용을 쓴 책을 읽기도 했다. 중간층 출신이었던 안조의 아버지는 도호쿠 지방에서 출판사와 라디오 방송국을 경영하던 사람으로, 이민들에게 호의적인 서적을 많이 출간했지만 내란 뒤에 삼 년 동안 수용소에서 보내고 귀순 전향한 경력을 가졌고 고문으로 우반신이 불편한 몸이 돼버렸다. 그런 배경을 갖고 있는 안조는 글을 쓰기 시작하며 비밀이라는 개념을 깨닫고 우리 세계에 접근했다. 물론 사실은 접근하도록 우리가 조작한 것이지만. 최상층에서 접속하여 정보가 안조의 네트워크로 들어가도록 위장한 것이었다. 안조는 하층과 최하층에서 마치 이십 세기의 우편배달부가 열심히 우편물과 소포를 나르듯이, 여자나 여자아이를 우리에게 날라다 주고 그것으로 또 우리의 비밀을 챙겼다고 믿었다.

4

요시마쓰가 안조에 관한 이야기를 시작하자 단안 렌즈 속의 아주 작은 빨간 빛이 바깥쪽으로 희미하게 퍼져가며 밀도가 낮아지고 휘도도 약해졌다. 뇌의 기관이나 부위에 관한 어려운 이야기를 할 때와 같은 반응과 변화여서 흥분 정도가 적구나 생각했다. 성적 행위나 범죄에 관해 이야기할 때는 빨간 빛의 점이 줄어들고 밀도와 휘도가 높아졌다. 요시마쓰는 안조 이야기에 흥분하지 않는다는 말이 되었다. 억양 없는 인공음성은 더욱 단조로워지고 소리도 작아진 것 같은 느낌이 들었다. 알아듣기 힘들어졌다. 비밀이라는 말을 요시마쓰가 사용한 뒤, 나는 무의식적으로 안조를 떠올렸다. 우리는 메모리악을 통해 교신하고 있다. 요시마쓰는 내가 뇌리에 떠올리는 이미지를 읽고 그걸 화제에 집어넣었다. 혹은 의사에 관계없이 자동적으로 상대의 이미지에 영향을 받는 건지도 모른다. 시험 삼아 사츠키라는 여자를 떠올려보기로 했다. 우선 사츠키라는 여자의 알몸을 떠올리려고 했지만, 누구의 것인지 모를 여자의 유방과 성기가 머리에 떠올라 심장만 벌렁거릴 뿐 제대로 되지 않았다. 알몸을 그려보려고 했지만 안 된다는 걸 깨닫자 이번에는 사츠키라는 여자의 목소리를 되새겨보기로 했다.

조금 쉰 목소리에 위엄과 슬픔을 띤 나지막한 목소리였다.

엘리베이터 기지인 해상 시설까지 수중 날개 보트로 나를 데려다 주었다. 그 사람을 만나면 나는 잘 있다고 전해주렴. 사츠키라는 여자는 마지막에 그렇게 말했다. 그 사람이라는 건 요시마쓰일 것이다. 요시마쓰를 만났다는 흥분에 전언을 잊고 있었다. 그 사람을 만나면 나는 잘 있다고 전해주렴. 그 사람을 만나면 나는 잘 있다고 전해주렴. 반추하자, 사츠키라는 여자가 가르쳐준 상실감이라는 안타까운 감정이 끓어올랐다. 그리고 사츠키라는 여자의 알몸과 유방과 성기가 눈꺼풀 안쪽에 떠올랐다. 사츠키라는 여자의 알몸은 잘 연마한 수정이나 대리석 같은 광택이 났다. 이식 피부를 탱탱하게 하기 위해 유전자치료를 몇십 번이나 받았다고 웃으면서 이야기해주었다. 보수를 거듭한 피부는 이상하게 켈로이드처럼 매끄러워진다고 했다. 부자연스러운 분홍색으로 빛나는 성기에는 부드러운 금빛 털을 심어놓았다. 분비물이 끈적끈적해질 때까지 핥으라고 내게 명령했다. 명령하는 소리를 뇌리에 떠올리고 분비물 맛과 냄새를 타액 속에 되살리며 요시마쓰가 사츠키라는 여자를 화제에 올리길 기다렸다.

아키라, 어째서 비밀이라는 개념이 생겨났는지 알겠지? 비밀은 행복을 가져다준다. 비밀은 말과 계층에서 생겨났기 때문이다. 비밀은 말과 동시에 탄생했다. 말하는 능력이 없었다면 사실과 다른 일이나 자신의 생각과 다른 것을 의도적으로 이야기할 수 없었을 것이고, 이야기해야 할 것을 감추는 것도 불가능했을 것이다. 거주지분리가 완성된 뒤의 동질사회에서 비밀은 의미를 잃는다. 비밀의 본질은 계급을 파괴하는 운동 속에서 배신이라는 형태로 드러난다. 계급이 고정되면 동질사회에서의 거짓말은 횡행하지만 비밀은 소멸되는 것이다. 안조가 비밀이라는 개념을 안 것은 최하층에서 최상층까지 사회를 횡단했기 때문이다. 안조는 각층을 횡단하는 것이 스스로 획득한 특권이라고 생각했지만, 실은 우리가 부여한 것이다.

하마 사츠키는 안조를 몹시 싫어했다. 아, 하마 사츠키가 나를 만나면 잘 있다고 전해달라고 너한테 부탁했나? 헤어진 뒤에도 우리는 몇 년에 한 번씩 대화하고 있다. 하마 사츠키는 잊기 어려운 동지지. 네 얘기를 하며 엘리베이터까지 안내를 부탁했을 때 안조의 처형을 조건으로 내걸더구나. 편리한 존재여서 나로서는 남겨두고 싶었지만, 들어주지 않으면 하마 사츠키는 다나카 아키라의 안내를 맡지 않겠다고 했다. 하마 사츠키는 다른 층은 물론 최상층의 다른 주민들과도 결정적으로 다른 인물이다. 불안과 고독에서 도망치지 않고 살고 있다. 처음 알게 됐을 때부터 신기한 다중 인격을 가진 여자였다. 노벨상을 수상한 뛰어난 의학자이고, 탁월한 서양 악기 연주자이고, 기록 영상 감독이기도 하여 문화경제효율화 운동을 문화 면에서 지지했지만, 강한 성적 호기심이 있었지. 특히 동성의 수치심을 유발하는 데 집착해서 그런 종류의 컴퓨터 영상을 많이 제작하고 수집했다.

5

성적인 욕망을 잃었군요. 어느 날 하마 사츠키가 나한테 그런 말을 했다. 내게 일어난 변화를 놓치지 않은 것이다. 우리는 성적 모험자라는 공통점도 있었지만, 하층 여자들에게 아이를 낳게 하는 실험을 실시한 뒤 얼마 안 돼서 나는 성적인 욕망이 떨어졌다는 걸 깨달았다. 종합신경안정제를 복용하면서 성적 행위를 계속했지만 어느 순간부터 고통을 느끼게 되었다. 하마 사츠키는 원래 생식은 결과이지 그걸 목적으로 해버리면 성적인 욕망이 사라지고 종의 멸망을 불러올 거라고 단언했다. 성적인 행위는 상상력 게임으로 시작하여 결과적으로 생식과 결부되는 거라고 믿고 있었다. 성적인 욕구를 낳는 게임으로 자극을 창작하고 연출하는 것은 정당한 행위로 표현이 실제 성적인 범죄를 억제한다는 주장 아래, 아이나 남자의 사지를 절단하는 영상을 제작했다. 하층이나 최하층 아이들을 노인시설로 데려와서 성적인 행위를 나누었지만, 종합신경안정제 양을 정확하게 복용하면 해가 없다고 주장했다. 그게 옳은 건지 어떤지 나는 알 수 없었다. 지금도 모른다. 그러나 자극을 주고받는 게임은 심신을 소모시킨다. 고갈된 자원을 탐색하고 의식 끝까지 깊이 파헤쳐 피부나 근육까지 길어 올리는 게임은 막대한 에너지를 필요로 한다. 소모가 심해지면 쾌락과의 차이에 괴로워하게 되고 그 대가로 상실감에 휩싸이게 된다.

하지만 하마 사츠키는 그런 것들을 피와 살로 삼아 살기를 선택했다. 쾌락이 크면 클수록 순식간에 끝난다는 걸 깨달았을 때부터 늘 상실감이 생긴다고 했다. 상실감은 외부에서 발생하는 게 아니라 자기 자신이 만들어내는 것이니 불필요한 것이라면 생길 리가 없다고 했다. 상실감은 살아가며 필요한 것이므로 그것에서 도망치고 싶지 않다고 했다. 실제로 하마사츠키는 절대 도망치려고 하지 않았다. 다른 주민들은 인공 열대우림이나 격리 시설, 혹은 우주 공간으로 도피했지만 그녀는 아직 수로 옆의 작은 인공 호수 근처에 있는 산장에 살고 있다. 그래서 하마 사츠키 같은 사람은 안조 같은 인간을 용서하지 못한다. 하층과 최하층 아이들을 알선하여 금전을 챙긴다는 이유도 아니고, 계속 도망을 다녀서도 아니고, 노인 시설은 존재하지 않는다는 비밀을 알고 있어서도 아니다. 무엇보다 그런 건 비밀도 아니다. 상층 사람들은 그 사실을 이미 알고 있었지만, 거주지분리가 몇 세대 계속되자 그건 마치 공기나 하천이나 산맥 같은 불변의 환경으로 바뀌어버렸다. 다른 계층에 대한 흥미와 관심은 옛날에 사라지고 말았던 것이다.

하마 사츠키는 안조의 처형을 희망하는 이유를 말하지 않았지만, 나는 잘 알고 있다. 안조가 자신의 상실감을 얼버무리고 모르는 척하며 살아간다고 느꼈기 때문이다. 그러나 거기에는 적잖이 하마 사츠키의 오해도 포함되어 있다. 안조는 상실감이라는 개념을 깨닫지 못했을 뿐이다. 안조는 계층을 횡단하면서 생활할 수 있는 특권을 갖고 있다고 착각했다. 최상층 주민에게 성적 장난감으로 하층 아이들이나 젊은 남녀를 알선하면서 한동안 상층에 섞여 보냈고, 중간층에 주거했던 시기도 있고, 하층을 방황하고 다니다가 마지막에는 최하층 양 버스에서 어린아이들과 살았다. 계층과 계급이라는 것은 은폐된 경우에만 횡단에 의미가 있다. 그렇지만 거주지분리가 완성된 사회에서 계층은 인공적인 시스템이 아니라 자연환경이 되어버린다. 계층과 계급은 횡단하는 게 아니다. 원래 파괴해야 하는 것이다. 거주지분리를 통해 이상사회를 만든 내가 이런 말을 하는 것은 모순이라고 생각할지도 모르지만, 계층과 계급에 대한 본능적인 파괴 원망顚望을 이해하지 못하는 사람은 사회를 통치하지 못한다. 나도 하마 사츠키도 혁명가였다. 문화경제효율화운동과 거주지분리에 따른 이상사회화는 틀림없이 혁명이었다. 비극은 거주지분리가 자연환경으로 고정됐을 때 인간의 정신에 어떤 영향을 미칠지 예측하지 못했다는 데서 생겨났다.

6

역시 요시마쓰는 사츠키라는 여자 이야기를 했다. 요시마쓰가 사츠키라는 여자 이야기를 할 때 단안 렌즈 속의 작고 빨간 점이 더 작아지며 휘도가 높아졌다. 이야기 내용은 어려운 말이나 에두른 표현이 많아서 대부분 이해하지 못했다. 알아들은 것은 사츠키라는 여자가 하마라는 성을 갖고 있다는 것과 안조가 확실히 처형됐다는 것이다. 격리 시설에서 기어가는 알몸 여자가 등장한 이상한 쇼가 시작되고 사부로 씨의 독으로 안조가 쓰러져 움직이지 못하게 된 뒤, 흥분해서 현실감을 잃은 내 앞에 안조가 몇 번이나 나타난 느낌이 들었지만, 그건 역시 환상이었다. 요시마쓰는 상실감이라는 말을 몇 번이나 썼다. 헤어지기 직전에 사츠키라는 여자가 가르쳐준 말이었다. 반가워서 마음이 울컥했지만, 그때 지구에 또 아침이 찾아오는 광경이 눈에 들어왔다. 마치 무지개 같은 뾰족뾰족한 빛이 나타나 지표를 찌르는 참이었다. 볼 때마다 압도된다. 몇십 번, 몇백 번, 아니 몇만 번 봐도 질리지 않을 것이다. 풍경이나 현상을 바라본다는 느낌이 아니다. 저 너머 지구에서 일어나고 있는 일이 시신경을 압박하여 시각이 짜부라드는 것 같았다. 에너지 현상을 보는 것이 아니라 에너지 자체가 파도가 되어 밀려와 신경세포를 진동시켰다.

지구에서 눈을 돌릴 수가 없었다. 단안 렌즈 속의 빨간 점을 관찰해야 한다고 생각했지만 시선을 돌릴 수 없었다. 내 의지보다두 외부에서 들어오는 신호가 몇천 배나 강했다. 이런 새벽을 매일 구십 분 간격으로 보고 있으면 신경이 어떻게 될까 생각하고 있을 때, 파랗고 부연 지구 표면을 깎아내기라도 하듯이 빛의 가시가 적도 근처에 접근하면서 유라시아 대륙 중앙부에서 기묘한 형태가 떠올랐다. 전체가 옅은 은색으로 양 끝은 가늘고 가운데는 볼록하여 마치 선충처럼 생겼다. 사원이나 성당인지도 모른다고 생각했지만, 크기가 인도와 거의 같은 걸로 보아 그런 거대한 건조물은 아닌 듯했다. 방추형으로 우뚝 선 구름인가? 그런 게 있을까? 이동하지 않고 인도 상공을 덮고 있다. 아키라. 요시마쓰가 불렀다. 아키라, 은색 구름을 보고 있나? 헬멧 안에서 인공음성이 울렸다. 아키라, 이렇게 빨리 은색 구름을 보게 되다니 너는 역시 선택받은 존재일지도 모르겠다. 저 은색 방추형 구름을 우리 레지던스 주민은 죽음의 전조운이라고 부른다. 신비롭고 비과학적이긴 하지만 저 구름이 나타나면 반드시 여러 곳에서 대재해나 큰 사고가 발생한다. 구름은 일 년에 세 번인가 네 번 나타난다. 지난번은 반년 전에 남반구 대서양 위에 나타나 아르헨티나와 우루과이의 국경 부근에서 대지진이 일어났고 해상에서 유조선이 폭발하여 원유가 유출되었다.

요시마쓰는 방추형 은색 구름이 나타난 뒤에 목격된 재해에 관해 이야기했다. 이 년 전에 구름이 나타났을 때는 미국 서해안에서 십여 대의 천연가스 유조선이 연쇄적으로 폭발하여 멀리서 봤을 때 마치 번쩍이는 사진기의 플래시 같았다고 했다. 헬멧 안에 울리는 인공음성을 들으면서 사츠키라는 여자의 화제에서 뭔가 생각난 게 있구나, 싶었다. 요시마쓰는 메모리악을 통해 내 이미지를 읽고 반드시 그걸 화제로 삼았다. 그러니까 뭔가를 강하게 이미지화할 수 있다면 요시마쓰는 거기에 영향을 받는다. 하지만 그걸 순서대로 생각하는 건 그만두었다. 사츠키라는 여자, 이미지, 메모리악, 화제, 영향, 이런 문구를 떠올리면 배운 것을 간파당할지도 몰랐다. 요시마쓰를 적이라고 생각하는 건 아니었다. 요시마쓰는 언제라도 나를 체포하거나 처형할 수 있었는데 하지 않았다. 여기까지 나를 오게 하기 위해 사츠키라는 여자에게 협력을 의뢰하기도 했다. 적이라고는 생각할 수 없었다. 그러나 불안했다. 게다가 이 무중력 방에서는 힘 관계에서 압도적으로 불리하다. 모르는 곳에서 무슨 일이 일어날지 모른다, 안전하다고 믿어서는 안 된다고 섬을 나온 뒤 체험으로 학습했다. 그러나 끓어오르는 생각과 아이디어를 막기는 어려웠다. 이미지나 떠오르는 말을 뿌리치기 위해 창밖을 보았지만, 지구의 새벽과 은색 구름이 강렬하여 생각이 확산됐다. 마침 잘됐다.

찌르듯이 쏟아져 내리는 태양광이 기세를 잃고 넓적한 접시 위에 녹아버린 아이스크림처럼 지표 전체를 덮었다. 방추형 은색 구름도 윤곽이 흐려지더니 점점 대기와 구분할 수 없게 되었다. 나는 지구에서 요시마쓰의 단안 렌즈로 시선을 되돌리면서, 안조가 처형되는 모습을 떠올리려고 했다. 그리고 어머니와 아버지가 죽어가는 모습을 상상했다. 왜 그런 상상을 했는지 나도 알 수 없었다. 아마 무의식중에 요시마쓰가 얼마나 내 이미지에 영향을 받는지 시험하려고 생각했는지도 모르겠다. 무중력 슈트의 움직임은 제한되고, 스스로 결정할 수 있는 일은 하나도 없고, 생각이나 이미지를 다 읽히고 있다. 모든 것이 수동적인 이런 상태는 안전하지 않다.

어머니는 자궁에 병이 생겨 죽었다. 섬의 평균수명은 서른 살 전후지만, 어머니는 분명 아버지처럼 텔로미어를 절단당해 처형됐을 것이다. 아버지는 급속히 노화했다. 여러 가지 병이 생겨 몸이 줄어들고 주름과 검버섯과 종기가 가득했으며, 머리가 전부 빠지고 호흡이 약해져갔다. 안조가 죽는 모습은 또렷하게 떠올랐지만, 어머니가 마지막에 어떤 상태였고 어떤 표정이었는지는 생각나지 않았다. 죽어가던 때뿐 아니라 어머니 얼굴조차 생각나지 않아 기가 막혔다. 아버지의 생전 얼굴은 희미하게 기억났지만, 텔로미어를 절단당한 뒤의 모습은 나무 막대기로 모래사장에 그린 그림이 바람과 파도에 사라지듯이 눈 깜짝할 사이에 불확실해져버렸다. 어머니와 아버지의 얼굴을 잊어버렸어. 그렇게 생각하니 심장이 펄떡거렸다. 심장의 고동이 무중력 슈트 안쪽을 통해 헬멧을 흔드는 것 같았다. 어째서 어머니와 아버지의 얼굴이 생각나지 않는 걸까? 나는 요시마쓰의 단안 렌즈 속을 응시했다. 빨간 점이 작아지고 휘도가 높아졌다. 흥분하고 고양된 것 같았다. 이 뇌만 살아 있는 괴물은 사실은 적이 아닐까? 문득 그렇게 느껴졌다.

아키라, 너는 최고다. 뭐가 최고인지 모르겠지만 최고라는 말은 해두고 싶다. 양친의 얼굴이 떠오르지 않는다고 해서 슬퍼할 필요도 한탄할 필요도 없다. 네 모친은 아주 평범한 하층 여자로 최소한의 교육을 받은 뒤 타락한 생활을 하다 안조 눈에 들어서 우리 동료의 아이를 낳아 신데지마로 보내졌고, 금지되었는데도 두 번째 아이를 출산해 처형당했다. 모친이 처형을 담당한 것은 안조였다. 아버지의 처형은 내 지시였다. 처형은 어떤 의미로든 인도적이 아니니까 가까이 있던 네가 정신적으로 상처를 입은 것도 이해할 수 있다.

그러나 아키라, 자유로워져라. 그런 건 아무래도 상관없다. 무엇보다 가족제도는 모든 계층에서 붕괴했다. 신데지마뿐 아니라 중간층과 하층에서는 이십일 세기 중엽에, 상층에서는 이십일 세기 말에 가족이라는 인간 집단의 단위가 이미 소멸 중이었지만, 그 영향은 네게도 강하게 반영됐을 것이다. 아키라, 우리는 열다섯 살이 된 네가 여행을 떠날 만큼 충분히 성장했다고 판단하여 역할을 마친 아버지 역을 연기한 사람을 처형했다. 모친도 처형했고, 처형을 명령한 안조도 처형했다. 안조의 처형은 하마 사츠키가 격리 시설 관리관에게 명령해서 네 친구인 쿠치추의 독을 사용했다. 그건 하마 사츠키의 취향이다. 아직 쿠치추 독을 본 적이 없다고 했다. 피부로도 침투하는 신경 독 같은데, 나도 아직 본 적이 없다. 다만 처형은 최상층과 상층에 특히 두드러지고 다른 계층에서도 번져가고 있는 성범죄에 비하면 절대 큰 문제라고 할 수 없다. 내 친구의 아들은 서른아홉 살에 최상층 세무 사무소에서 회계사를 하고 있었는데, 스물다섯 살 때부터 십사 년 동안 열네 명의 유아를 유괴하여 내장과 근육을 잘게 썰어 벚나무 칩으로 훈제해서 조금씩 먹었다. 그런 행위는 단순히 비인도적일 뿐 아니라 함께 살아가는 사람의 살아가는 힘을 빼앗는다.

되풀이해서 말하지만, 우리는 금기 사항을 본능이 아니라 사회적인 학습과 규율로 규제한다. 역사적으로 그런 시스템을 선택한 것이다. 사회성은 남을 위해 어떤 일을 하고 싶다는 원초적 욕구에 따라 지탱되고, 거주지분리가 완성된 이상 사회에서는 주위의 공동체가 동질화하기 때문에 타인이라는 개념이 희박해지고 학습이 불충분해져서 각인 기능이 없어지다가 이윽고 규범에 균열이 생겨 정신이 흔들린다. 그러한 사회에서 정신을 집중해야 하는 일과 작업을 찾아내지 못한 사람은 틈이 생긴 정신으로 금기에 대한 유혹이 들어가는 걸 막지 못한다. 정신적으로 몹시 지치거나 힘들 때는 누구나 사회적으로 정상이라는 상태를 유지하기가 힘들어진다. 전세기부터 우울증이 국민적인 병이 된 것은 그래서지. 자꾸 초조하고 화가 나기도 하고. 게다가 정신의 피로와 황폐함이 진행되면 사회적으로 정상이라고 인정받는 상태를 벗어나기 위해서 금기 사항을 활용하려고 한다. 그런 사람은 금전을 위해서가 아니라 사회적으로 정상이라고 분류되는 자신에게서 도피하기 위해, 모르는 사람을 칼로 찔러 죽이기도 하고 유아를 살해해서 먹기도 하고 녹여서 비누를 만들기도 한다. 자연스럽게 그렇게 돼버리는 사람들이 적지 않다.

8

자연스럽게 유아를 죽이고 먹고 녹여서 비누를 만들게 되는 사람이 적지 않다. 요시마쓰가 그렇게 말했을 때, 단안 렌즈 속의 빨간 점이 확인할 수 없을 정도로 작아지며 더욱 휘도를 더했다. 유아를 죽이고 먹는다는 말을 듣고 반사적으로 몸이 떨렸지만 너무 끔찍해서 도저히 이미지를 떠올릴 수 없었다.

거주지분리는 인류의 마지막 시스템 개혁이었지만 반세기도 버티지 못했다. 성범죄자가 최상층 이상사회에 균열을 만들었고 결국은 파괴했다. 십만 명 중 한 명이 유아를 죽이고 그 고기를 먹은 것만으로 충분했지만, 아무도 그 사실을 깨닫지 못했다. 그래서 전세기부터 그런 사람을 몬스터라고 부르며 비난하고, 사회적으로 단죄하기 위해 상세히 보도했다. 이유 없이 사람을 무차별적으로 죽이고 사체를 토막 내서 버리는 사람은 용서할 수 없다고 분노를 담아 보도하고 소개했다. 그러나 그것은 사회규범이 애초에 취약했음을 널리 알리는 예기치 못한 결과를 낳았다. 누구나 조건만 갖추면 몬스터가 될 수 있다는, 지금은 당연하게 여기는 사실을 당시에는 아직 충분히 공유하지 못했다. 우리는 하층과 최하층 여자와의 교배로 태어난 이천오백아흔여섯 명의 남자를 감시하고 추적하여 거주지를 떠나 아버지와 어머니를 찾는 여행을 떠나도록 조작했다. 거주지분리에 따라 폐쇄된 사회에는 하이브리드 개체가 필요하다고 판단한 것이다.

하층과 최하층 여자들과의 교배로 태어난 이천이백여든아홉 명의 남자를 하이브리드라고 규정하는 것 자체가 오만이라면 오만일 것이다. 하지만 그런 것은 아무래도 좋았다. 오만이라는 말은 사어가 되었다. 우리는 무리 지어 다니는 양이나 날아가는 기러기 떼나 나무그루에서 꿈틀거리는 송충이에게 오만해질 수가 없다. 그것과 마찬가지다. 최상층 주민이 하위층에게 오만해진다는 현상과 개념이 사라졌다. 그리고 이천사백여든일곱 명의 남자 가운데 내 유전자를 가진 남자가 몇 명 있는지, 난 그런 것에 개의치 않았다. 하층과 최하층 여자에게 아이를 낳게 해서 이천이백아흔아홉 명의 남자를 얻어 그들을 모니터링한다는 것은 오만해서가 아니라 단순히 비합리적이고 무의미했다. 아무 의미도 없었다. 우리는 궁지에 몰려 있었다.

요시마쓰는 끝없이 얘기를 계속했다. 그러나 어딘가 이상했다. 한참 뒤에야 나는 깨달았다. 하층과 최하층 여자들에게 낳게 한 아이들의 수가 이야기할 때마다 달랐다. 요시마쓰는 기억을 착각할 인물이 아니다. 나는 요시마쓰에게 뭔가 중요한 이변이 일어나고 있다고 생각했다.

35호동 F 그 4

1

요시마쓰는 끝없이 이야기를 계속했지만, 아직 이변의 정체는 확실하지 않았다. 지구는 몰래 스며드는 어둠에 감싸이고 있었다. 몇 번째의 밤인지 알 수 없었다. 윤곽이 일그러지듯 지구가 숨기 시작했다. 단안 렌즈의 빨간 점은 아주 작고 빛이 강해서 빛이 주위에 물드는 것처럼 보였다. 단안 렌즈의 빨간 점과 어둠에 숨어드는 지구를 번갈아 보면서 문득 요시마쓰의 인공음성에 이따금 잡음이 섞인다는 걸 알아차렸다. 나는 요시마쓰의 고백을 집중해서 듣고 있지 않았다. 유아를 죽이고 먹는 남자 얘기는 불쾌해서 귀를 막고 싶었고, 최상층 남자들이 하층과 최하층 여자들에게 아이를 낳게 했다는 얘기는 처음에는 몹시 동요했지만 계속 듣다 보니 아무렇지도 않게 되었다. 내 생물학적인 아버지는 누구인지 모른다고 했다. 여동생을 낳은 뒤 병사한 어머니는 생물학적으로도 내 어머니가 틀림없다고 했다. 그러나 저 멀리 지름 일 미터 정도의 구체로 떠 있는 지구와 그 표면에서 일어나는 다양한 현상을 바라보고 있는 때문인지, 아버지나 어머니를 둘러싼 이야기는 어찌 됐든 상관없다고 느껴졌다. 어머니에 대한 그리움이 없어진 것도 아니고 아버지에 대한 존경과 감사와 동정이 사라진 것도 아니었다.

생물학적 아버지가 아니라 해도, 또 어머니의 기억이 지워져 얼굴이 또렷이 떠오르지 않는다 해도 그 사실로 감정이 흐트러지는 일은 없었다. 생물학적으로 아무 상관 없다 해도 아버지와 보낸 십오 년 동안의 기억이 사라지거나 의미를 잃거나 하진 않는다. 생물학적인 아버지가 아니어서 당황스러웠던 것은 태어나서부터 줄곧 무의식 속에 만들어온 이야기가 부정당한 것처럼 느껴졌기 때문이다. 그러나 지구가 아름답게 채색된 지름 일 미터의 공으로 보이는 장소에서는 그런 사연이 저절로 소멸되는 것 같았다.

노래하는 고래 ⓗ

요시마쓰가 이야기하는 내용이 흥미로워서 듣는 데 집중하고 있었더라면 나는 분명 인공음성에 섞인 그 잡음을 알아차리지 못했을 것이다. 이야기에 흥미가 없어서 의미를 알 수 없는 독경처럼 흘려듣고 있었던 덕분에 음성의 미묘한 변화를 알아차린 것이다. 잡음은 고장 난 영상간판의 소음과 비슷했다. 틈이 생긴 배기밸브에서 기체가 기세 좋게 새어 나오는 듯한 소리였다. 지구가 어둠으로 덮여 별로 가득한 우주에 뻥 뚫린 검은 구멍처럼 되었을 때, 지금까지보다 훨씬 잡음이 커져서 요시마쓰의 인공음성이 듣기 괴로워졌다. 잡음이 요시마쓰의 인공음성을 덮듯이 울리고 그 틈으로 희미하게 뭔가 들려오는 느낌이더니, 갑자기 전혀 다른 음질의 인공음성이 울려왔다. 늙은 나무늘보다 틀림없이 늙은 나무늘보다. 헬멧 안으로 다른 음성의 종자나 알 같은 것이 들어와 눈 깜짝할 사이에 부화한 것 같은 느낌이었다.

2

늙은 나무늘보다 틀림없이 늙은 나무늘보는 늙어갈수록 체모가 빽빽히게 난 늙은 나무늘보는 빽빽한 체모의 늙은 나무늘보는 체모가 빽빽하게 나서 늙은 나무늘보는 틀림없이 늙은 나무늘보다 빽빽하게 난 체모 속에 틀림없이 늙은 나무늘보로 체모 속에 틀림없이 늙은 나무늘보는 빽빽하게 난 체모 속에 속이다 속에 몇천몇만 몇천몇만의 늙은 나무늘보는 몇천몇만의 체모가 빽빽하게 난 가운데 몇천몇만의 벌레를 살게 해서 틀림없이 늙은 나무늘보는 나이를 먹을수록 나이를 먹은 늙은 나무늘보다 나이를 먹으면 그 모습 전체가 늙은 나무늘보는 체모에 몇천몇만이라는 벌레를 서식하게 하고 스스로는 늙은 나무늘보는 그 모습 전체가 이끼가 자란 수목처럼 된다고 하지만 그야말로 늙은 나무늘보의 뇌가 피곤할 때만 나는 신호를 비집고 들어갈 수 있으니 주의해서 잘 들어주기 바란다. 이 정거장까지 온 사람은 너뿐이라고 늙은 나무늘보는 체모가 길어서 그 내부에 몇천몇만이라는 벌레를 키우고 있고 너만 특별하다고 늙은 나무늘보는 말했지만 거짓말이다.

거짓말. 이 말만이라도 기억해두어야 한다. 아키라 군, 이름이 아키라 군이지? 아키라 군은 늙은 나무늘보에게 뇌를 빼앗긴다. 늙은 나무늘보는 뇌를 빼앗기 위해 소년을 불러들인다. 이 레지던스에 온 것은 네가 처음이 아니다. 나도 포함하고 너도 포함해 전부 네 명이다. 분명 너도 나와 같은 소년일 것이다. 경비 로봇의 감시와 공격을 뚫고 이곳까지 온 소년들의 뇌 정보를 빼앗아서 늙은 나무늘보는 몸속에 벌레를 키우듯이 살아가고 있다. 이 늙은 나무늘보는 뇌 이외의 육체도 이름도 옷도 없이 살아가고 있다. 너는 살해당한다. 너를 살해해서 뇌를 추출하여 케이블에 연결하여 신선한 세포를 보충하지 않으면 늙은 나무늘보는 살아남지 못한다. 우리는 협동했다. 늙은 나무늘보의 신호를 역탐지하여 하이브리드라는 아이의 수를 틀리게 하고 소음을 내서 말을 연결하고 있다. 이 신호는 늙은 나무늘보가 중간에 가로채지 못한다. 그러나 이 신호는 우리가 몰래 독자적으로 모은 당 에너지가 떨어지면 자동적으로 끊긴다. 늙은 나무늘보가 회복되면 체모 속 벌레들은 다시 침묵하지 않을 수 없다는 말이다. 우리는 너와 닮았다. 너는 섬에서 온 것 같다. 우리는 모두 최하층 섬이나 마을을 탈출하여 너와 거의 같은 여정을 걸었다. 죽고 싶지도 않았지만 이곳에 오고 싶지도 않았다. 늙은 나무늘보는 십육 년 동안 신선한 뇌를 만나지 못했다. 신선한 뇌가 온 것은 십육 년 만. 그래서 늙은 나무늘보의 뇌 신호 출력이 떨어졌다. 지금이 기회이긴 하지만 실은 늙은 나무늘보는 죽고 싶어 한다. 죽고, 싶어 한다. 누구도 이런 모습으로 언제까지 살아남고 싶어 하지 않으니 늙은 나무늘보는 죽고, 싶어 한다. 너는 뇌를 주어서는 안 돼. 또 내 신호가 들리는 걸 눈치채게 해서는 안 돼. 우리 세 사람은 기대듯이 서로의 뇌를 맞대고 살아가고 있다. 늙은 나무늘보가 메모리악 신호를 거의 독점하고 있어서 너의 이미지나 네가 상기하는 언어 개념은 좀처럼 전해지지 않지만, 너는 상당한 지식의 소유자로 아주 흥미진진한 체험을 한 것 같다. 살해될 거라고 했지만 정확하지, 않을지도, 몰라. 우리도 모두 살아 있으니까. 이렇게 대화를 하고 날마다 정보도 습득하고 있지. 늙은 나무늘보를 통해 해 뜨는 지구와 해 지는 지구, 오로라와 화산의 분화, 죽음의 전조운과 그 뒤의 갖가지 대재해도 빠짐없이 보았지. 무엇보다 이곳은 우주이기 때문에 도망칠 수가 없어. 나는 이십 년 전에 이곳에 와서 제일 오래됐지. 나머지 두 사람은 각각 십팔 년, 십육 년 전에 왔다. 우리는 사이가 좋다. 의외로 역사상 가장 사이좋은 삼인조일지도 모른다. 뇌만으로 살아 있으니 사이가 나쁘다고 해서 폭력을 휘두를 수도 없다. 그러니 서로에 대해선 뭐든 알고, 안다는 것은 서로를 존중한다는 거다. 도망칠 수 없다는 말만큼 아름다운 울림을 가진 단어는 없는 것 같다. 도망칠 수 없다. 오오, 아름다운 말이다. 도망칠 수 없다. 울림이 예뻐. 도망칠 수 없다. 마치 음악 같아. 도망칠

수 없다. 언제든 몇 번이든 읊조리고 싶어. 만약에 E 포드를
타고 도망쳐도 아무도 너를 모를 거다. 그러니 뇌만 있는 우
리하고 동료가 되는 것도 좋을지 모르겠다. 뇌만으로 살아가
는 건 경쾌함 그 자체라고 할 수 있다. 뇌만 남으면 현실이 아
주 가볍게 느껴진다. 최대의 장점은 동료가 있다는 것이다.

3

　음질이 다른 인공음성이 절단되듯이 사라지고 또 요시마
쓰의 인공음성이 헬멧 안에 울렸다. 느닷없이 시작되고 느닷
없이 사라져서 그것이 정말 일어난 일인지 어떤지 모호해졌
다. 그러나 음질이 다른 인공음성이 말을 걸었다는 사실은 또
렷이 기억하고 있다. 아주 알아듣기 쉬웠기 때문이다. 여기까
지 온 것은 나 하나뿐이 아니다. 지금까지 세 명의 소년이 역
시 나와 같은 여정을 더듬어서 우주까지 왔다. 그들은 뇌를
빼앗기고 합성 수액 용기 속에서 서로 의지하며 살고 있다.
말을 걸어온 것은 그중 가장 연장인 소년이었다. 다른 한 사
람이 요시마쓰의 언어를 혼란시키고, 나머지 한 사람이 숫자
를 틀리게 했다고 한다. 요시마쓰는 하층과 최하층 여자들에

게 낮게 한 남자의 수를 몇 번이나 틀렸다. 도망칠 수 없다고 연장인 소년은 말했다. 그건 그랬다. 이곳은 우주로 아무 데도 갈 수가 없다. 그러나 새로운 의혹이 생겼다. 음질이 다른 인공음성이지만, 요시마쓰 자신이 만든 건 아닐까? 뇌를 빼앗긴 것을 알리기 위한 연출이었을지도 모른다. 그러나 확인할 수가 없었다.

요시마쓰의 인공음성은 마치 아무 일도 없었던 것처럼 지금까지와 같은 톤으로 울렸다. 하이브리드를 만든다는 그 판단이 옳았는지 어땠는지 검토할 여유는 없었다. 가령 옳았다 쳐도 거주지분리에 따라 폐쇄되고 해체된 사회의 해결 실마리가 될지 어떨지는 불확실했다. 그러나 우리는 달리 무엇을 해야 할지 알지 못했다. 이민내란에서 문화경제효율화운동을 거쳐 거주지분리에 따른 이상사회를 지향할 때의 동기와 열기가 타고 남은 불꽃처럼 희미해진 것과 마찬가지로 아무런 확신도 없는 판단이었다. 여행을 시작한 아이들에게는 다양한 사회적 짐을 짊어지도록 했다. 구체적으로는 위험한 지역을 통과시키고 위험한 그룹을 접촉하도록 조작하고 경비 로봇을 파견하고 성적인 도착과 범죄에 유혹받도록 상황을 연출했다. 다만 실제로 거주 지구를 떠난 것은 겨우 백여든여섯 명이었고, 그 대부분이 중도에서 체포되거나 처형당했다. 그중 최상층 시설까지 온 것은 너뿐이다. 거듭 말하지만 너뿐이다. 섬의 여자들은 아마 일종의 발정기를 갖고 있었던 게 아닐까 상상한다. 아키라, 모친을 기억하지? 범죄자였으나 너를 낳는 조건으로 사면되었다. 네 아버지라는 남자에게는 서버 데이터 관리 일을 맡기고 그 비밀을 평생 지키도록 했다. 고래 이야기가 거짓말이라는 증거가 들어 있다는 칩은 무용지물이다. SW 유전자는 존재한다. 그러나 고래 이야기는 전 세계 지배층이 날조한 것이었다. 네 아버지라는 남자가 네게 맡긴 칩에 적혀 있는 내용은 SW 유전자 이야기가 날조됐다는 것이다. 노래하는 고래는 존재하지 않고 당시 세계를 지배했던 선진국 권력자들이 만든 거짓 이야기이며, 어쨌든 죽음을 늦추는 유전자와 그것을 인체에 심는 기술은 이미 개발되어서 어떻게 사용하는가가 문제라는 내용이다.

네 아버지라는 남자는 그런 정보를 네게 맡겼지만, 그까짓 칩 때문에 흔들릴 세계는 어디에도 남아 있지 않다. 아키라, 함께 살자. 함께 사는 걸 공생이라고 하지. 우리는 함께 살 수밖에 없어. 그것만이 희망이고 가능성이다. 아키라, 내 설명은 대충 끝나간다. 지루했을 거라 생각하지만, 꼭 알아주었으면 했다. 그래, 어떠냐? 슬슬 내 뇌를 추체험하고 싶지? 내 뇌와 연결되어보는 건 멋진 체험이 될 거다.

4

그런 말을 인공음성으로 한 뒤, 요시마쓰가 로프를 타고 단숨에 내 옆으로 다가왔다. 아주 격렬하고 빠른 움직임이어서 나를 덮치는 줄 알았다. 움직임이 순식간이어서 눈으로 좇을 수도 없었다. 머리와 팔과 다리를 잇는 케이블이 동그랗게 휘어지며 팽팽해진다 싶더니 모습이 시야에서 사라져버렸다. 순간 무슨 일이 일어났는지 알 수 없었다. 단안 렌즈가 눈앞에 나타나고 금속으로 된 왼팔이 뻗어 와 헬멧 뒤통수 부분을 감았다. 렌즈 속의 빨간 점이 휘도를 더했다. 아키라, 어떠냐? 너 어쩐지 내 몸과 뇌에 흥미가 있는 것 같구나. 그건 네가 이 방에 들어올 때부터 알고 있었다. 곧장 날아오는 화살처럼 네 의사가 바로 전해졌어.

지루한 얘기는 이쯤 해두자. 제일차이민내란은 이민들에게 일본 국적을 주지 않은 것이 원인이었다든가, 그런 걸 듣고 싶나? 듣고 싶다면 일주일이든 십 년이든 계속 들려줄 수 있지만, 아마 그런 얘기는 이제 지겨울 거다. 그러니까 아키라, 내 뇌를 경험해보고 싶지 않나? 타인의 뇌를 경험하는 것만큼 자극적인 건 없어. 저궤도 상에서 지구의 새벽이나 오로라를 보는 것보다 몇십 배, 몇천 배, 몇만 배 자극적이지. 절대로. 너는 체험하고 싶을 거다. 아주 간단해. 이 케이블을 헬멧에 꽂기만 하면 내 뇌를 경험할 수 있다. 의미를 알겠나? 너는 내가 될 수 있는 거다. 나는 네가 될 수 있고, 너는 내가 되는 거야. 합체한다거나 생각을 공유한다거나 같은 것을 본다거나 그런 게 아니다. 이건 굉장한 체험이야. 너는 내가 되는 거라고.

요시마쓰는 그런 말을 하면서 뒤통수에 감은 손으로 헬멧을 고정시키고, 어느새 철사 같은 가느다란 오른손 손가락에 삽입 플러그가 달린 케이블을 잡고 있었다. 눈에 보이지도 않을 빠르기로 다가와서 팔을 감듯이 하고 헬멧을 잡아서 덮치는 줄 알았지만 실제로 공격을 받았는지 어쨌는지 모르겠다. 아까 다른 음성신호가 가르쳐준 것처럼 내 뇌를 빼앗을 생각일까? 요시마쓰는 케이블 끝의 뾰족한 플러그를 헬멧 옆 부분에 꽂으려 하는 것 같았다. 그러나 공격이 아닐지도 모른다. 무엇보다 뇌를 빼앗는다는 게 가능한 일일까? 지식이나 기억을 빼앗는 것일까? 내 지식 따위 이백 살에 가까운 요시마쓰가 축적한 지식에 비하면 먼지에 지나지 않을 테고, 내 기억이 그리 가치 있는 것이라고도 생각할 수 없다.

　그러나 요시마쓰는 불쾌한 말을 했다. 너는 내가 되는 거다. 그런 말을 했다. 요시마쓰가 된다는 건 구체적으로 어떤 뜻일까? 요시마쓰는 최상층 주민 중에서도 최고위에 속하고 국가적인 지도자이다. 최하층 반란이민의 후손에서부터 격리 시설 주민까지 그를 모르는 사람은 아무도 없다. 생각할 수 있는 한 가장 높은 지성과 명성과 지위와 권력을 가졌으며 백 년 이상에 걸쳐 국가와 국민을 이끌어온 인물이다. 다만 아무리 유명하고 위대한 인물이라 해도 나는 다른 사람이 된다는 건 생각할 수 없었다. 요시마쓰는 다른 사람이 된다는 건 굉장한 체험이라고 했다. 하지만 아무리 굉장한 체험이어도 다른 사람이 된다는 건 싫었다. 복수의 성격이나 느낌이 어떤 것일까 상상하니 구토가 났다. 쥐나 뱀이나 벌레가 되는 편이 차라리 낫다고 생각했다. 통증과 죽음을 받아들이는 건 어느 쪽일까? 내가 요시마쓰가 되어 요시마쓰의 몸이 생명활동을 정지한 경우, 어느 쪽이 죽을까?

생각과 이미지를 요시마쓰에게 들켜서는 안 된다. 요시마쓰의 것과는 다른 인공음성을 들은 것, 요시마쓰의 뇌를 체험하기 싫다는 것, 그런 것을 요시마쓰에게 감지당해서는 안 된다. 그것이 정말로 뇌인지 어떤지는 불확실하지만, 요시마쓰는 분명 내게서 뭔가를 빼앗으려 하고 있다. 나는 뭔가를 강하게 상기시킬 필요가 있어 죽음을 상상했다. 지금까지 체험하고 상상한 죽음을 강하게 떠올렸다. 중국계 이민 후손들이 손도끼로 머리를 쪼갠 반란이민 후손들의 죽음은 지금까지의 여행에서 가장 강렬하고 또한 떠올리고 싶지 않은 기억이었지만, 나는 의식의 바닥에 잠든 최악의 영상을 억지로 떼어내듯이 상기시켜 두개골이 쪼개져 피와 유백색의 체액이 사방으로 튀는 모습을 계속 상상하며, 사이사이에 어떻게 요시마쓰의 공격에서 벗어날 수 있는지를 초점이 빗나가도록 애쓰며 일부러 약하게 생각하기로 했다. 앤의 아버지의 머리 한가운데 깊이 박힌 손도끼, 얼굴이 좌우로 찢기듯이 입술까지 갈라지고 반쪽이 된 코가 너덜거리며 흔들렸다. 잔혹한 참상을 연속 사진 영상처럼 또렷하게 떠올리고, 그 한 장 한 장의 사진과 사진 사이에 공격에서 벗어날 방법을 플래시백처럼 끼워 넣어갔다. 앤의 아버지 얼굴을 내 아버지와 어머니로 바꿔놓기도 했다. 앤과 사츠키라는 여자의 얼굴이 한복판에서 쪼개지는 것도 상상했다.

요시마쓰는 이미 죽음을 받아들인 게 아닐까? 죽고 싶어 하는 게 아닐까? 잔혹하고 처참한 영상을 되풀이해 상기하는데, 문득 그런 생각이 들었다. 죽음을 받아들인 인간 특유의 고요함 같은 것이 느껴졌다. 앤의 아버지와 그 동료들이 중국계 이민들에게 살해당하기 직전 그 환락가 서지구 건물의 방에는 독특한 고요함이 가득했다. 그것은 이미 결정되어 누구도 뒤집을 수 없다는 사실을 앤의 아버지와 일행이 받아들이고, 모든 저항을 포기하고 심신이 탈진한 순간이었다. 요시마쓰는 활발하게 움직이며 인공음성으로 수다스럽게 말하고 있었지만 인상은 아주 고요했다. 그 고요함은 인공음성에 억양이 없는 것과는 상관없었다. 현재의 자신과 상황에 절망하고 있는지도 모르고, 욕망을 전부 소비해버렸는지도 모른다. 하지만 요시마쓰와 상대하고 있으니 묘한 고요함이 느껴졌다.

5

아키라, 너는 내 죽음을 상상하고 있는 거냐? 멋지구나. 참으로 멋지구나. 너의 상상력에 찬사를 보낸다. 감탄했다. 그런 상상력이 있기 때문에 너는 살아남아 여기까지 온 거겠지. 맞다. 나는 죽고 싶다고 생각하고 있다. 그러나 나는 죽지 않는다. 이곳에서부터 지구에, 주로 상층의 행정·통치 조직에 신호를 보내 계몽하지 않으면 안 된다. 하지만 계몽 같은 게 되지 않는다는 것도 알고 있다. 나는 모순되었다. 나는 내가 모순되었다는 걸 알고 있다. 모순 덩어리다. 모순 그 자체라고 해도 좋을 게다. 그렇기 때문에 나는 인간의 정신과 사회와 맞서서 그걸 응시할 수 있었다. 나 이외의 많은 사람들은 인간의 정신과 사회가 이미 결정된 방식으로 탄생하여 유지되어 왔다고 착각했고, 그래서 변화에 대응하지 못했다. 나는 모순 그 자체가 됨으로써 살아남았다. 하지만 사람은 원래 겨우 삼십 년 정도밖에 못 사는 생체 시스템을 갖고 있다. 이는 흔들리고 눈의 수정체는 늘어나고 허리나 무릎의 연골은 닳아가지. 내 몸은 혼자서 활동하지 못하고 정신마저 혼미하다. 백칠십육 년이나 살다 보면 어느새 사회 변화와는 무관해진다. 아무리 뛰어난 두뇌나 얻기 힘든 경험도 실제 상황과 맞지 않게 된다. 비판에만 반응하게 된다. 그게 내 모순의 총체다. 알겠나? 플러그를 꽂아도 되겠지? 내가 된 뒤에 또 그 멋진 상상력을 발휘하여 이미지를 그려보렴. 내가 된다는 것은 다나카 아키라의 죽음을 의미하는 게 아니다. 의미를 정확히 하자면 재생이지.

　나는 처참하고 잔혹한 처형과 죽음을 계속 상상했다. 앤과 사츠키라는 여자의 머리가 쪼개져 피와 체액이 넘쳐나고 얼굴이 좌우 양쪽으로 갈라지는 모습을 상상하는 것은 불쾌하고 무서웠다. 무중력 슈트 안쪽에서 소름이 돋았다. 하지만 다른 이미지는 약해서 이내 모호해지고 부옇게 돼버려 지속할 수 없겠다고 생각했다. 앤과 사츠키라는 여자와 손을 잡거나 껴안고 얘기를 나누는 것이나 어린 시절에 아버지, 엄마와 함께 봉식을 먹을 때 같은 행복한 이미지는 약하고 모호해서 이내 끊겨버렸다. 내가 행복에 대해 너무 몰라서 그런 건 아니다. 행복이라는 감정은 막연해서 시각 이미지의 환기력이 약하다. 아버지의 데이터베이스에 따르면 천국의 이미지는 아주 빈약하지만 지옥의 이미지는 무한하다. 그래서 불안이나 공포의 이미지는 간단히 행복을 지운다. 요시마쓰는 내가 품은 이미지를 읽고 감정의 움직임을 파악하고 생각을 감지하려고 했다. 요시마쓰는 화상을 스캐닝하듯이 내가 상상하는 이미지를 정확하게 읽었지만 논리적인 사고를 따르는 건 힘든지 속도가 늦었다.

요시마쓰가 되기를 거부하기 위해서는 이 장소에서 도망치지 않으면 안 된다. 도망칠 수 없어. 다른 인공음성은 그렇게 말했다. 도망칠 수 없다는 말만큼 아름다운 울림을 가진 단어는 없는 것 같다. 확실히 그럴지도 모른다. 우주의 저궤도에 떠 있는 밀폐된 금속 방에서 어떻게 도망칠 것인가? 이 방에서 나가도 나를 위한 공간은 아무 데도 없고 우주정거장 바깥에는 공기가 없어서 생존이 불가능하다. 그러나 요시마쓰에게서 떨어지지 않으면 안 된다. 오십 센티미터라도, 오 센티미터라도 어떡하든 요시마쓰에게서 떨어지겠다는 의지를 갖지 않으면 나는 내가 아니게 돼버린다. 지금까지 나는 내가 나라는 것을 기쁘게 느낀 적이 없다. 내가 나라는 것, 거의 전부가 싫었다. 그런데 요시마쓰든 누구든 다른 사람이 된다는 것만은 절대로 싫었다. 다른 사람이 된 나를 어떻게 미워할 것인가?

잠깐만 기다려주시겠습니까. 헬멧 안에서 중얼거렸다. 헬멧 안에서도 입을 움직일 수 있었다. 음성은 메모리악을 통해 직접 요시마쓰에게 전달됐다. 무중력 슈트의 왼팔을 요시마쓰가 눈치채지 못하도록 살짝 움직여보았다. 의지보다 희미하게 느껴지만 부드럽게 움직였다. 부채꼴의 방은 삼차원의 거미줄 같은 로프로 점령당해서 나는 입구 근처에서 거의 이동하지 않았다. 그래서 무중력 슈트로 이동하는 데 익숙하지 않았다. 그렇지만 일단 헬멧에 플러그를 꽂으려고 하는 요시마쓰에게서 떨어져야 했다. 부채의 손잡이 위치에 있었기 때문에 등 뒤에는 사방 일 미터 정도의 공간밖에 없었다. 입구는 닫혀 있고 문을 여는 방법은 모른다. 입구의 벽에 등을 딱 붙일 때까지 후퇴하면 요시마쓰의 팔에서 벗어날 수 있을까? 미묘한 거리다. 그리고 요시마쓰의 뇌와 결합하기를 거부할 생각이란 걸 감지당해서는 안 된다. 상황만으로는 압도적으로 불리했다. 요시마쓰는 내 무중력 슈트를 조작할 수 있을지도 모른다. 금속 손가락과 팔로 조절 장치 케이블을 뜯어내면 그만이다. 무중력 슈트는 너무 무거워서 조절 장치가 꺼지면 나는 미동도 할 수 없게 된다. 혹은 무중력 슈트 안의 공기를 차단하여 질식시켜 의식을 잃게 하거나 헬멧 내부를 조작하여 얼굴과 머리를 조를지도 모른다. 일단은 되도록 요시마쓰에게서 떨어져야 한다. 그리고 무중력 슈트를 벗어야 한다.

잠깐 기다려주시겠습니까. 한 번 더 그렇게 말하고 뒷걸음질을 쳤다. 안 된다! 증폭된 요시마쓰의 인공음성이 헬멧 안에서 울려 머리가 깨질 것 같았다. 헬멧 뒤통수를 꽉 감고 있는 요시마쓰의 팔에 더욱 힘이 들어가, 뒤로 물러서기는커녕 앞으로 끌려가다가 고꾸라질 뻔했다. 아키라, 너는 무슨 생각을 하고 있는 거냐? 도망칠 생각이냐? 어디로 도망친다는 거냐? 어, 디, 로, 도, 망, 친, 다, 는, 거, 냐! 요시마쓰는 한 자씩 말을 끊더니 그다음에는 소리 내어 웃었다. 앗앗앗앗앗앗앗. 철사처럼 가는 손가락으로 플러그 끝을 잡고 헬멧 옆으로 다가왔다. 네 뇌세포는 내 것이야. 너는 우리가 낳은 아이고 프로덕트다. 너는 생을 얻은 게 아니다. 우리에 의해 계획적으로 만들어진 것이다. 최고의 프로덕트지. 여기까지 온 것은 이천이백여든다섯 명 중 고작 네 명, 달아나려고 한 건 너 한 사람이다. 나는 신선한 뇌세포를 보충하지 않으면 활동할 수 없다. 다른 장기나 혈액이나 산소는 인공적으로 공급할 수 있지만, 성가시게도 뇌만큼은 신선한 세포가 불가피하다.

아키라, 네 뇌세포를 내가 갖겠다. 고맙다. 사례는 무한대로 한다. 물론 통증은 없을 것이다. 이 플러그는 마취용이다. 너는 일단 잠에 빠지고, 두개골을 열어 뇌를 꺼낸 뒤 남은 신체 부분은 존엄하게 우주장을 치러 수억 개의 빛나는 별을 따라 저궤도를 떠돌게 된다. 최대한의 경의라고 생각해주기 바란다. 무슨 볼만이 있나. 인간은 뇌다. 너의 뇌가 너 자신이고 내 뇌가 나 자신이다. 너는 뇌세포를 내게 줌으로써 위대한 인물과 하나가 된다. 지렁이가 알렉산더 대왕과 한 몸이 되는 것이다. 게다가 남은 신체 부분은 지금은 전 지구의 최상층 사람들이 동경하는 우주장을 치러준다. 난 도대체 모르겠구나. 뭐가 불만이냐. 나는 슬퍼서 울고 있다. 너무 슬퍼서 눈물을 흘리고 있다. 너는 인간과 생의 가능성에서 가장 멀리 분리된 계층 출신으로 비참한 체험과 기억밖에 없다. 나는 나를 위해서가 아니라 너를 위해 이런 주문을 하는데 그걸 거부하고 도망치려 하다니, 이렇게 멍청하고 무의미한 행위를 접하는 건 처음이다.

6

플러그가 헬멧 옆 부분에 꽂혔다. 요시마쓰는 왼손을 헬멧에 감고 오른손으로 플러그를 잡고 있었다. 역시 내 뇌를 꺼내서 빼앗을 심산이었다. 요시마쓰의 온몸을 지탱하는 것은 로프를 잡고 있는 좌우 발가락이었다. 나는 무중력 슈트의 오른손을 앞으로 내밀어 요시마쓰의 발가락이 잡고 있는 로프를 앞으로 잡아당겼다. 로프는 신축성 있는 탄소섬유로 앞으로 당기니 흔들렸다. 요시마쓰는 반사적으로 로프를 다시 잡았지만, 순간 균형을 잃어 오른손 손가락이 플러그에서 떨어졌다. 나는 무중력 슈트 왼손을 헬멧 옆 부분으로 가져가서 플러그를 찾아 빼려고 했다. 자세를 바로 한 요시마쓰가 다시 플러그를 잡으려고 팔을 뻗쳤다. 한 번 더 로프가 크게 흔들렸다. 요시마쓰가 앞으로 고꾸라져 로프에서 떨어질 뻔한 틈에, 나는 플러그를 찾아 왼손 손가락으로 잡아서 뺐다. 먼저 너를 움직이지 못하게 해주지. 요시마쓰는 그렇게 말하고 이번에는 오른손을 무중력 슈트의 허리 부분으로 뻗쳐 조절 장치 케이블을 잡으려고 했다. 케이블을 뜯어내려는 것이다. 나는 요시마쓰의 팔을 잡으려고 했지만, 움직임이 빨라서 불가능했다. 오른손 전체를 사용하여 조절 장치와 케이블을 방어하면서 입구 쪽으로 후퇴했다. 무중력 슈트의 불룩한 등을 벽에 찰싹 붙이고 섰다. 요시마쓰의 팔이 뻗어 왔지만 아슬아슬하게 조절 장치에는 닿지 않았다. 요시마쓰는 일단 격자형 로프를 타고 후방으로 삼 미터 정도 물러났다. 기세를 더해서 로프의 신축성을 이용하여 나를 덮칠 생각인 것 같았다.

무중력 슈트의 발밑에 뭔가 있어서 나도 모르게 그걸 밟은 것 같았다. 기계를 밟은 감각이 전해졌다. 바닥에 놓여 있던 백팩이었다. 바닥에 둥둥 떠 있었다. 나는 무릎을 꿇었다. 오른손으로 더듬거려 백팩을 잡아 당겨 지퍼를 열고 사부로 씨가 맡긴 그리스 건을 꺼냈다. 그런 장난감으로 뭘 할 생각이냐? 요시마쓰가 앗앗앗앗앗, 하고 웃었다. 사부로 씨의 그리스 건은 유탄을 발사할 수 있다. 개조 총이어서 요시마쓰는 이 그리스 건이 유탄을 발사할 수 있다는 것을 모른다. 제일 굵은 상자 모양의 총에 소형 음료수 병과 비슷하게 생긴 섬광 유탄을 두 개 밀어 넣고, 빨간 단추를 가볍게 눌러 발사장치 스위치를 넣고 측정기로 유압을 확인한 뒤 요시마쓰의 머리 부분을 향해 쏘았다. 첫 발은 유탄이 총구에서 날아가는 것이 또렷하게 보였지만, 발사 반작용으로 내 몸이 뒤로 날아갔다. 벽에 부딪친 충격으로 두 발째는 터무니없는 방향으로 날았다. 첫 발이 요시마쓰의 등 뒤에서 폭발했다. 그러나 섬광은 대낮 같은 오렌지색 빛이 아니라 짙은 청색이었고 폭발도 작았다.

섬 쓰레기장에서 사부로 씨가 족제비 무리를 쏘았을 때는 오렌지색 빛이 주위를 압도하며 빛났지만, 이 방은 무중력이어서 공기 이동이 느린 탓에 충격이 약했다. 그러나 환상적인 파란 빛이 동그란 모양으로 퍼지더니 다음 순간 가속을 받은 후폭풍이 밀폐된 방을 마구 휘저었다. 무중력 슈트 위로 옆으로 후려치는 돌풍 같은 충격을 받은 내 몸이 무서운 기세로 회전하며 바닥에 쓰러졌다. 후폭풍은 벽에 부딪친 뒤, 약간 힘을 잃으면서 부채 모양의 방을 돌다가 부채 손잡이 위치의 벽에 부딪쳐서 그대로 방 전체에 방사상으로 퍼지면서 벽을 따라 빙빙 돌풍이 되었다.

바닥에 양손을 짚고 상체를 일으켜 요시마쓰를 찾고 있을 때, 비스듬히 천장을 향해 날아간 바람에 도화관의 각도가 어긋나서 폭발하지 않았던 두 번째 유탄이 몇 번 벽과 천장과 바닥에 튀다가 창틀에 부딪쳐 폭발했다. 다시 파란 화염이 주위를 감싸고 후폭풍이 밀려왔다. 갖가지 모양의 구름 같은 재색 연기가 여기저기 생기고, 그것이 덩어리째로 후폭풍에 휩쓸려 엄청나게 빠른 속도로 방을 이동했다. 중력이 없어서 공기는 온도에 관계없이 덩어리가 된 채 체류했고, 연기는 마치 고형물처럼 모양이 흐트러지지 않았다. 몇 개의 연기 덩어리가 시야를 가려 요시마쓰가 어디에 있는지 확인할 수 없었다. 불에 탄 로프가 여기저기 절단되어 막대처럼 덜렁덜렁 흔들렸다. 요시마쓰의 몸과 기기를 연결하고 있던 케이블도 충격으로 넻 가닥 뽑혀서 고개를 처든 뱀처럼 허공에 떠 있었다.

케이블이 잘렸는지 아니면 장치가 파손됐는지 헬멧 안으로 계속 들렸던 메모리악의 소음이 사라졌다. 나는 바닥에 드러누운 채 무중력 슈트를 벗으려고 했다. 우선 조절 장치 단추를 조작하여 'remove'라는 글자에 불이 들어오게 해서 몸에 달라붙듯 딱 맞던 내부를 느슨하게 했다. 상반신의 겉단추를 풀면서 이 무중력 슈트가 충격을 막아주었다고 생각했다. 무중력 슈트의 보호를 받지 못했더라면 벽으로 날아가서 목뼈가 부러졌을지도 모른다.

7

헬멧을 벗으니 인 냄새가 코를 찔렀다. 두 팔과 상반신을 무중력 슈트 밖으로 내놓았을 때, 눈앞의 연기 덩어리 속에서 불쑥 요시마쓰가 나타났다. 요시마쓰의 몸은 완전히 달라져 있었다. 머리 부분이 뒤로 꺾이고 오른쪽 다리가 몸통에서 떨어져 나가 간신히 케이블로 연결되어 달랑거렸다. 요시마쓰는 왼손을 등 뒤로 돌리고 자신의 머리를 더듬어 단안 렌즈를 잡으려고 했다. 시각을 확보하려는 것이다. 나는 무중력 탓에 상체와 양팔이 불안정해졌고 하반신은 무중력 슈트에 묻혀 미동도 할 수 없었다. 덩어리가 된 연기 너머로 강한 빛이 나타났다. 이 방에 와서 몇 번째인가의 아침이 찾아오고 있었다. 멀리서 사이렌 같은 소리가 울렸다. 그리스 건 폭발이 중추에 전해져 경보가 울린 건지도 모른다. 뇌를 공유하고 싶다는 요시마쓰의 뜻을 저버리고 몸을 절반은 파괴시켜버렸다. 어떤 벌을 받을까? 이 정거장에는 형무소 같은 곳이 있을까? 아니면 추방될까? 그런 생각을 하면서 무중력 슈트에서 하반신을 빼내려 하는데, 갑자기 요시마쓰의 오른손이 뻗어 와서 철사 같은 집게손가락과 가운데손가락의 뾰족한 끝이 내 가슴에 박혔다. 통증으로 온몸이 떨리고 패닉에 빠졌다. 요시마쓰는 왼손에 잡은 단안 렌즈를 내 쪽으로 돌리고, 오른손 두 개의 손가락을 더욱 깊숙이 찔렀다. 단안 렌즈는 크고 작은 무수한 케이블이 머리와 연결되어 있었다. 도망치려고 어설프게 몸을 움직이다 손가락 박힌 부분이 벌어져 아픔만 더 커졌다.

　나는 요시마쓰의 금속 오른팔을 두 손으로 잡고 밀어내려고 했지만 움쩍도 하지 않았다. 그리스 건을 찾았지만 후폭풍이 밀려올 때 놓친 것 같았다. 눈앞의 단안 렌즈 속이 빨갛게 빛났다. 요시마쓰는 반파되어 말을 잃은 것 같긴 하지만 죽지는 않았다. 손가락은 얼마나 깊이 박힌 것일까? 냉정해져라, 나는 스스로를 다독였다. 몸을 젖히듯이 천천히 뒤로 물러나자, 피가 실처럼 이어지며 금속 손가락이 빠졌다. 찢어진 셔츠 틈으로 피가 배어 나와 식물이 싹을 틔우듯이 위를 향해 뻗어 올라 흔들렸다. 상처는 왼쪽 젖꼭지 바로 옆이었다. 갈비뼈가 삐걱거리는 듯이 아팠다. 상처가 내장까지 닿는 걸 갈비뼈가 막아준 것이다. 셔츠를 눌러 출혈을 막으려고 했다. 단안 렌즈가 이쪽을 향하더니 요시마쓰가 오른손을 천천히 머리 위로 올렸다가 무서운 속도로 내리쳤다. 순식간에 얼굴을 돌리고 몸을 비켰다. 무중력 탓에 피부에서 떠오른 셔츠가 어깨에서 소매까지 쭉 찢어졌지만 몸은 상하지 않았다. 그러나 등이 벽에 딱 붙었다. 더 이상 뒤로 물러날 데도 없고, 아랫도리는 무중력 슈트에 묻힌 채여서 구부리고 앉을 수도 없었다.

요시마쓰가 왼쪽 발로 로프를 잡고 균형을 유지하면서 조금씩 다가왔다. 몸을 쑥 내밀어 이미 상반신 대부분이 제일 앞줄 로프에서 삐져나와 있었다. 로프를 잡고 흔들면 요시마쓰는 균형을 잃고 떨어질지도 모른다. 그러나 조금이라도 앞으로 나아가면 금속 팔과 손과 손가락의 공격 거리에 들어가

버린다. 무중력 슈트를 벗으면 몸은 자유로워지겠지만 방에
는 중력이 없다. 우주 엘리베이터에서 내릴 때는 바닥에 고정
된 슬리퍼 같은 것에 발을 넣어 몸 전체가 뜨는 것을 막았다.
무중력 슈트를 벗으면 공중에 둥실둥실 떠버릴 것이다. 몸 움
직임을 조절하지 못한다. 요시마쓰는 눈 깜짝할 사이에 나를
갈기갈기 찢어 죽이고 뇌를 빼앗을 수 있다. 그렇다고 이대로
꼼짝 않고 벽에 붙어 있을 수도 없었다. 사이렌이 또렷이 들
렸다. 뭔가의 경고음이 틀림없었다. 요시마쓰가 슬금슬금 거
리를 좁히고 공격을 가하려고 했다. 단안 렌즈 속의 작은 빛
은 밝디밝게 빛났다. 리듬을 타고 몸 전체를 앞뒤로 흔들며
로프를 흔들기 시작했다. 오른손 손가락을 내 쪽으로 향했다.
어쩐지 로프의 탄력을 이용하여 오른손을 더욱 깊숙이 찌를
생각인 것 같았다.

  나는 찢어진 셔츠를 뜯어냈다. 가슴과 배가 드러났다. 왼
쪽 젖꼭지 바로 옆에 검붉은 구멍이 뚫려 있고 아직 피가 보
였다. 로프가 점점 크게 휘어지고, 요시마쓰는 머리 부분에서
떨어진 단안 렌즈를 왼손에 들고 오른손을 수도手刀로 만들었
다. 나는 무중력 슈트에 묻힌 두 다리의 감촉을 확인하고 방
어 자세를 갖춘 다음, 눈앞에 다가온 단안 렌즈에 셔츠 자락

을 뒤집어씌워 풀지 못하도록 재빨리 둘둘 말아서 묶었다. 요시마쓰는 내가 아무것도 하지 못할 거라고 생각하고 있었는지 반응이 한 박자 늦었다. 아이가 앙탈을 부릴 때처럼 오른손을 휘저었지만, 셔츠를 감은 뒤 나는 얼른 몸을 빼서 또 벽에 등을 바싹 갖다 붙였다. 시각을 빼앗긴 요시마쓰의 움직임이 갑자기 어색해졌다. 일정한 간격으로 앞뒤로 늘어져 있던 로프가 기세를 잃고 불규칙하게 상하좌우로 흔들리기 시작하자 요시마쓰는 자세를 바로 하려고 애썼다. 오른손으로 로프를 찾았지만 앞이 보이지 않으니 제대로 잡지 못했다. 요시마쓰는 오른손을 머리 쪽으로 가져갔다. 시각을 되찾는 것이 우선이란 걸 깨달은 것 같았다. 단안 렌즈는 머리에서 떨어져 왼손 속에 있었지만, 여기저기 어루만지듯이 머리를 찾았다. 감각에 문제가 생긴 것이다.

케이블을 더듬어 간신히 단안 렌즈가 있는 곳을 찾아내서 셔츠 자락을 오른손 손가락 끝으로 잡았다. 요시마쓰는 오른손을 한동안 공격에 사용하지 못했다. 나는 몸을 앞으로 내밀고 제일 앞의 로프를 두 손으로 힘껏 잡아당겼다. 무중력 때문에 거의 저항이 없었다. 마치 공기를 잡고 있는 것 같았다. 로프가 아래로 당겨지고 앞으로 고꾸라진 요시마쓰는 균형을 잃고 떨어졌다. 왼쪽 발로 로프를 잡은 채 또 몸통과 손발과 머리와 여러 가지 기기가 연결된 케이블이 걸려서 요시마쓰는 물구나무서기를 한 꼴이 되어 잠시 버둥거렸지만, 이윽고 움직임을 멈추었다. 나는 무중력 슈트에서 나가기로 했다. 몸을 조이고 있던 내부는 느슨한 채여서 마치 구멍에서 빠져나오듯이 슈트의 몸통 부분을 두 손으로 누르고 두 다리를 빼냈다. 멀리서 들려오는 사이렌이 조금씩 커졌다. 로프에서 떨어질 때 단안 렌즈가 요시마쓰의 손에서 떨어졌다. 머리 부분에서 뽑힌 단안 렌즈는 내 셔츠 자락에 감긴 채 축 늘어져 있었다. 손발과 몸통과 머리 부분의 접속이 빠지고 어긋나고 하여 요시마쓰는 이제 인간의 모습이 아니었다. 그리고 전혀 움직이지 않았다. 케이블이 여기저기 얽혀 있었다.

8

두 다리를 빼니 몸이 떠올랐다. 마치 바닷속에 가라앉아 있는 듯한 느낌이었다. 눈앞의 로프를 잡자 하반신이 들리고 몸이 바닥과 평행이 되었다. 입구 근처에 있는 상자형 전기 스위치 박스 쪽으로 머리가 가도록 로프를 타고 몸의 방향을 바꾸었다. 입구 문은 제일 앞줄 로프에서 이 미터 정도 떨어진 곳에 있었다. 로프에서 떨어져 바닥을 기듯이 다가가지 않으면 안 된다. 머리를 아래로 하고 대롱거리는 나무늘보 같은 자세의 요시마쓰 몸을 타고 바닥으로 가려고 했다. 인공 피부로 덮인 가느다란 몸통에 닿는 순간, 기계음이 울리고 요시마쓰가 또 움직이기 시작했다. 아직 죽지 않았다. 직접 몸이 닿았기 때문에 내 기척을 느꼈는지도 모른다. 요시마쓰는 몸을 비틀듯이 하고 두 팔로 내 허리를 세게 감았다. 금속의 잔해를 모아 만든 뱀이 감고 있는 것 같았다. 나는 로프에서 떠났다. 몸이 둥둥 떠서 제어할 수가 없었다. 바닥 가까이에 백팩이 떠다니는 것이 눈에 들어왔다. 잡아서 끌어당기려고 했지만, 요시마쓰에게 안겨 있는 꼴이 되어 손이 닿지 않았다. 조르고 있는 부분이 허리에서 복부로 옮겨져 숨쉬기가 괴로워졌다. 하지만 요시마쓰는 그저 두 손으로 꼭 감고 있을 뿐 공격은 하지 않았다.

딱 붙어 있으니 단안 렌즈가 없어도 내 몸의 위치를 안다. 한쪽 팔을 감아 움직이지 못하게 하고, 다른 쪽 손의 손가락으로 배와 가슴을 찌르거나 당수로 찢어버릴 수도 있다. 그러나 요시마쓰는 그냥 두 팔을 감고 있기만 할 뿐 달리 아무 짓도 하지 않았다. 요시마쓰에게서 기계기름 같은 냄새가 났다. 주위는 케이블 피막재인 비닐 타는 냄새로 가득했다.

　문득 얼굴을 드니 색색의 작은 구체가 둥둥 떠 있었다. 유백색의 흐물흐물한 공은 반고체의 젤이다. 머리 부분의 실리콘에 금이 가서 뇌를 보호하는 젤이 새어 나온 것이다. 몸통을 감싼 인공 피부에도 곳곳에 균열이 생겼고, 피와 영양물과 배설물이 조금씩 새어 나왔다. 바다 밑의 침몰선에서 다양한 색의 기포가 떠오르는 것 같았다. 인공 심장의 모터 소리에 잡음이 섞였다가 이따금 끊어지기도 했다. 몸통 어딘가에서 인공 혈관이 파손되었을 것이다. 허리의 인공 피부가 터져서 핏덩어리가 몰려 있다가 조금씩 밀고 나와 점점 빨간 구체가 되어 허공에 떠올랐다. 마치 작은 비눗방울 같았다. 아이 손가락 끝만 한 크기로, 터진 곳에서 밀고 나올 때는 뚝뚝 떨어지는 핏방울을 거꾸로 뒤집은 모양을 하고 이 센티미터 정도 흘러나왔다가 산산이 흩어지더니 이윽고 공 모양이 되어 주위에 떠돌았다. 영양물을 보내는 튜브에서는 걸쭉한 재색 구체가 떠오르고, 수분을 보급하는 튜브에서는 조금 큼지막하고 투명한 구체가 만들어졌다.

물의 구체 몇 개가 눈앞을 지나갔다. 그 표면에 일그러진 방 전체가 비쳤다. 요시마쓰의 몸에서 새어 나온 무수한 구체는 서로 어울리고 서로 반발하면서 일정한 높이에서 머물다가 축하 장식처럼 방 전체를 뒤덮었다. 이것은 신호라고 생각했다. 요시마쓰는 죽음으로 향하고 있다. 사츠키라는 여자와 헤어질 때 느낀 상실감이 되살아났다. 요시마쓰는 나를 죽이고 뇌를 빼앗으려고 했다. 그렇지만 나를 여기까지 이끌어준 인물이기도 하다. 상실감은 사람에 대해 생기는 게 아니다. 뭔가를 결정적으로 끝낼 때 생겨나는 것이다. 손을 뻗쳐 단안렌즈에 감긴 셔츠 자락을 풀었다. 알겠어요. 나는 크고 작은 구체 사이에서 힘없는 빛을 발하는 단안 렌즈를 향해 말했다. 알겠으니까 나를 놔줘요. 당신은 죽고 싶잖아요. 당신은 죽기를 바랐잖아요. 그리고 이제 겨우 죽음을 맞이하게 됐어요. 그러니 두 손을 풀어줘요. 그러자 요시마쓰는 마치 껴안듯이 한 번 더 힘을 준 뒤 감고 있던 두 손을 풀었다.

요시마쓰의 몸을 타고 바닥으로 내려가 먼저 백팩을 어깨에 걸쳤다. 몸이 허리에서 둘로 나눠진 것처럼 뒹굴고 있는 무중력 슈트를 잡아, 바위를 잡고 바다 밑을 전진하듯이 입구 쪽으로 향했다. 등 뒤의 창으로 강렬한 빛이 들어왔다. 손잡이를 잡고 문 쪽으로 몸을 끌고 갔다. 벽에 몇 개의 상자형 스위치가 붙어 있었다. 'GRAVITY · 중력'이라고 적힌 뚜껑을 열었다. 내부에 판독기 같은 것이 있어서 백팩에서 파피루스 모니터를 꺼내 갖다 대자 플라스틱 커버가 좌우로 열리고 'ATTENTION · 주의'라는 문자가 떠올랐다. 중력 장치를 가동할 때는 몸의 위치를 확인한다. 음성 메시지가 뒤를 이었다. 수평으로 떠 있는 내 몸은 중력이 가해지면 낙하한다. 바닥에 뾰족한 것이나 장애물이 없는지 확인한 뒤, 요시마쓰 쪽을 돌아보았다. 단안 렌즈의 빨간 빛이 이쪽을 향해 힘없이 깜박거렸다.

창으로 쏟아지는 강한 빛을 받아 다양한 색깔의 무수한 구체가 무지개처럼 줄줄이 빛났다. 요시마쓰의 몸을 지탱하고 있던 피와 영양물과 수분, 즉 생명을 유지해주던 것들이 만들어낸 빛나는 무지개였다. 나는 스위치를 눌렀다. 신음 같은 기계음이 방 전체에 울리고 처음에는 옆으로 내동댕이치는 듯한 원심력이 느껴지고, 그것이 바로 위에서 누르는 압력으로 바뀌더니 몸이 바닥으로 떨어졌다. 공중에 떠서 반짝거리는 구체가 순식간에 터져 걸쭉한 액체가 되어 바닥으로 쏟아졌다. 요시마쓰가 로프에서 떨어져 포개지듯 바닥에 쓰러졌다. 절단된 케이블이 튀어 오르고, 어느 부분에서는 액체가 분출하고 어느 부분에서는 불꽃이 튀었다. 금속과 인공 피부와 인공 혈관이 엉망진창이 되어 손발을 구분할 수 없었다. 몸통이 뭉개져서 체액과 내장이 뒤섞여 밖으로 흘러넘쳤다. 피투성이 단안 렌즈가 옆에 뒹굴고 있었지만 빨간 빛은 이미 사라져버렸다.

E 포드

1

사이렌 소리가 들려왔다. 도망치지 못한다고, 그 다른 목소리가 말했다. 방은 피와 체액이 튀어서 천장이고 벽이고 바닥이고 전부 끈적끈적 더러워졌다. 세 소년의 뇌도 짓이겨졌을 것이다. 벽에 나란히 있는 스위치 박스 속에 '긴급 탈출용 포드 잠금 해제'라는 스위치가 있었다. 파피루스 모니터를 갖다 대고 단추를 눌렀다. 잠금이 풀리는 소리가 나고 바닥에서 물 음표 모양의 고리가 올라왔다. 고리에 손가락을 걸어 바닥판을 뜯어냈다. 주위에 끈적끈적한 액체가 고여 있어 미끄러지기 쉬웠다. 방은 어두컴컴했다. 바닥판을 벗겨낼 때 마치 누군가의 무덤을 파헤치는 것 같은 기분이 들었다. 마침 관이 들어갈 정도의 공간이 있고 탄소섬유 커버를 씌운 달걀형 포드가 나타났다. 커버에는 제삼 레지던스는 이 포드가 정거장을 떠났을 때 반드시 회수해야 할 의무가 없다는 내용의 단서 조항이 영어로 적혀 있었다. 포드로 탈출해도 레지던스로서는 반드시 회수하거나 구출할 필요는 없다는 말이다. 그편이 좋았다. 회수된다 해도 나는 구출되는 게 아니다. 체포되는 것이다.

백팩을 확인하고 공간으로 내려가 커버를 벗겼다. 투명한 꾸러미가 포드 위에 놓여 있었다. 반드시 착용할 것. 꾸러미에는 영어로 그렇게 쓰여 있었다. 안에 든 것은 선외 작업용 우주복으로 신축성이 있어서 무중력 슈트에 비하면 훨씬 가볍고 쉽게 입을 수 있었다. 동영상과 함께 간단한 설명서가 있었다. 그 지시를 따라 먼저 포드 표면에 있는 'open'이라는 단추를 건드렸다. 마치 달걀이 깨지듯이 두꺼운 승강구가 빠끔 열렸다. 내부로 들어가자마자 승강구는 바로 닫혔고, 들리던 사이렌 소리가 사라졌다. 내부는 너무 좁아서 다리를 펼 수가 없었다. 계기류도 아주 적었다. 조종간도 없었다. 그저 탈출하기 위한 것이었다. 나는 조종 지식도 기술도 없으니 어

차피 상관없었다. 우주복 어깨와 허리와 허벅지에는 부속 장치가 붙어 있어서 시트의 움푹한 부분에 딱 맞게 들어가 자동적으로 고정되었다. 'air'라는 태그가 달린 튜브를 당겨 헬멧 옆에 구겨 넣듯이 접속했다.

'power'라고 쓰인 단추를 누르자 충전을 확인하는 신호가 뜰 때까지 십 초 동안 기다리라는 지시가 모니터에 떴다. 전방 네 군데의 창은 손바닥만 했다. 충전 완료를 알리는 신호가 뜨고, 헬멧 옆에 연결한 튜브로 공기가 보내지는 게 느껴졌다. 그와 동시에 포드 수납공간의 벽이 갈라지고 전방에 터널 같은 동굴이 생기더니 그 끝에 직사각형으로 도려진 우주 공간이 보였다. 이윽고 해제까지 앞으로 십 초, 구 초, 팔초…… 하는 카운트다운이 시작되었다. 도망치지 못한다, 얼마나 아름다운 울림인가, 하는 소리가 되살아났다. 아냐, 도망칠 수 있어. 나는 소리를 내지 않고 중얼거렸다. 다만 살아남을 수 있을지 어떨지는 모른다. 0이라는 표시가 나온 뒤, 바로 날카로운 금속음이 들려오고, 다음 순간 온몸이 뒤쪽으로 찢기는 듯한 압력이 느껴지더니 튕겨나가듯이 E 포드는 정거장을 떠났다.

2

눈 아래 파란 지구가 보였다. 비스듬히 뒤쪽에서 빛의 다발이 쏟아졌다. 앞으로 몇 분 뒤, 낮이 끝나고 어둠이 찾아올 것이다. 도넛 모양의 정거장이 바로 옆에 보였다. 눈 아래 지구보다도 작았다. E 포드는 수십 초 동안 엄청난 속도로 직선 비행을 한 뒤에 움직이지 않게 됐다. 얼마나 멀어진 걸까? 우주 엘리베이터의 벨트는 곧장 지구를 향해 뻗어 있었다. 표류가 시작되고 한동안은 수신기 같은 것이 작동하여 작은 녹색 빛이 깜빡거렸지만 곧 사라졌다. 단, 그것이 정말로 수신기였는지는 모른다. 잔량 표시기에 따르면 공기는 앞으로 삼십육 분 분량이 남아 있었다. 백팩을 뒤져 네기달이 사부로 씨에게 준 티타늄 카드를 찾았다. 보고 싶으면 이것으로 신호를 보내. 네기달은 분명 그렇게 말했다. 카드를 더듬어 발신해보았다. 그러나 저궤도 상에서 지구에 신호가 닿을지 어떨지는 알 수 없었다. 달까지도 갈 수 있다고 네기달은 말했지만, 그 이슨이라는 비행자동차가 저궤도까지 도달할 수 있을지는 모르는 일이었다.

지구의 윤곽이 일그러지기 시작하고, 눈 깜짝할 사이에 어둠에 덮였다. E 포드 내부에는 불빛이 없었다. 창 안쪽에 얼음 결정이 생겼다. 온도가 급격히 떨어진 것이 우주복을 통해 전해졌다. 신기하게도 죽음은 두렵지 않았다. 나는 분명 이대로 잠들듯이 숨을 거둘 것이다. 지금까지 내 속에 달라붙어 있던 불안과 공포가 사라졌다. 내 심장과 뇌가 활동을 멈추어도 영원히 존재하고 계속될 세계가 있다. 우주 공간에서는 그 사실이 아주 자연스럽고 또한 강렬하게 새겨졌다. 그래서 죽음 자체는 무섭지 않았다. 상실감도 없었다. 밤과 낮이 번갈아 찾아올 뿐 영원만이 존재하는 곳에서는 공포도, 상실감도, 의미나 개념을 잃어버리는 건지도 모른다.

얼음 결정이 창 안쪽을 덮기 시작했다. 태양이 숨었을 때 저궤도상의 온도는 영하 백오십 도라고 아버지의 데이터베이스에 나와 있었다. 우주복을 통해 엄청난 추위가 전해졌다. 가슴의 상처가 내게서 열과 힘을 뜯어내는 것처럼 몹시 아팠다. 이 E 포드 속에서 죽는 걸까? 죽기 전에 추위에 정신을 잃을 것이다. 생과 사를 상징하는 장소를 표류하고 있다고 생각했다. 생과 사의 경계라는 의미가 아니다. 이 E 포드 속에서 나는 누군가와 얘기를 할 수도 없다. 걷지도 달리지도 못한다. 몸을 움직이는 것조차 부자유스럽다. 만약 영혼이라는 것이 있다면 이런 느낌으로 어둠에 떠 있지 않을까? 게다가 태아도 그리고 갓 수정된 생명도 어머니의 자궁 안에 떠 있어 그 감각은 우주 공간을 혼자 떠도는 것과 비슷할지도 모른다. 몸이 점점 차가워졌다. 호흡이 괴롭고 감각이 희미해져서 의식을 지키기도 힘들어졌다.

3

희미하게 윤곽을 남긴 지구로 시선을 보냈다. 작은 빛이 보였다. 이쪽으로 다가오는 것 같은 기분이 들었다. 네기달일까 생각했지만, 이내 그 상상을 떨쳐냈다. 비행자동차로 저궤도까지 날아오는 건 아마 무리일 것이다. 이슨에서 우주정거장을 바라보았지만, 그때는 고작 대기권을 벗어난 지점이었다. 그 작은 빛은 아주 약해서 이따금 눈 안쪽에서 터지는 잔상과 구분이 되지 않았다. 사부로 씨와 앤은 그 격리 시설에 살고 있을까? 그러고 보니 사부로 씨는 노인시설에 있는 친아버지를 찾는다고 했다. 아마 사부로 씨도 요시마쓰의 동료와 하층 여자들 사이에서 생긴 아이였을 것이다. 사부로 씨가 어머니에게 들은 것은 거짓말도 착각도 아니었다.

그런데 노인시설은 폐허가 되어 있었다. 나와 사부로 씨의 생물학적 아버지는 이상촌이나 안식의 동굴에 있는 걸까? 나무 위에서 알몸으로 살던 남자들이나 몸에 커다란 구멍이 뚫린 남자들 속에 우리의 아버지가 있었을지도 모른다. 혹은 사실은 요시마쓰가 내 생물학적 아버지였을지도 모른다. 그래서 요시마쓰는 나를 선택하여 여행을 떠나도록 해서 우주까지 이끌어 뇌를 빼앗으려고 했을지도 모른다. 그러나 그런 것은 아무래도 좋다. 지금 이렇게 혼자 우주의 어둠 속에 있고 내가 존재하는 것조차 모호해져서 그렇게 생각하는 건 아니다. 생물학적 아버지와 어머니를 자식은 선택할 수 없다. 그러니까 누가 생물학적 부모인가 하는 것은 별로 의미가 없다. 누구의 정자와 난자에 의해 생을 부여받았는가보다 태어난 뒤 누구를 만나는가 하는 게 더 중요하다. 섬을 떠나 여행을 계속하다 요시마쓰와 만난 뒤에야 그 사실을 깨달았다. 뇌를 합체시켜 자기가 되라고 요시마쓰는 말했고, 나는 거부했다. 그것만큼은 참을 수 없었다. 요시마쓰가 되어버리면 다른 사람으로서 누군가를 만나게 된다.

그리고 다른 사람이 되면 자신을 미워할 수가 없다. 태어난 뒤로 지금까지 몇 번이고 자신을 미워했다. 그러나 자신을 미워하는 채로 살아가기는 힘들다. 그래서 인간은 자신을 미워하는 것을 중단하기 위한 방법과 수단을 생각한다. 분명 인간은 무자각 속에 그것만 줄곧 생각한다. 반란이민의 후손들처럼 사회에 대해 투쟁을 하거나 안조처럼 자신을 미워하는 과정과 그 주변을 기록하기도 하고, 사츠키라는 여자처럼 성적 욕망을 소비하며 상실감에 잠기기도 하고, 요시마쓰처럼 스스로를 역사와 동화시키기도 하고, 나를 키워준 아버지처럼 데이터베이스의 세계에 살기도 하는 등 방법은 몇 가지나 있다. 그 방법이 그 사람의 인생이다. 나는 나 자신의 방법을 아직 찾지 못했지만, 현재 상태에서 그것은 이동이 아닐까 생각한다. 섬을 떠난 뒤로 줄곧 이동해왔다. 트럭, 범용차, 비행기, 보트, 무한궤도차, 우주 엘리베이터 등을 타고 나는 계속 이동했다.

4

희미하게 보이는 작은 빛은 당장이라도 꺼질 듯이 약해서 이쪽으로 다가오는지 어떤지 알 수 없었다. 그러나 그 작은 빛에서 눈을 뗄 수가 없었다. 빛을 보고 있으니 앤의 얼굴이 떠올랐다. 사부로 씨와 사츠키라는 여자의 얼굴도 떠올랐다. 사부로 씨는 통각을 계속 자극하는 IC 칩을 몸속에 심어 다른 사람이 됐을지도 모른다. 앤은 그 모피 꼬리 여자와 은색 머리 여자처럼 격리 시설에서 성 노예가 되어 있을지도 모른다. 그러나 두 사람을 만나고 싶다. 나는 그런 생각을 했다. 사츠키라는 여자도 만나고 싶다. 수로 옆 주거에서 개와 함께 살고 있다고 했다.

중요한 것을 이해했다. 온기도 소리도 냄새도 없는 우주의 어둠 속에서 깨달았다. 살아가는 데 의미를 갖는 것은 타인과의 만남뿐이다. 그리고 이동하지 않으면 만남은 없다. 이동이 모든 것을 낳는다. 그러나 기껏 깨달았는데 그것들을 살리지 못하고 나는 이제부터 죽음을 맞이해야 하는가? 그러나 사람의 일생이란 이런 것일지도 모른다. 누구나 이런저런 것들을 깨닫고, 그러나 그것을 인생에 살리지 못한다는 사실에 분노를 느끼면서 사라져간다. 아버지도, 야가라라는 사람도, 안조도, 저 요시마쓰조차도 그랬다. 미치광이 같기도 하고 또 확실히 위인 같기도 하고 그리고 내 생물학적 아버지일지도 모르는 노인은, 마지막에는 온갖 얘기를 주절거리다가 중력에 깃눌려 죽었다.

몸을 에는 듯한 냉기가 밀려왔다. 빼곡하게 창을 덮은 자잘한 얼음을 장갑 낀 손가락 끝으로 벗겨냈다. 저 너머의 작은 빛이 약간 커진 것 같은 기분이 들었다. 어둠과 얼음으로 덮인 시야에 존재하는 단 한 개의 빛이었다. 나는 빛에 가까워질 수 없다. 지금 내게는 이동할 수단도 힘도 없다. 하지만 이동에 관해 깨달은 것을 앤과 사부로 씨와 사츠키라는 여자에게 전하고 싶다. 그래서 작은 빛이 이슨이기를 기도할 수밖에 없었다. 나는 태어나서 처음으로 기도했다. 살고 싶다. 빛을 향해 중얼거렸다. 살고 싶다. 나는 살고 싶다. 그렇게 계속 중얼거렸다.

『노래하는 고래』 마칩니다

옮긴이의 말

백 년 후의 일본. 성범죄자들을 격리하는 섬인 신데지마에 사는 열다섯 살 소년 아키라가, 어떤 사람을 찾아가서 국가를 전복시킬 내용이 담긴 중요한 나노 칩을 전하라는 아버지의 유언으로 멀고 먼 여행을 떠난다. 소설은 여기에서 시작된다. 우리가 지금까지 보아온 책이나 드라마, 영화에서처럼 필시 주인공은 이야기가 끝날 때쯤 그 사람을 만날 것이고, 소설은 두 권이나 되니 그 사람을 만나는 과정은 가히 파란만장하고 우여곡절이 많을 것이라는 짐작을 할 수 있다. 그러나 스토리는 짐작을 훨씬 초월한다. 독자들은 소년을 따라 일본의 한 외딴섬에서 자그마치 우주정거장까지 가게 된다. 험난하다. 결승선에서 마라톤을 완주한 선수들을 반겨주는 마음으로 끝까지 다 읽은 독자들에게 진심으로 박수를 보내고 싶다. 중간에 집어 던지지 않아서 고맙다고—아, 이건 작가가 해야 할 인사인가.

장르 소설이 대개 그렇긴 하지만, 이 책은 특히 호불호가 극단적으로 나눠질 것 같다. 무라카미 류가 그린 백 년 후의 일본은 거부감 그 자체다. 미래의 일본 사회는 최상층, 상층, 하층, 최하층으로 마치 인도의 카스트처럼 계급이 나뉘어 있다. 아키라는 최하층에서 최상층에 사는 사람을 만나러 가는 것이다. 계층별로 거주지가 분리되어 서로 왕래할 수 없는 사회에서 최상층까지 가기란 하늘의 별 따기. 가는 도중에 별별 사람들, 별별 일을 다 겪게 된다. 특히 아키라가 조사를 엉터리로 쓰는 족속을 만났을 때는 이 책 번역을 집어치우고 싶기까지 했다.

갓 만났을 무렵 범용차 안에서 앤이 네가 아키라지만 이름이 아키라라고 불러도 돼, 하고 물어서 내가 고개를 끄덕이자, 너를 나는 앤이라고 불러도 돼, 했던 그 목소리가 생생하게 되풀이해서 울렸다.

이런 식의 조사 파괴였는데, 이 예문은 아주 쉽고 귀여운 축에 속한다. 문장이 길어지고 설명이 길어지면 어떻게 번역해야 할지 난감하기 짝이 없었다. 그래도 최대한 의미가 전달되도록 조사를 엉터리로 옮겼으나, 아마 독자들이 읽기에는 다소 인내심이 필요할 거라고 생각한다. 그러나 그건 일 단계 장애물에 지나지 않는다. 비위 약한 사람은 차마 읽을 수 없는 이 단계, 삼 단계 장애물이 기다리고 있다. 일본 독자들의 서평을 보아도 중간에 책을 던진 독자들이 속출한 것 같다. 한일 독자들의 멘탈 배틀은 아니지만 잔혹한 장애물들을 무사히 넘어가주시기를.

나는 무라카미 류의 소설을 다섯 작품 정도 번역한 경험이 있는데, 이 소설은 무라카미 류가 그동안 작품에서 표현한 SM과 변태와 잔혹함의 최대치를 묘사한 게 아닐까 싶다는 생각이 들었다. 마치 '최고로 변태스럽게, 최고로 잔혹하게'를 슬로건으로 내건 듯하다. 그러나 무라카미 류가 던져놓은 장애물을 하나 둘 넘어 결승선에 이르다 보면 왜 그렇게까지 표현하는지 납득이 간다.

이 소설은 이른바 디스토피아 소설이다. 디스토피아 소설

옮긴이의 말 373

이란 근미래의 모습을 빌려 이미 일어난, 혹은 일어나고 있는 일의 본질을 파헤치는 소설이다. 읽다 보면 작가가 생각하는 일본 사회의 병폐를 알 수가 있다. 나름 작가로서의 사명 의식을 갖고 '니네 지금 그렇게 살다가 나중에 이렇게 된다.' 하고 경종을 울리고 있다고 할까. 불과 백 년 뒤의 미래가 이렇게 끔찍해지리라고는 상상할 수 없지만, 작가의 사회에 대한 무한 애정과 걱정이 느껴진다. 무엇보다 경제 평론가라고도 불리는 무라카미 류의 경제에 대한 해박함과 생명과학, 뇌과학에 이르기까지 그의 지식에는 매 장마다 감탄이 한숨이 되어 흘러나왔다.

상권은 사건과 등장인물이라도 다양하지만, 하권은 점점 설명과 묘사가 길어지다 마지막에는 어느 인물의 독백이 계속된다. 작가의 목소리—라고 쓰고 잔소리라고 읽어도 무방하—다. 그 부분을 옮기면서 이 작가는 사회에 하고 싶은 말이 정말 많구나, 하는 생각이 들었다. 그것은 그만큼 이 사회에 관심과 애정이 많다는 얘기일 것이다. 그가 던져놓은 장애물을 넘으면서 나도 독자로서 투덜거렸지만, 마지막에 와서야 작가의 메시지를 깨닫고 망치로 한 대 맞은 듯 멍한 느낌이 들었다. 소설에서 시작하여 과학을 거쳐 철학으로 끝나는 이 작품. 참 멋지다. 육십 대가 된 무라카미 류만이 쓸 수 있는 소설이 아닐까 싶다. 그러나 부디 임산부나 심신이 약한 분들은 읽지 마시기를…….

열여덟 살 정하에게 사랑을 전하며

권남희

노래하는 고래 하

© 무라카미 류, 2011

초판 1쇄 발행 2012년 2월 3일
초판 2쇄 발행 2012년 3월 9일

지은이   무라카미 류
옮긴이   권남희
펴낸이   강병철
주간   정은영
책임편집   장지희
외서 팀   노유리 김찬영
제작   고성은
마케팅   조광진 장성준 김상윤 이도은 박제연
홍보   전소연 이선희
E-사업부   정의범 조미숙 이혜미

펴낸곳   (주)자음과모음
출판등록   2001년 5월 8일 제20-222호
주소   121-840 서울시 마포구 서교동 396-33번지
전화   편집부 02) 324-2347 경영지원부 02) 325-6047
팩스   편집부 02) 324-2348 경영지원부 02) 2648-1311
이메일   neofiction@jamobook.com
홈페이지   www.jamo21.net
독자카페   cafe.naver.com/jamoneofiction

ISBN 978-89-544-2711-1 (03830)
     978-89-544-2712-8 (set)